Ein Roman in Briefen – wie ›Caro Michele‹, der in den siebziger Jahren so erfolgreiche Roman der großen italienischen Autorin. Ein Buch, das von Liebesbeziehungen und Beziehungen zwischen den Generationen handelt und in unserer Zeit spielt. Der Witwer Giuseppe, um die Fünfzig, löst seine Wohnung in Rom auf, um seinem Bruder, Biologieprofessor in Princeton, nach Amerika zu folgen. In Briefen an seine engsten Freunde bereitet er seinen Abschied vor, nach seiner Ankunft drüben hält er sie per Post über seine Eindrücke und Erlebnisse auf dem Laufenden. Die Zurückgebliebenen antworten ihm und korrespondieren auch untereinander. Aus dem Briefwechsel mit seiner langjährigen Geliebten, mit seinem Sohn, mit anderen Personen aus seinem kleinen Kosmos erwachsen Geschichten und Schicksale, nach und nach entsteht eine kunstvolle Zustandsbeschreibung der römischen Bohème- und Intellektuellenwelt von heute, entsteht eine Seismographie von Liebe und Tod, Eifersucht und Trennung, Versagen und Niederlagen, Einsamkeiten und Egoismen, von Loslösungen und neuem Anfang. Brief um Brief wachsen die Gestalten und werden körperlich. Die Umstände und die Konstellationen ändern sich – und die Menschen. Mit ihnen ihre Briefe.

Natalia Ginzburg, 1916 in Palermo geboren, und aus einer bürgerlichen und kulturell sehr interessierten Triestiner Familie stammend (ihr Vater war Anatomie-Professor), verbrachte Kindheit und Jugend in Turin; heiratete 1938 den als Antifaschisten bekannten Slawisten Leone Ginzburg, mit dem sie 1940 in die Abruzzen in die Verbannung ging; ihr Mann wurde 1944 von der regimetreuen Polizei ermordet; nach dem Krieg arbeitete Natalia Ginzburg als Lektorin in Mailand bei Einaudi und ließ sich 1950 in Rom als Autorin und Übersetzerin (Proust) nieder, wo sie 1991 gestorben ist.

Natalia Ginzburg

Die Stadt und das Haus

Roman

Aus dem Italienischen
von Maja Pflug

Fischer Taschenbuch Verlag

9. – 10. Tausend: November 1993

Veröffentlicht im Fischer Taschenbuch Verlag GmbH,
Frankfurt am Main, Mai 1988
Lizenzausgabe mit freundlicher Genehmigung
des Claassen Verlags GmbH, Düsseldorf

Die italienische Originalausgabe erschien unter dem Titel
›La Città e la Casa‹ 1984 im Verlag Einaudi, Turin.
Umschlaggestaltung: Buchholz / Hinsch / Hensinger
Abbildung: Ruggero de Chirico »Der verlorene Sohn«
(Civica Galleria d'Arte Moderna, Mailand)
Archiv für Kunst und Geschichte, Berlin

Gesamtherstellung: Clausen & Bosse, Leck
Printed in Germany
ISBN 3-596-29192-5

Gedruckt auf chlor- und säurefreiem Papier

Die Stadt und das Haus

Giuseppe an Ferruccio

Rom, 15. Oktober

Mein lieber Ferruccio,

heute morgen habe ich gebucht. Ich fliege am 30. November, in einem Monat und fünfzehn Tagen. Vor einer Woche habe ich meine drei Überseekoffer aufgegeben. Es sind Bücher, Anzüge und Hemden darin. Ruf mich an, wenn sie ankommen. Ich weiß wohl, daß Du den Briefen das Telefon vorziehst. Bei mir ist es umgekehrt.

Ich bin sehr froh darüber, daß ich fahre. Ich bin sehr froh, Dich wiederzusehen. In letzter Zeit war mir das Leben hier schwer geworden. Ich konnte nicht mehr atmen. Als ich beschlossen habe, zu Dir zu kommen, konnte ich wieder atmen.

Es tut mir auch sehr leid, daß ich fahre. Ich denke, ich werde Sehnsucht haben nach manchen Personen und Orten, an die ich stark gebunden bin. Ich glaube nicht, daß ich neue Freundschaften schließen werde. Ich bin mit den Jahren recht einzelgängerisch geworden. Ich hatte hier einige Freunde, nicht viele, und sie werden mir fehlen. Aber unter irgend etwas muß man auch leiden. Ich werde Deine Gesellschaft haben, und sie wird mir viel bedeuten. Ich hänge sehr an Dir, wie Du weißt, und Du hast mir sehr gefehlt in all diesen Jahren. Deine Besuche waren selten und kurz. Sie machten mir Freude, gewiß, aber gleichzeitig machten sie mich traurig, weil sie kurz waren und weil ich stets befürchtete, Du würdest Dich langweilen, stets befürchtete ich, daß meine Gesellschaft Dir wenig bedeute.

Ich frage mich oft, ob Du froh bist, daß ich komme. Du hast selbst zu mir gesagt, daß ich kommen soll, gewiß, aber in manchen Momenten überkommen mich Zweifel, ob Du es nicht nachher bereut hast. Aber, falls Du es bereut hast, jetzt ist es so. Ich habe gebucht, und fliegen werde ich auf jeden Fall. Was das Finanzielle angeht, werde ich versuchen, Dich sowenig wie möglich zu belasten.

Ich komme nach Amerika wie einer, der beschlossen hat, sich ins Wasser zu stürzen, und hofft, entweder tot oder neu und anders wieder aufzutauchen. Ich weiß, daß Dich solche Reden aufregen, aber ich empfinde es so und will, daß Du es weißt.

Mein Sohn wird mir nicht fehlen, denn ich sehe ihn nie.

Ich umarme Dich,

Giuseppe

Giuseppe an Lucrezia

Rom, 20. Oktober

Meine liebe Lucrezia,

ich glaube, daß wir uns nicht mehr wiedersehen werden. Ich glaube, gestern war es das letzte Mal. Ich habe Dir gesagt, daß ich vielleicht noch einmal nach Monte Fermo kommen würde, am nächsten Samstag, aber ich glaube nicht, daß ich kommen werde. Gestern abend, als wir zum Gartentor hinausgingen, habe ich die Augen auf *Le Margherite* gerichtet und dabei gedacht, daß ich Euer Haus zum letzten Mal betrachte. Ich glaube nicht, daß ich Euch noch einmal besuchen komme. Und ich glaube nicht, daß Du nach Rom kommen wirst. Es gibt keinen Grund. Komm nicht meinetwegen. Ich habe mich gestern von Dir verabschiedet, und ich verabschiede mich nicht gern zweimal von Personen. Ruf mich nicht an, ich werde Dich auch nicht anrufen. Ich will Deine Stimme nicht und will auch nicht, daß Du meine hast. Ich ziehe dieses Stück Papier vor.

Du hast mir gesagt, daß Du mich in Amerika besuchen wirst. Aber ich glaube nicht daran. In all den Jahren, die ich Dich kenne, habe ich Dich nie auf große Reisen gehen sehen. Das einzige, was ich Dich habe tun sehen in all diesen Jahren, war, daß Du zuweilen in Deinen klapprigen Volkswagen stiegst, der nach nassen Hunden riecht, um nach Pianura auf den Markt zu fahren. Daher glaube ich, daß ich Dich gestern zum letzten Mal gesehen habe, dort am Bahnhof von Pianura. Du hattest Deine dicke Jacke aus weißer langhaariger Wolle an, die am Rand mit Kamelen bestickt ist, Du hattest ziemlich schmutzige weiße Hosen an, die Haare auf dem Kopf hochgesteckt, eine Strähne auf den Hals herabfallend, und standest an das Mäuerchen gelehnt. So habe ich Dich in Erinnerung. Du warst sehr blaß. Aber Du bist immer blaß. Als der Zug einfahren sollte, hat Piero gesagt: »Warum nimmst Du nicht den nächsten, der in einer Stunde fährt?« Ich spüre viel Zuneigung zu Piero. Ich habe aus dem Zugfenster geschaut und Euch alle drei gesehen: Dich, Piero, Serena. Piero trug seinen dicken roten Schal. Serena aß Brot mit Käse. Du warst an das Mäuerchen gelehnt. So habe ich Euch in Erinnerung. Die Weichheit und die Schwerfälligkeit von Piero. Seine blonden Locken, die immer ein bißchen schweißverklebt sind, auch wenn es kalt ist. Serena mit krümelübersätem Pullover. Deine hohe Gestalt, Deine Blässe, Deine schwarze, auf den Hals herabfallende Strähne, Deine Hände in den Taschen.

In diesen Tagen vor meiner Abreise werde ich verschiedene Dinge tun. Zunächst muß ich mir Hemden kaufen, einen Winteranzug und einen Mantel. Amerika ist teuer. Mein Bruder sagt, es sei teuer. Dann muß ich meine Wohnung hier ausräumen. Nicht die Möbel, aber all das, was niemand braucht, alte Papiere, alte Briefe, alte Töpfe, alte Lumpen. Nicht die Möbel, denn wie Du weißt, kaufen die Lanzaras die Wohnung mit den Möbeln. Roberta sagt, daß ich alles für ein Stück Brot hergebe. Aber Du weißt, wie Roberta ist. Für jeden Gegenstand findet sie sofort einen Namen, eine Würde und einen Geldwert. In diesen Tagen sehe ich Roberta viel. Sie kommt herauf und hilft mir, die Schubladen auszuleeren. Es war eine große Torheit, meint Roberta, die Wohnung zu verkaufen. Nie den Ziegelstein verkaufen, nie. Am Ziegelstein muß man festhalten. Und ihr sind für ihre Wohnung, die genau unter meiner liegt und so ähnlich ist, sehr hohe Summen geboten worden, die sie abgelehnt hat, weil sie nicht im Traum daran denkt, die Wohnung herzugeben. Die Lanzaras dagegen – wieso zahlen sie so wenig? Mein lieber Giuseppe, sagt sie zu mir, sie haben dich an der Nase herumgeführt, die Lanzaras. Und was wirst du tun, wenn du eines Tages auf die Idee kommen solltest zurückzukommen? Ich antworte ihr, daß ich nicht glaube, daß ich auf diese Idee kommen werde. So unterhalten wir uns und räumen dabei die Schubladen leer. Zwischendurch schauen wir uns ab und zu die Photos von den Verwandten an und von uns, als wir Kinder waren, ich, sie und Ferruccio, an Meeresstränden und auf Gletschern.

»Warum gehst du nach Amerika?« hat mich Piero vorgestern gefragt, als wir im Wald spazierengingen. Gewöhnlich antworte ich, wenn man mich das fragt, immer dasselbe. Ich habe kein Geld. Ich habe es satt, Artikel für Zeitungen zu schreiben. Die Zeitungen kotzen mich an. Mein Bruder kennt in Princeton eine Menge Leute. Er lehrt Biologie an der Universität und wird sehr geschätzt. Er lebt seit vielen Jahren dort. Er wird mir eine Stelle besorgen. Er hat sich schon erkundigt. Ich werde an irgendeiner Schule Italienischunterricht geben. Lehrer werden in Amerika gut bezahlt. Mein Bruder hat außerdem Geld und hat keine Probleme. Ich habe nicht vor, mich ganz und gar von ihm aushalten zu lassen, aber teilweise schon. Ich werde ihm das Haus in Ordnung halten und für ihn kochen. Du weißt ja, daß ich in der Hausarbeit geschickt und sehr schnell bin. Ich habe Lust, in Princeton zu wohnen, einer ganz kleinen Stadt, die ich noch nie gesehen habe, mir aber vorstellen kann, weil mein Bruder mir viel davon erzählt hat. Ich habe Lust, in einer ganz kleinen Stadt in Amerika zu leben. Ich habe Amerika nie gesehen und werde es sehen. In Princeton werde ich in die Bibliothek gehen. Es gibt viele Bibliotheken dort. Endlich werde ich mich bilden. Ich werde Ruhe haben zum Arbeiten und zum Studieren, und mehr verlange ich nicht. So will ich mich auf mein Alter vorbereiten. Ich habe nie etwas zustande gebracht und werde nun bald fünfzig. Ich könnte ein Jahr nach Amerika gehen und dann zurückkommen. Ja. Ich weiß es nicht. Reisen gefällt mir nicht. Seit einiger Zeit will ich das, was ich zu tun beschließe, für immer beschließen und immer tun.

Ich liebe den Gedanken, mit meinem Bruder zu leben. Er ist kaum älter als ich, hat mich aber immer beraten und geleitet, als wir klein waren. Ich bin ein unsicherer Mensch. Ich brauche jemanden, der mir Sicherheit gibt. Mein Bruder ist ein Mann, der alle Qualitäten hat, die ich nicht habe, er ist ruhig im Temperament, klar in seinen Gedanken. Ich bin sehr an meinen Bruder gebunden. Aber du warst doch, als dein Bruder hier war, so deprimiert, hat Piero gesagt, und sahst ganz so aus, als hofftest du, er würde bald wieder abfahren. Das ist wahr. Es strengte mich an, ihn immer hier bei mir zu Hause zu haben. Ich habe mich daran gewöhnt, in dieser Wohnung hier allein zu sein. Es belastete mich, ihn im Wohnzimmer sitzend vorzufinden, wenn ich morgens aufstand, und jeden Tag entscheiden zu müssen, was ich ihn tun lassen und mit wem ich ihn zusammenbringen sollte. Es belastete mich, im Bad seinen gestreiften Morgenrock vorzufinden. Ich bin kein gastfreundlicher Mensch. Es gefällt mir nicht, Gäste im Haus zu haben, und auch nicht, bei anderen zu Gast zu sein. Aber in Amerika wird es keine Gäste geben: Keiner von uns beiden wird Gast sein. Wir werden zwei Brüder sein, die zusammenleben.

Morgens, sowie ich aufwache, denke ich an alles, was zu verlassen ich im Begriff bin, all das, wonach ich mich in Amerika heftig zurücksehnen werde. Ich verlasse Dich. Ich verlasse Deine Kinder, Piero, Euer Haus, das Ihr *Le Margherite* nennt, doch wer weiß, warum Ihr es so nennt, wo sich doch dort weit und breit nie auch nur eine halbe Margerite blicken läßt. Ich verlasse die wenigen Freunde, die ich immer bei Euch traf, Serena, Egisto, Albina, die, mit denen wir im Wald spazierengingen und mit denen wir abends Karten spielten. Ich habe die Vergangenheitsform gebraucht, aber das ist ein Fehler, denn Ihr werdet weiterhin spazierengehen und Karten spielen, und die Vergangenheit bezieht sich nur auf mich. Ich verlasse meine Cousine Roberta, diese tüchtige, allen ergebene, rauhe, sich überall einmischende und laute Frau. Ich verlasse mein Zuhause hier, wo ich seit über zwanzig Jahren wohne. Den Sessel mit Kunstlederbezug, über dem eine Decke liegt und in den ich mich morgens setze, sowie ich aufwache. Das Bett mit den Holzsäulchen, in das ich abends hineinkrieche. Das Küchenfenster, das auf den Garten der Nonnen blickt. Die Wohnzimmerfenster, die auf die Via Nazario Sauro hinausgehen. Den Zeitungskiosk an der Ecke, das Restaurant Mariuccia, in das ich zuweilen zum Essen hinuntergehe, das Sportgeschäft und das Café Esperia. Ich verlasse Dich. Ich verlasse Dein breites und blasses Gesicht, Deine grünen Augen, Deine schwarzen Haarsträhnen, Deine vollen Lippen. Wir schlafen seit drei Jahren nicht mehr miteinander, aber ich habe, wenn ich Dich sehe, immer den Eindruck, wir hätten es gestern getan. Und dabei werden wir es nie mehr tun. An jenem Tag in Viterbo hast Du gesagt: »Nie mehr.« Ich lasse auch Viterbo hinter mir, jenes Hotel und jenes Zimmer, das mir verhaßt war und wohin ich allein zurückgekehrt bin, letzten Sommer, ohne einen Grund auf der Welt. Vielleicht, weil ich sehr unglücklich war und noch unglücklicher sein wollte. Ich habe gebeten, sie sollten mir genau jenes Zimmer geben, Nummer dreiundzwanzig. An dieses Zimmer denke ich oft, und ich werde auch in Amerika daran denken, mit Sehnsucht und Trauer, denn man trauert auch den Orten nach, die man gehaßt hat. Aber in Amerika wird dieses Zimmer vielleicht verschwommener sein, harmloser und ferner. Was meinen Sohn betrifft, so kann ich nicht sagen, daß ich ihn verlasse, denn ich weiß nie so recht, wo er steckt, und es kann sein, daß ich ihn öfter sehen werde, wenn ich in Amerika bin, da ihm große Reisen keinerlei Schwierigkeiten machen.

Grüße mir Deine Kinder. Gestern habe ich ihnen nur eben mit der Hand zum Abschied zugewinkt, als ich durch die Küche ging, wo sie beim Fernsehen saßen und aßen. Stehenbleiben und sie küssen wollte ich nicht, denn das hätte mich gerührt, und ich hätte mich in ihren Augen lächerlich gemacht, sie hätten mich in lächerlicher Erinnerung behalten. Grüße vor allem Cecilia von mir, die mir von Deinen Kindern die liebste ist. Du hast mir gesagt, daß Du glaubst, Graziano sei von mir, doch vermutlich irrst Du Dich, von hinten sieht er genauso aus wie Signora Annina, Deine Schwiegermutter. Cecilia hat sehr schöne Augen und erinnert mich ein bißchen an meine Schwester, die jung gestorben ist. Daniele ist ein sehr begabter Zeichner, wie ich es als Kind auch gewesen bin. Natürlich sind weder Daniele noch Cecilia meine Kinder, da sie geboren wurden, bevor ich Dich kannte, aber ich möchte damit sagen, daß ich in all Deinen Kindern etwas mir Verwandtes finde, außer in Graziano. Auch der Kleine ist aufgeweckt und nett. Er ist nicht von mir, denn er wurde ein Jahr nach Viterbo geboren, und im übrigen ist er Piero wie aus dem Gesicht geschnitten. Graziano finde ich ziemlich unbedeutend und sehr altklug. Vielleicht ist es die Brille, die ihm diese schulmeisterliche Miene gibt. Mir erscheinen die vier anderen viel besser. Aber vielleicht ist es Teil Deiner Verstimmtheit mir gegenüber, daß Du mir die Vaterschaft des unbedeutendsten Deiner Kinder zuschreibst.

Da Du jedoch gesagt hast, Graziano sei mein Kind, habe ich ihn gestern aufmerksam betrachtet, als ich vorbeiging, während sie zu Abend aßen. Er aß einen großen Teller Polenta mit Ragout, ernst, die Brille tief auf seiner sommersprossigen Nase. Er trug einen Frotteeschlafanzug und war krebsrot, vielleicht weil er gerade gebadet hatte. So habe ich ihn in Erinnerung. Keines Deiner Kinder gleicht Dir, sie haben Sommersprossen und rote Pausbacken, keines hat Deine strahlende Blässe.

Wie auch immer, glaub mir, keines Deiner Kinder ist von mir. Sie sind alle von Piero. Er ist ein ausgezeichneter Vater, und Deine Kinder brauchen keinen anderen. Der einzige Sohn, den ich habe, ist Alberico. Ich hätte einen anderen, andersgearteten vorgezogen. Doch das gilt sicherlich auch für ihn. Wer weiß, wie oft er gedacht hat, er hätte lieber einen Vater, der anders ist als ich. Wenn wir zusammen sind, fällt es uns extrem schwer, uns die einfachsten Sachen zu sagen. Ich spreche nie viel über Alberico. Mit niemandem spreche ich viel über ihn. Ich denke, daß Euch meine Cousine Roberta von ihm erzählt hat. Ich habe hier an der Wand ein Photo von ihm hängen, das Roberta von ihm gemacht hat, als er fünf Jahre alt war und ich und meine Frau noch zusammen waren. Er war ein schönes Kind. Ich liebte ihn, es ist nicht schwer, ein Kind zu lieben. Ich liebte ihn, aber ich hatte nie Lust, lange mit ihm zusammenzusein. Ich langweilte mich sofort. Ich habe hier an der Wand auch ein Photo von meiner Frau damals, ein zerbrechliches junges Mädchen, ganz in einen Schal gehüllt. Ich langweilte mich auch mit ihr. Damals langweilte ich mich leicht. Ich war sehr jung, und die Langeweile machte mir große Angst. Jetzt habe ich nicht mehr so viel Angst vor der Langeweile, aber damals hatte ich Angst. Ich langweilte mich auch mit meiner Frau. Ich fand sie dumm. Mit dem Kind langweilte ich mich, weil es ein Kind war, mit ihr langweilte ich mich, weil sie dumm war, und die Langeweile mit ihr war bedrückend. Bevor ich sie heiratete, hatte ich nicht bemerkt, daß sie so dumm war, doch dann habe ich langsam ihre maßlose Dummheit entdeckt. Sie fand mich nicht dumm, aber langweilig, und sie fand, daß ich ihr wenig bot von all dem, was sie gern hatte. Wenig Liebe, wenig Zerstreuungen und Bekannte, wenig Geld. So hat Alberico die ersten Jahre seines Lebens zwischen zwei Menschen verbracht, die sich miteinander langweilten. Wir haben uns getrennt. Sie ist mit Alberico in eine Wohnung nach Trastevere gezogen. Sie hat sich einen Liebhaber genommen, ein Cousin von ihr und Gefährte aus Kindertagen. Sie war viel außer Haus, und das Kind vertraute sie Tante Bice an, einer Verwandten meiner Mutter. Zwei Jahre nachdem wir uns getrennt hatten, eines Sommers, wurde sie krank, und man begriff nicht, was sie hatte. Sie hatte Kinderlähmung. Wir brachten sie ins Krankenhaus und pflegten sie, ich, Tante Bice, der Kindheitsgefährte. In wenigen Wochen ist sie gestorben. Alberico war in einem Zeltlager, und man mußte ihn zurückholen. Nicht ich bin hingefahren, Tante Bice ist hingefahren. Danach hat immer Tante Bice alles gemacht. Alberico ist endgültig zu ihr gezogen. Meine Eltern wollten ihn nicht, denn sie sagten, sie seien alt und müde. Die Eltern meiner Frau waren tot. Ich wollte ihn nicht, weil mir nicht danach zumute war. Der Kindheitsgefährte ist nach Venezuela gegangen. Alberico war in Tante Bices Wohnung in der Via Torricelli gebracht worden, und dort ist er geblieben. Tante Bice hat dann ihr Testament gemacht und Alberico alles, was sie besaß, vererbt. Sie war reich, die Tante Bice. Es schien nicht so, aber sie war tatsächlich reich. Sie war die Witwe eines Generals.

Alberico war zehn Jahre alt, als er endgültig in die Via Torricelli übersiedelte. Er war ein ruhiges, gefügiges, folgsames Kind und machte keine Schwierigkeiten. Er lernte gut in der Schule, und das Lernen gefiel ihm. Ich aber dachte, daß die ganze Langeweile, die er als kleines Kind zwischen mir und meiner Frau eingeatmet hatte, ihn vergiftet haben müsse und daß sie eines Tages irgendwie aufbrechen werde. Ich holte ihn hin und wieder ab und nahm ihn mit in die Redaktion. Damals hatte ich eine feste Stelle bei der Zeitung und verbrachte dort viele Stunden am Tag. Dann ging ich mit ihm zum Essen ins Restaurant, ging mit ihm ins Kino oder in die Villa Borghese. Ich war eingeschüchtert und gelangweilt. Ich wußte nicht, was ich ihm sagen sollte. Ich erzählte ihm von mir, als ich klein war. Von mir und meinem Bruder, als wir Kinder waren. Von seiner Mutter. Wenn ich von seiner Mutter sprach, versuchte ich, sie wieder so zu sehen, wie ich sie in der ersten Zeit, nachdem ich ihr begegnet war, gesehen hatte, aber es war nicht einfach, denn sogleich kamen mir wieder die folgenden Jahre in Erinnerung. Alberico hörte zu. Oft erwähnte er Onkel Dé, den Cousin seiner Mutter, den Kindheitsgefährten. Er schien mir die Person zu sein, die ihn am meisten interessiert hatte auf der Welt. Wenn er ihn erwähnte, strahlte er. Onkel Dé hatte ihm eine Briefmarkensammlung und eine Weltkarte geschenkt. Aus Venezuela schickte er ihm manchmal Postkarten. Ich brachte ihn nach Hause zurück, verließ ihn an der Haustür und ging wieder zur Zeitung zurück, mit leichtem und schnellem

Schritt und einem Gefühl der Erleichterung, weil ich wieder allein war.

Eines Tages ist Alberico von zu Hause fortgelaufen. Nach zwei Tagen haben wir ihn wiedergefunden, weit weg in einem Stadtteil am Ende des Corso Francia. Mir ist eingefallen, daß Onkel Dé, als er in Rom lebte, dort in der Gegend wohnte. Ein- oder zweimal habe ich mir vorgenommen, Onkel Dé zu schreiben und ihm zu sagen, er solle sich so oft wie möglich bei Alberico melden. Ich habe es aber nicht getan. Ich wußte, daß Onkel Dé in Venezuela bei einer Baufirma arbeitete und geheiratet hatte. Ich glaube, er hat bald aufgehört, Postkarten zu schicken.

Er ist dann noch oft von zu Hause fortgelaufen, Alberico, und wir mußten ihn in der Stadt suchen. Tante Bice rief mich an, und wir verbrachten Tage damit, ihn auf den Straßen, in den öffentlichen Parks, in den Kommissariaten und auf dem Bahnhof zu suchen. Wir fanden ihn in den Kommissariaten wieder, ruhig und still saß er da mit seinem hellblauen Anorak, sein Pappköfferchen auf den Knien. Es war ihm sehr teuer, dieses Köfferchen, und wenn er von zu Hause fortlief, nahm er es immer mit. Er bewahrte Bilder von Fußballern darin auf. Mit vierzehn Jahren wirkte er noch wie ein kleines Kind. Er war rosig, mit glatten Wangen, ganz gelockt wie ein Lämmchen. Jetzt ist er gelockt wie ein altes Schaf, lang, mager, schlaksig, weich, mit immer müder Miene, mit einem schwarzen, kurzen und stachligen Bart, er zieht sich oft schwarz an und wirkt wie ein Leichenwagen. Wenn er lacht, sieht man seine wunderschönen weißen Zähne. Allerdings lacht er selten. Ich glaube, daß all diese Langeweile, die er als Kleinkind bei mir und meiner Frau geschluckt hat, jetzt in ihm hervorgebrochen ist, wie ich es mir erwartet hatte. Er hat sich für politische Wissenschaften eingeschrieben, dann hat er das Studium abgebrochen und hat als Photograph angefangen. Aber vielleicht würde er gern Filmregisseur werden, oder Theaterregisseur, oder Schauspieler. Man weiß es nicht. Er ändert ständig seine Meinung. Für mich ist es sehr mühsam, ihn zu fragen, was er tun will. In Wirklichkeit habe ich ja selber nie so recht begriffen, was ich tun möchte, und habe das Leben damit verbracht, es mich zu fragen. Wenn ich es mich selbst frage, ohne eine klare Antwort darauf zu finden, warum soll ich dann von ihm verlangen, daß er eine klare Antwort für sich weiß? Anfangs gefiel es mir ganz gut, bei der Zeitung zu arbeiten, dann überkam mich Ekel vor den Zeitungen, und jetzt verlasse ich Italien. Der Unterschied zwischen ihm und mir ist, daß ich kein Geld habe, er aber, dank Tante Bice, bis jetzt welches hat. Und außerdem ist er schon fünfundzwanzig Jahre alt. Er ist ein Mann. Roberta sagt, ich müßte ihm irgendwelche Anregungen geben. Aber was für Anregungen kann ich ihm schon geben? Ich weiß nicht. Wenn ich ihn vor mir sehe, ist meine einzige Sorge, ihn so wenig wie möglich zu belästigen. Ihn so wenig wie möglich zu langweilen. Ich denke immer an die große Langeweile, die zwischen mir und seiner Mutter herrschte und die er in großen Zügen schluckte, Tage um Tage, als er ein Kind war.

Das letzte Mal, daß Alberico bei mir aufgetaucht ist, war vorigen April. Er kam aus Agropoli. Er befand sich in Gesellschaft eines gewissen Adelmo, ein gedrungener, muskulöser Typ mit krummen Beinen. Sie haben im Flur zwei gleiche, zum Platzen volle Rucksäcke abgestellt, dann haben sie sich geduscht, dabei das Bad überschwemmt und Pullover, Unterhemden und Socken verstreut. Ich habe Roberta heraufgerufen, denn Roberta hat viel für Alberico übrig und macht mir das Zusammensein mit ihm leichter. Ich habe sie im Wohnzimmer sitzen lassen und habe die Pullover, die Socken und die Unterhemden gewaschen. Dann habe ich Bandnudeln mit Basilikumsoße gemacht. Bei Tisch hat Alberico gesagt, er wolle die Wohnung in der Via Torricelli verkaufen, die, die Tante Bice ihm vermacht hatte. Roberta war beunruhigt. Nie den Ziegelstein verkaufen, nie. Am Ziegelstein muß man festhalten.

Alberico hat gesagt, er wolle aufs Land ziehen und Kaninchen und Geflügel züchten. Er und Adelmo sind schlafen gegangen. Ich hatte ihnen in dem Zimmer am Ende des Ganges das Bett gerichtet, in dem Zimmer, das ich als »Albericos Zimmer« bezeichne, obwohl er ganz selten darin geschlafen hat. Roberta und ich sind allein zurückgeblieben. Sie hat mich gefragt, ob ich wüßte, daß Alberico in der California-Bar verkehre. Ich habe ihr gesagt, davon wüßte ich nichts, ich wüßte nicht einmal, wo die California-Bar sei. Sie hat mir gesagt, die California-Bar sei in der Gegend um die Via Flaminia und sei ein übles Lokal. Ich habe die ganze Nacht nicht geschlafen. Am Morgen habe ich mich ins Wohnzimmer gesetzt, mir Fragen und Sätze zurechtgelegt und sie leise vor mich hin gesagt. Als ich Alberico dann aber vor mir gesehen habe, sind mir alle diese Fragen und Sätze im Halse steckengeblieben. Er und Adelmo waren schon angezogen und bereit zum Weggehen. Ich habe Kaffee und Toast für sie gemacht. Während sie frühstückten, sprachen sie leise von ihren Dingen. Die Pullover und die Socken, die ich ihnen gewaschen hatte, waren noch naß, aber sie haben sie trotzdem in die Rucksäcke gestopft, in Handtücher und Zeitungspapier gewikkelt. Sie führen, haben sie mir gesagt, nach London. Zwei Wochen später habe ich jedoch erfahren, daß sie in der California-Bar festgenommen worden waren. Die ganze California-Bar ist im Gefängnis gelandet. Alberico ist einen Monat im Gefängnis gewesen, das weißt Du, weil ich es Dir erzählt habe. An dem Morgen, an dem er herausgekommen ist, habe ich an der Gefängnistür auf ihn gewartet. Roberta hatte mir gesagt, daß er entlassen würde, sie hatte es von dem Rechtsanwalt erfahren, an den wir uns gewandt hatten. Ich habe ihn daherkommen sehen, schlaksig, müde, ruhig, in seiner kurzen Lederjacke, mit einem Bündel Wäsche unter dem Arm. Adelmo war nicht bei ihm. Statt dessen war da ein dicklicher Typ, rothaarig, der eine grasgrüne Latzhose anhatte. Er hat ihn mir vorgestellt, er hieß Giuliano. Wo Adelmo sei, habe ich ihn gefragt, aber er hat geantwortet, er habe keine Ahnung. Ich habe ihm gesagt, er solle zu mir nach Hause kommen. Er hat gesagt, daß er vielleicht zum Mittagessen komme, aber jetzt zu tun habe. Er hat mir zwei Finger hingestreckt, und ich habe ihm den stachligen, spärlichen schwarzen Bart geküßt. Dann habe ich sie Seite an Seite auf der Tiberpromenade entschwinden sehen, die grüne Latzhose und die kurze Lederjacke. Er ist nicht zum Mittagessen gekommen an dem Tag, und längere Zeit habe ich nichts mehr von ihm gehört. Dann habe ich erfahren, daß er die Wohnung in der Via Torricelli verkauft hatte. Roberta hat es mir erzählt. Er hatte sie gut verkauft. Er ist schlau, hat Roberta zu mir gesagt, er wirkt nicht so, aber er ist schlau, er liebt das Geld und weiß immer, wo und wie er sich welches beschaffen kann. Woraus schließt du, daß er das Geld liebt? habe ich sie gefragt, aus seiner Lebensweise ist diese Liebe zum Geld nicht ersichtlich. Du kennst ihn nicht, hat Roberta gesagt. Daß ich ihn nicht kenne, ist gewiß. Vor ein paar Tagen hat er mir aus Berlin geschrieben. Er arbeitet an einem Film. Im Augenblick hat er nicht die Absicht, nach Italien zurückzukehren. Nach dem Winter, vielleicht. Der Brief trug den Briefkopf eines Hotels. Ich habe ihn angerufen und ihm gesagt, ich ginge nach Amerika. Er hat gesagt, das schiene ihm eine gute Idee zu sein. Ich habe ihm gesagt, er solle kommen und sich vor meiner Abreise von mir verabschieden. Er hat gesagt, er glaube nicht, daß er fortkönne, wegen des Films. Wir würden uns in Amerika sehen, in irgendeiner amerikanischen Stadt, in die es ihn eines Tages vielleicht verschlagen würde. Der Film ist ein Film über Odysseus. Er ist Regieassistent, aber sie haben ihm auch eine kleine Rolle gegeben, die Rolle eines Hirten, der, auf einem Stein sitzend, die Schalmei spielt.

Vor meiner Abreise werde ich auf den Friedhof gehen. Ich bin sehr lange nicht mehr dort gewesen. Meine Eltern liegen dort, Tante Bice, und weit weg, in einem anderen Teil, meine Frau. An Tante Bice denke ich am häufigsten. Sie war dumm, aber voll guten Willens und vor allem voll unermeßlichen Selbstvertrauens. Dieses Vertrauen erfüllte die Räume, die Küchenschränke, die Balkons ihrer Wohnung. Sie hatte ein optimistisches Wesen und war fest davon überzeugt, daß alles, was ihr in die Hände fiel, alles, was sie anschauen und berühren konnte, gut und glücklich gedeihen würde. Niemand wollte Alberico, sie hat keinen Augenblick gezögert und ihn sofort zu sich genommen. Sie hatte blaue Augen, klar wie das Wasser, einen großen weißen Kopf, ein strahlendes Lächeln. Wenn wir durch die Straßen gingen, auf der Suche nach Alberico, der nirgendwo zu finden war, wurde dieses Lächeln ein wenig, aber nur ein ganz klein wenig unsicherer. Als sie starb, war Alberico neunzehn Jahre alt. Er machte in Messina seinen Militärdienst. Ich weiß nicht, ob Tante Bice je begriffen hat, daß Alberico ein Homosexueller war. Ich glaube kaum. In ihrer Welt gab es keine Homosexuellen. Sie ist fast unerwartet gestorben, an einem Herzanfall, eine Nachbarin war bei ihr. Allerdings muß sie sich schon ein paar Tage vorher unwohl gefühlt haben, denn sie hatte den Notar gerufen. Dann hatte sie einen Brief an Alberico geschrieben, hat es aber nicht mehr geschafft, ihn abzuschicken, er war in ihrer Handtasche. Sie zählte ihm darin alles auf, was sie besaß und ihm vermachte, die Wohnung in der Via Torricelli, Wertpapiere, Obligationen, drei Geschäfte in Neapel und Gold in einem Safe. Am Schluß bat sie ihn, sich um ihre Katze zu kümmern. Alberico ist zum Begräbnis gekommen und sofort wieder abgefahren. Die Katze war der Nachbarin anvertraut worden. Nach Beendigung des Militärdienstes ist Alberico sie holen gekommen und hat sie in eine Wohnung gebracht, wo er bei bestimmten Freunden zu Gast war. Er mochte damals nicht in der Via Torricelli wohnen. Er zog die Wohnung jener Freunde vor, eine Kommune, wo sie zu sechst waren. Die Katze aber ist, kaum in der Kommune angekommen, über die Dächer abgehauen und verschwunden.

In die Via Torricelli ist Alberico später mit einem Freund eingezogen, einem brasilianischen Maler namens Enrique.

Überall waren Photographien, an einer Schnur zum Trocknen aufgehängt, und überall waren Enriques Bilder, Urwälder und Jaguare. Binnen weniger Tage ist Tante Bices Wohnung zu einer Spelunke geworden. Jetzt ist die Spelunke verkauft worden, und von Tante Bices Optimismus, von ihrem Selbstvertrauen, von ihrer blaugepunkteten Schürze und ihren weißen dicken Beinen und ihren Frotteehausschuhen ist nirgends eine Spur zurückgeblieben.

Gerade eben hat mich Egisto angerufen. Er kommt hier vorbei, und wir wollen irgendwo zusammen zu Abend essen. Diesen Brief gebe ich ihm mit, damit er ihn Dir am Samstag bringt, denn ich werde, wie ich Dir schon gesagt habe, am Samstag nicht kommen.

Giuseppe

Egisto an Lucrezia

Rom, 25. Oktober

Ich rechnete damit, heute nach *Le Margherite* zu kommen, aber ich komme nicht, weil meine Dauphine verschmutzte Zündkerzen hat und weil ich außerdem einen Artikel fertigschreiben muß. Ich habe versucht, Euch anzurufen, aber es hat niemand abgenommen. Dieser Sizilianer, den Ihr jetzt habt, muß taub sein. Der Abruzzeser vorher war besser.

Ich habe einen Brief von Giuseppe an Dich und gebe ihn Albina, die mit dem Zug kommt. Ihr gebe ich auch meine wenigen Zeilen.

Es tut mir leid, ich wäre gern gekommen, um mit Euch zusammenzusein und mit Piero Tennis zu spielen. Euer Tennisplatz ist zwar seit dem letzten Gewitter in einem erbärmlichen Zustand, er ist voller Löcher, und letztes Mal hätte ich mir beinahe den Knöchel verstaucht. Aber das macht nichts.

Kürzlich habe ich abends bei den Rotunnos einen sympathischen Menschen kennengelernt. Er heißt Ignazio Fegiz und restauriert Bilder. Er hat mich dann nach Hause gebracht, weil ich zu Fuß war. Er hat einen olivgrünen Renault. Er ist sehr gescheit. Wenn Ihr wollt, bringe ich ihn mit, wenn ich nächsten Samstag zu Euch komme. Ihr habt doch dieses Stilleben, das Pierino in Salerno gekauft hat, mit vielen Flecken und Rissen, vielleicht könntet Ihr es ihm zeigen. Ich halte es für eine Schmiererei, aber ich weiß, daß Piero daran hängt. Er wird Euch sagen, wie man die Flecken und vielleicht auch die Risse zum Verschwinden bringen kann.

Ich habe Giuseppe gesehen. Er scheint mir sehr deprimiert zu sein. Wir hatten vor, im Restaurant zu Abend zu essen, aber dann ist seine Cousine gekommen und hat gesagt, ob wir unten bei ihr etwas essen wollten. Sie heißt Roberta. Ich glaube, Ihr kennt sie, sie ist ein paarmal nach *Le Margherite* mitgekommen. Sie ist blond, breit in den Hüften, mit breiten vorstehenden Zähnen. Es ist eine lustige, geschäftige Frau, die überall mitmischen muß. Wir sind hinuntergegangen, und sie hat Spaghetti gekocht auf irgendeine komplizierte Weise, an die ich mich nicht erinnere. Spinat, Sahne und Eier waren darin. Der Spinat war tiefgefroren, soviel ist sicher. Sie selbst macht gerade eine Schlankheitskur und hat keine Spaghetti gegessen, nur einen Apfel und ein kleines Tellerchen Radicchio ohne Öl und ohne Salz.

Robertas Wohnung ist der von Giuseppe ähnlich, aber größer. Sie und ich haben über Wohnungen gesprochen. Giuseppe hat seine verkauft. Ich glaube, er hat einen großen Blödsinn gemacht. Er war schon beim Notar und hat den Vorvertrag unterschrieben. Käufer sind gewisse Leute namens Lanzara. Er ist ein ziemlich berühmter Analytiker.

Mit dem Geld von der Wohnung wird Giuseppe Schatzbriefe kaufen. Dann hat er hier etwas für den Fall, daß er Lust kriegen sollte zurückzukommen. Oder für den Sohn, falls der es mal braucht. Der Sohn ist reich, weil er eine Tante beerbt hat, aber er hat zu nichts Lust. Er war wegen Drogengeschichten im Gefängnis. Der Junge ist verloren.

Princeton ist eine winzige und sehr schöne Stadt. Sie wurde von den Quäkern gegründet. Es gibt dort große Wiesen und viele Bäume. Die Bäume sind voller Eichhörnchen. Wenn Giuseppe dann seine Fenster öffnet, wird er Eichhörnchen sehen. Aber meiner Ansicht nach wird er schnellstens wieder zurückkommen, in weniger als einem Monat. Amerika ist doch nicht der richtige Ort für ihn. Er ist so deprimiert, weil er keine Lust mehr hat abzureisen.

Wir sehen uns nächsten Samstag. Ich werde Ignazio Fegiz mitbringen.

Egisto

Lucrezia an Giuseppe

Monte Fermo, 26. Oktober

Deinen Brief hat Albina mir gegeben, und auch einen von Egisto. Mit ihrer grünlichen Eidechsenpfote hat sie in ihrer Tasche gewühlt und hat erst ein Taschentuch zutage gefördert, dann einen Kamm und dann ein paar Tampax, und dann die beiden Briefe. Ich war in der Küche und füllte den Wein in Flaschen um, zusammen mit meiner Schwiegermutter und diesem Jungen für alles, der vor ein paar Tagen aus Piazza Armerina gekommen ist und überhaupt nichts kann.

Ich habe sie alle dort stehengelassen und bin in mein Zimmer gegangen, wo ich mich eingeschlossen habe.

Was für ein seltsamer Mensch Du bist. Seit so langer Zeit reden wir fast gar nicht mehr miteinander, und plötzlich schreibst Du mir einen langen Brief. Eine Zeitlang haben wir uns ein paar Briefe geschrieben, Du und ich, aber nicht viele und nicht mal besonders lange, und das ist nun auch schon lange her, vier oder fünf Jahre. Danach haben wir uns nicht mehr geschrieben und auch nicht mehr viel miteinander gesprochen. So oft waren wir in diesen Jahren allein, ich und Du, so oft haben wir lange Waldspaziergänge gemacht, aber mehr als »Wie geht's?« und »Was machst du?« hast Du nicht gesagt, und ich genauso.

Ich weiß nicht, warum Du sagst, ich wäre Dir gegenüber verstimmt. Es ist nicht wahr. Ich bin kein bißchen verstimmt Dir gegenüber. Ich hätte keinen Grund dazu. Wir haben eine Beziehung gehabt, die ein paar Jahre gedauert hat und dann zu Ende war. Eine einfache Geschichte.

Du machst mich wütend, wenn Du sagst, Graziano sei ein unbedeutendes Kind. Das stimmt nicht. Keines meiner Kinder ist unbedeutend. Alle fünf sind ganz besondere Kinder und sehr schön. Das sagen alle.

Graziano ist von Dir. Aber wenn Du es vorziehst, so zu tun, als sei das nicht so, macht es nichts.

In Deinem Brief erwähnst Du nur vier von den Kindern. Augusto erwähnst Du nicht. Ich weiß nicht, warum. Er gleicht mir vielleicht am meisten. Obwohl er rote Backen hat und nicht »meine strahlende Blässe«.

Es hat mich gefreut, daß Du diesen Satz geschrieben hast. Er ist mir den ganzen Tag im Kopf herumgesummt. Immer wieder stelle ich mich vor den Spiegel, um »meine strahlende Blässe« zu betrachten.

Heute fahre ich mit Serena und Albina nach Pianura. Serena hat sich in den Kopf gesetzt, ein Zentrum zu eröffnen. Ihre Hausleute haben einen Lagerraum. Serena hat gefragt, ob sie ihn ihr vermieten. Serena langweilt sich. In diesem Lagerraum will sie ein Zentrum eröffnen, das Frauenzentrum heißen soll. Es wird dort eine Bibliothek geben und einmal in der Woche Versammlungen, am Freitagabend. Wir werden Gedichte lesen und Theaterstücke aufführen. Serena spielt gern Theater. Sie würde so gern die *Mirra* von Alfieri spielen. Sie war schlecht in der Schule, Serena, und von all dem, was sie gelernt hat, weiß sie nichts mehr, aber an die *Mirra* von Alfieri erinnert sie sich noch, wer weiß, warum. Sie möchte gern eines Abends in einem Theater vor Leuten, die zuhören, sagen können: »Quando tel chiesi /darmi allora, Euriclea, dovevi il ferro / io moriva innocente / empia ora muoio« (Als ich es verlangte, hättest du es mir geben müssen, Euriclea, das Eisen, unschuldig wäre ich gestorben, jetzt sterbe ich frevelhaft). *Mirra* ist die Geschichte von einer, die in ihren Vater verliebt war. Serena ist allerdings nie in ihren Vater verliebt gewesen. Nein. Nicht einmal im Traum. Aber wenn sie an diese Schlußszene denkt, sagt sie immer, dann kommen ihr die Tränen.

Was für ein seltsamer Mensch Du bist. Du erzählst mir von Deinem Sohn, in Deinem Brief. Du hast nie über ihn gesprochen, weder mit mir noch mit Piero, noch, glaube ich, mit den anderen. Wenn wir Dich nach ihm fragten, hast Du immer nur vage geantwortet und das Thema gewechselt. Aber ich wußte alles über Deinen Sohn, von Roberta. Was Du mir schreibst, wußte ich schon. Tante Bice, die Katze, die California-Bar.

Später.

Ich weiß nicht, warum Du denkst, ich sei Dir gegenüber verstimmt. Aber nein, überhaupt nicht. Wieso denn? Wir haben eine Beziehung gehabt, die ziemlich lang gedauert hat. Dann war sie zu Ende. Ganz einfach.

Ich wollte Piero verlassen und mit Dir zusammenleben. Es wäre ein Fehler gewesen, aber ich wußte es nicht. Es wäre ein Fehler gewesen, weil wir einander schon überdrüssig waren, Du meiner und ich Deiner. Aber ich wußte es nicht, ich hatte es nicht begriffen. Du hast mir gesagt, daß ich Piero keinesfalls verlassen dürfe, daß daran gar nicht zu denken sei. Du hast gesagt, die Kinder würden darunter leiden. Ich habe gesagt, daß ich sie mitnehmen würde und daß sie schon nicht so sehr leiden würden, Piero würde sie doch ganz oft sehen. Die Wohnung, in der Du wohnst, sei ziemlich groß, und mit ein paar kleinen Veränderungen würden wir schon alle hineinpassen. Da hast Du Dich sehr geängstigt. Ich habe Dir die Angst vom Gesicht abgelesen. Wahrscheinlich hast Du Deine Wohnung in ein Feldlager verwandelt gesehen. Ich kann Dir gar nicht sagen, wie Deine Angst mich gekränkt hat. Du hast gesagt, daß Dir nicht danach zumute sei, den Kindern ein Vater zu sein. Es sei Dir nicht danach zumute, die Rolle des Vaters zu übernehmen. Deine übliche fixe Idee. Du hast immer Angst, daß Dich jemand zwingen könnte, die Rolle des Vaters zu übernehmen. Ich habe Dir damals gesagt, Du hättest nur Angst. Wir waren bei Dir zu

Hause. Du haßt jenes Hotel in Viterbo, ich dagegen hasse Deine Wohnung. An jenem Tag habe ich beschlossen, nie mehr dorthin zurückzukehren. Allerdings bin ich doch noch ein paarmal dort gewesen.

Ich habe auch Aschenbecher zerbrochen, nicht nur einen, sondern drei oder vier, an jenem Tag. Ich packte die Aschenbecher, die ich herumstehen sah, und warf sie auf den Boden. Du hast Dich gebückt, um die Scherben vom Teppich aufzusammeln, und ich habe geweint. Ich verachtete Dich und weinte.

Ich weiß nicht mehr, wie das Hotel in Viterbo hieß. Ich weiß noch, daß dort rote Vorhänge hingen, die schlecht rochen. Wir haben sehr ruhig geredet, damals, auf dem Bett sitzend. Dann sind wir ausgegangen, ins Kino. Es gab *Le quattro piume* (Die vier Federn). Ich weiß nichts mehr von dem Film. Nur den Titel. Ich weinte, die Tränen liefen mir herunter, aber Du hast es nicht bemerkt.

Nach Viterbo habe ich mich noch zwei- oder dreimal verliebt. Einmal in einen Kunden von Piero, einen, der in Perugia einen Keramikladen hat. Aber er war immer sehr in Sorge wegen irgendeiner Geldangelegenheit und hat mich nicht bemerkt. Ein andermal in einen englischen Archäologen, einen Freund von Serena. Beide Male war es nicht wichtig und war gleich vorbei. Wie Du weißt, verliebe ich mich leicht. Monate vergingen, ich war traurig und dachte, daß ich noch ein Kind wollte, weil es mir gefällt, wenn ich einen Bauch habe. Piero war zuerst etwas dagegen, dann hat er nachgegeben. Als Vito drei Monate alt war, habe ich aufgehört, ihn zu stillen, und kam mit dem Abstillen nicht zurecht. Man hat uns einen Arzt empfohlen. Er kam fast jeden Tag aus Perugia, um nach Vito zu sehen, und manchmal blieb er zum Mittagessen. Ich wartete immer mit wahnsinniger Angst auf ihn, weil er mich beruhigte, und vor lauter angstvollem Warten habe ich mich in ihn verliebt. Ich glaube, daß Du ihn einmal bei uns gesehen haben mußt, er hieß Civetta. Er war weder schön noch jung, er war weißhaarig und leicht gebeugt. Zweimal bin ich mit ihm ins Bett gegangen, in seiner Praxis in Perugia. Aber es war nicht wichtig, und ich habe Piero nichts gesagt. Nur Serena wußte es. Er dagegen hat es seiner Frau erzählt, er hatte eine ziemlich kleine, dickliche Frau, die immer mit einem Hündchen durch Perugia spazierte. Seine Frau hat gesagt, er dürfe mich nie wiedersehen. Er hat sofort nachgegeben. Dann wurde er nach Vicenza versetzt. Jedenfalls habe ich noch eine ganze Weile einen lappigen, rot-schwarz karierten Pullover von ihm angezogen, den er an der Garderobe im Flur hatte hängenlassen und den er nie zurückgefordert hat, und Piero fragte mich, wieso ich bloß immer in diesem gräßlichen Pullover herumliefe, der ihn an Doktor Civetta erinnere und an die Zeit, als wir mit dem Abstillen nicht zurechtkamen.

Eines Tages weinte ich, und Piero hat mich gefragt, ob ich Deinetwegen weine. Du warst zwei oder drei Samstage nicht gekommen und hattest angerufen, daß Du nicht kommen könntest, weil Du gerade irgend etwas schreiben würdest. Aber ich weinte nicht Deinetwegen, dieses Mal, ich weinte einfach so, ohne irgendeinen Grund. Piero hat damals gesagt, Du habest viele gute Eigenschaften, aber Dir fehle Rückgrat. Er hat mich immer weiter getröstet, als weinte ich um Dich, obwohl ich ihm immer wieder sagte, daß mit Dir längst alles aus sei.

Heute bin ich im Frauenzentrum gewesen, mit Albina und Serena, und wir haben den Boden aufgewischt, dann ist Serena auf eine Leiter gestiegen, weil da zwei kleine Fenster mit verdreckten Scheiben voller Spinnweben sind. Sie hat sie mit Zeitungspapier geputzt, und ich habe inzwischen den Eimer gehalten, aber sie sind fast noch genauso schmutzig wie vorher. Albina und Serena sagen, daß ich nach Rom kommen solle, um mit Dir zu reden und Dich zu überzeugen, vierzehn Tage oder einen Monat in Amerika zu bleiben, aber nicht länger. Sie sagen, Amerika sei kein Land für Dich. Ich dagegen denke, daß es Dir in Amerika gutgehen wird, und wenn ich einen Bruder in

Amerika hätte, der zu mir sagen würde: Komm für immer her, dann würde ich sofort losfahren. Ich würde alle meine Kinder nehmen und hingehen. Aber ich habe keine Brüder, weder in Amerika noch anderswo, und Du hast Glück, daß Du diesen Bruder in Princeton hast, einer Stadt voller Eichhörnchen, voller Bäume. Einer Stadt, die solide sein muß, ordentlich, sauber und gastfreundlich. Du wirst sagen, daß ich hier so viele Bäume habe, wie ich nur will, Eichhörnchen gibt es keine, aber es gibt so viele andere Tiere, Katzen und Hunde und Kaninchen und Hühner. Wir ertrinken in Tieren und Bäumen. Als Mädchen habe ich mir immer gewünscht, auf dem Land zu leben und viele Kinder zu haben. Ich habe bekommen, was ich wollte, aber inzwischen bin ich anders geworden. Die Kinder sind mir recht, aber vom Land habe ich die Nase voll. Ich hätte gern eine Stadt um mich: Princeton. Statt dessen habe ich nur Wiesen und Wälder rundum. Wenn ich ans Fenster gehe und mir dieses Land anschaue, mit den Wiesen und Wäldern und Weinstöcken, überkommt mich kein Gefühl von Frieden, sondern ein Gefühl von Bestürzung. Als wir dieses Haus gekauft haben, fand ich es wunderschön, so groß, gelb und alt, aber jetzt gibt es Tage, an denen ich es nicht ausstehen kann, weder von hinten noch von vorn, noch von innen. Mache ich mir die Mühe und fahre nach Monte Fermo, finde ich ein Dorf mit fünfzehn Häusern vor, die über einem Abgrund hängen, alte Frauen, die auf den Stufen sitzen, und Hühner. Mache ich mir die Mühe und fahre nach Pianura, finde ich keine Stadt vor, sondern wieder ein Dorf, ein großes, dichtbesiedeltes Dorf, unangenehm und laut, das mir ganz genauso zum Hals heraushängt.

Ich habe zu Piero gesagt, daß wir dieses Haus verkaufen und nach Perugia oder nach Rom ziehen könnten. Er will aber nichts davon wissen. Er ist hier zufrieden. Das Land sieht er kaum, weil er seine Tage in Perugia verbringt und erst abends hierher zurückkommt. Er ist nur samstags und sonntags hier, da kommen die Freunde, und es gefällt ihm.

Noch später.

Was Deinen Sohn angeht, wollte ich Dir sagen, daß Du, falls er nicht kommt, um sich vor Deiner Abreise von Dir zu verabschieden, hinfahren müßtest, um Dich von ihm zu verabschieden. Aber das fällt Dir gar nicht ein. Kurz gesagt, Du haust einfach ab. Kurz gesagt, Du hast ihn abgehängt. Du müßtest doch auch ein bißchen neugierig sein, Dich überzeugen, ob es ihm in Berlin gutgeht und wie der Film ist. Was heißt das denn, daß er schon fünfundzwanzig ist. Mit fünfundzwanzig kann einer immer noch unter der Abwesenheit der Eltern leiden, auch wenn er es ist, der weit weg von ihnen sein will, weil er beschlossen hat, daß sie ihm überhaupt nicht gefallen. Insgeheim jedoch wäre er froh, wenn die Eltern ihm nachliefen.

Mit fünfundzwanzig war ich bereits drei Jahre verheiratet und hatte schon zwei Kinder, aber meine Mutter kommandierte mich herum, und ich gehorchte ihr. Ich rief sie zehnmal am Tag an und fragte sie, wie ich mich anziehen sollte und was ich kochen sollte, und mit ihrer mächtigen Stimme gab sie auf alles Antwort, Punkt für Punkt. Piero hatte ich geheiratet, weil er ihr gefiel, sie fand, er sei ein guter, ernsthafter, ruhiger Mann, »ein Arbeiter«. Piero habe ich geheiratet, weil er »ein Arbeiter« war. Alles, was ihr gefiel, tönte sich für mich mit einer schönen Färbung. Ihr gefiel sogar Signora Annina, Pieros Mutter, die in Wahrheit eine Plage ist, und die beiden, sie und Signora Annina, unternahmen zusammen kleine Reisen. Nachdem ich Piero geheiratet hatte, habe ich gemerkt, daß es mir mit ihm gutging, ziemlich gut, aber mir ist klargeworden, daß ich, als ich ihn heiratete, nur meiner Mutter gehorchte. Wir wohnten damals in Florenz, meine Mutter in einer Wohnung und wir in einer anderen, in derselben Straße. Signora Annina wohnte in Lucca und kam öfter herüber. Unsere Wohnung hatte meine Mutter ausgewählt, und sie hatte auch die Möbel ausgewählt und die Einteilung der Zimmer bestimmt. Meine Mutter war eine starke, robuste, energische Frau, sie lief den ganzen Vormittag in der Stadt herum und kümmerte sich um die Familien von Strafgefangenen. Mit ihrer Umhängetasche, ihren flachen Schuhen, ihrem militärischen Schritt lief sie durch die Stadt. Sie hatte eine mächtige, tiefe, rauhe Stimme. Seit ich geheiratet hatte, lebte sie allein, mit einer Haushälterin, der Lina, und abends strickten sie und Lina, auch für die Familien der Gefangenen. Mit meiner Mutter, Piero und Lina fühlte ich mich beschützt, sicher, ruhig, mir war, als würden sie jede Gefahr, jedes Unheil von mir abwenden. Dann bekam meine Mutter diese nervöse Depression. Aber das weißt Du, ich habe es Dir schon erzählt. Sie hat angefangen, über Kopfweh und Schlaflosigkeit zu klagen. Der Arzt hat sie untersucht, aber sie hatte nichts, war gesund. Ganz allmählich hat sie aufgehört, aus dem Haus zu gehen, sich zu waschen, zu essen und zu stricken. Sie saß in ihrem Wohnzimmer in einem Sessel, im Halbdunkel, die Hände im Schoß, und starrte auf einen Punkt auf dem Teppich. Wenn ich anrief, antwortete mir nun immer Lina, meine Mutter rührte sich nicht, und wenn ich sie besuchen kam, lächelte sie mir mit der Hälfte des Mundes zu, dann schlug sie sofort die Augen nieder und blickte wieder starr auf den Teppich. Innerhalb kurzer Zeit war sie uralt geworden, mager, eingefallen, die Kleider schlotterten ihr am Leib. Mir war, als stünde die Welt auf dem Kopf. Ständig kam der Arzt, setzte sich neben sie und stellte ihr Fragen, sie antwortete kaum mit ihrer immer noch mächtigen und rauhen, jetzt aber ganz gebrochenen und rostigen Stimme. Der Arzt war jung, aber nicht sonderlich schön, er war bloß sehr freundlich, und ich habe mich in ihn verliebt, weil ich mich immer in die Ärzte verliebe, aber es war nichts Wichtiges, er hat es nicht bemerkt, und mir ist es gleich wieder vergangen. Meine Mutter wurde dann in eine Nervenklinik eingeliefert. Lina ist nach Sardinien in ihr Dorf zurückgekehrt. Piero hat eine Stelle in einer Kühlschrankfabrik in Pisa bekommen, eine Stelle, die viel besser zu sein schien als die, die er in Florenz hatte, und so habe ich meine Wohnung auflösen müssen und die meiner Mutter auch. Piero hatte viel zu tun mit seiner neuen Arbeit, er hatte auch Schwierigkeiten mit einem Vorgesetzten, der ihm nicht gefiel, er war müde und schlecht gelaunt und sagte mir, ich solle mit allem allein fertig werden, denn er habe keine Zeit, und außerdem sei ich, sagte er, inzwischen eine erwachsene Frau, denn ich sei fünfundzwanzig. So hatte ich keine Beschützer mehr. Drei Monate lang war meine Mutter in der Klinik. Soviel ich nur konnte, war ich dort bei ihr und wartete darauf, daß sie mir ein paar Worte sagte, aber sie sagte nichts zu mir, lächelte mir nur hin und wieder mit dieser einen Mundhälfte zu. Eines Nachts ist sie gestorben, sie hat einen Herzstillstand gehabt. Piero hat sich heftig mit seinem Vorgesetzten gestritten und hat gekündigt. Wir hatten uns gerade erst in der neuen Wohnung in Pisa eingerichtet. Signora Annina, meine Schwiegermutter, war gekommen, um uns zu helfen, aber sie beklagte sich nur dauernd über die Hitze, die Schnaken und die Wohnung. Außerdem hatten wir wenig Geld. Piero saß den ganzen Tag in unserem Schlafzimmer, rauchte und starrte auf das Fenster, und ich betrachtete seinen großen Kopf mit den blonden Löckchen, die dunkel werden vom Schweiß, und fragte ihn, was wir jetzt machen würden, und er zog die Augenbrauen hoch und die Mundwinkel herunter. Ich hatte eindeutig keine Beschützer mehr. Dann habe ich im gleichen Sommer Serena kennengelernt. Das hat mich aufgeheitert. Sie war Au-pair-Kindermädchen bei einer holländischen Familie. Als die Holländer abgereist sind, ist sie zu uns gekommen, um auf die Kinder aufzupassen. Wir sind Freundinnen geworden. Sie war kein Schutz, im Gegenteil, ich mußte sie beschützen und sie trösten, wenn sie weinte. Serena weint oft. Als Kindermädchen war sie ganz schlecht, weil sie überhaupt keine Geduld hatte. Ich habe auch fast sofort aufgehört, sie zu bezahlen. Übrigens brauchte sie kein Geld, denn ihr Vater ist reich und unterhält sie. Serena hat ihren Vater angerufen und ihm gesagt, er solle Piero eine Arbeit besorgen. Der Vater hat eine Arbeit für ihn gefunden. So sind wir am Ende jenes Sommers nach Perugia abgereist, Piero hat sich sofort wieder aufgeheitert, als er die Stelle bekommen hat. Es war immer sein Traum gewesen, in einer Anwaltskanzlei zu arbeiten, und Doktor Corsi, der sein Vorgesetzter war, gefiel ihm sehr. Perugia gefiel ihm, die Kanzlei gefiel ihm, alles gefiel ihm. Serena war mit uns nach Perugia gekommen. Später, als wir *Le Margherite* gekauft haben, hat sie sich in Pianura das Zimmer über dem Kino gemietet.

Nicht daß ich Dir etwas großartig Neues erzählt hätte. Viele Dinge weißt Du von mir, ich habe sie Dir schon tausendmal erzählt. Aber ich wollte Dir sagen, wie ich war und wie es mir ergangen ist, mit fünfundzwanzig.

Nach diesem unheimlich langen Brief verabschiede ich mich und gehe das Abendessen machen, denn wenn ich warte, bis der Sizilianer es macht, kann ich lange warten.

Egisto schreibt mir, daß er Samstag herkommen will mit einem, der ihm sympathisch ist, aber ich habe zur Zeit keine Lust auf Leute. Ich bin deprimiert. Vielleicht tut es mir leid, daß Du weggehst. Dir sagen, daß Du nicht oder nur für ein paar Tage fahren sollst, nein, das werde ich nicht tun, aber wenn Du erst dort bist, werde ich manchmal fühlen, daß Du mir fehlst.

Lucrezia

Lucrezia an Egisto

Monte Fermo, 27. Oktober

Nur zwei Zeilen, um Dir zu sagen, daß Du den Bilderrestaurateur nicht mitbringen sollst, oder zumindest nicht am nächsten Samstag, denn ich bin müde und habe keine Lust, ein Gesicht vor mir zu sehen, das ich nicht kenne. Piero will sowieso nicht, daß irgend jemand das Stilleben anrührt. Ein Kunde von ihm aus der Kanzlei hat ihm gesagt, es genüge, ganz sacht mit einer Zwiebel darüberzuwischen, mehrmals, und die Flecken verschwänden, und die Farben würden wieder frisch. Das macht er seit ein paar Tagen und ist damit zufrieden.

Lucrezia

Albina an Giuseppe

Rom, 28. Oktober

Gestern abend, als ich aus Monte Fermo zurückkam, habe ich Dich angerufen, aber Du warst nicht da. Ich wollte, daß Du mich zum Essen einlädst, weil ich nichts im Kühlschrank hatte. Dann habe ich Egisto angerufen, er war zu Hause und ist gleich hergekommen, er hatte noch ziemlich hartes Brot und eine Campbell-Dose zu Hause, und wir haben uns ein Süppchen gemacht.

Ich hatte zwei Briefe von Lucrezia, einen für Dich und einen für Egisto. Deinen stecke ich Dir in den Briefkasten, wenn ich auf dem Weg zur Schule an Deinem Haus vorbeikomme, und füge diesen Brief von mir bei, nur wenige Zeilen.

Egisto und ich und wir alle denken, daß Du nicht gut daran tust, für immer nach Amerika zu gehen. Wir denken, daß Du dort sehr unglücklich sein wirst. Mach eine Reise dorthin, und dann komm hierher zurück. Es macht nichts, daß Du die Wohnung verkauft hast, es macht nichts, daß Du die Überseekoffer aufgegeben hast, denn für das alles findet sich eine Lösung.

Mir kommt es schrecklich vor, daß Du Italien für immer verläßt. Ohne Dich wird es in *Le Margherite* langweilig sein. Ich werde trotzdem hinfahren, gewiß, weil ich am Wochenende nie etwas zu tun habe, und wenn ich zu meiner Familie nach Luco dei Marsi fahre, geht es mir danach die ganze Woche schlecht, und wenn ich in Rom bleibe, überkommt mich Traurigkeit. Also werde ich trotzdem hinfahren, aber es wird nicht dasselbe sein ohne Dich.

Als ich Dich kennengelernt habe, hatte ich mich in Dich verliebt, und jetzt will ich es Dir sagen. Ich habe Dir auch viele Briefe geschrieben, aber ich habe sie zerrissen. Dann war es vorbei, denn darin bin ich wie Lucrezia, ich verliebe mich leicht, dann wache ich eines Morgens auf, und alles ist vorbei.

In Egisto habe ich mich nie verliebt, vielleicht, weil ich ihn ziemlich häßlich finde, so gedrungen, klein und breit. Du bist auch nicht besonders schön, das ist wahr, denn Du bist schmal, grün und dürr. Ein- oder zweimal wollte Egisto mit mir ins Bett gehen, ich habe nein gesagt, er war beleidigt, denn er ist sehr empfindlich, tagelang hat er sich nicht mehr blicken lassen, aber dann ist er wiedergekommen, und alles war wie vorher. Jetzt haben wir uns gern wie Geschwister. Wenn es vorkommt, daß ich mit einem Mann ins Bett gehe, erzähle ich es ihm. Aber es kommt nicht oft vor, denn ich verliebe mich leicht, aber das Bett ist ein schwieriges Kapitel für mich.

Mit meinem richtigen Bruder verstehe ich mich nicht. Ich verstehe mich nicht einmal mit meiner Mutter, und wenn ich heimfahre nach Luco dei Marsi, geht es mir gräßlich. Das Beste ist mein Vater, aber er ist alt und taub. Dann sind da noch meine Schwestern Maura und Gina, eine neun, die andere zehn. Mein Bruder arbeitet in einem Obst-und-Gemüse-Laden. Er hat Lehrer studiert, findet aber keine Stelle. Es ärgert ihn wahnsinnig, daß ich eine Stelle in Rom habe. Es läßt ihm keine Ruhe. Wenn ich den Laden betrete, wo er arbeitet, wird er finster und wendet sich ab. Außerdem sagt er zu meiner Mutter, daß alle fänden, ich sähe seltsam aus, und fragten, ob ich nicht zufällig bei den Roten Brigaden gelandet sei.

Ich laufe herum wie eine Bettlerin, sagen mein Bruder und meine Mutter. Ich antworte, daß ich einen guten Teil meines Gehalts an sie schicken muß. Sie antworten mir, daß ich ja ins Kaufhaus Standa gehen könne, da würde ich wenig ausgeben. Sie haben etwas gegen meine Jeans und meine Bastschuhe.

Außerdem muß ich daheim mit Maura und Gina schlafen. Es ist scheußlich, mit Maura und Gina zu schlafen. Wir schlafen alle drei in einem Ehebett, unter einer roten Steppdecke. Ich hasse sie, diese rote Steppdecke. Mir ist heiß, ihnen ist kalt, ich werfe die Decke weg, sie ziehen sie wieder hoch. Sie tuscheln miteinander im Dunkeln, kichern, kreischen. Als ich die Stelle in Rom bekommen und die Einzimmerwohnung gefunden habe, war ich vor allem abends glücklich, daß ich mich allein in diesem kleinen Bett ausstrecken konnte. Wer weiß, warum man sagt, Alleinsein sei häßlich. Alleinsein in Rom ist schön. Sonntags ist es ein bißchen häßlich, wenn Du darauf wartest, daß das Telefon klingelt, und es nie klingelt. An den anderen Tagen ist es schön.

Eine kleine Reise nach Amerika würde ich auch sehr gern machen, aber ich habe nicht einmal das Geld, um mir ein Paar neue Schuhe zu kaufen.

Du wirst vom Frauenzentrum gehört haben. Gestern haben wir viele Stunden damit verbracht, den Boden zu putzen. Danach waren wir todmüde. Wir sind nach *Le Margherite* zurückgefahren, und Lucrezia hat sich eingeschlossen, um Dir zu schreiben, und hat mir gesagt, ich solle Vito sein Abendessen geben. Es war ein Unternehmen, denn Vito marschiert durch alle Zimmer, und man muß ihm mit dem Teller hinterherlaufen. Gestern ist diese Schweizerin angekommen, die sie erwarteten. Sie war aber gerade mit den Hunden spazieren. Sie sagt, sie möge Hunde so gern. Vielleicht zieht sie den Kindern die Hunde vor, und sie hat nicht unrecht, denn Lucrezias Kinder sind sehr schön, aber unerträglich.

Später hat Piero mich im Auto nach Pianura zurückgebracht, gerade rechtzeitig, so daß ich den letzten Zug noch bekam.

Ich wollte Dir nur zwei Worte schreiben, und statt dessen habe ich Dir einen richtigen langen Brief geschrieben.

Lad mich heute abend zum Essen ein. Lad auch Egisto ein. Du mußt zwar ein bißchen Geld ausgeben für diese Abendessen, zu denen Du uns oft einlädst, aber es sind die letzten Tage, die Du mit uns verbringst.

Albina

Egisto an Lucrezia

Rom, 30. Oktober

Unsympathisches Weib. Echt unsympathisch bist Du. Du willst nicht, daß ich Dir Ignazio Fegiz mitbringe, also bringe ich ihn Dir nicht. Um so schlimmer für Dich. Du versäumst die Gelegenheit, einen sympathischen Menschen kennenzulernen.

Ich schicke Dir diesen Brief mit der Post. Ich komme nämlich auch nicht. Ich fahre mit Ignazio Fegiz nach Tarquinia, zu gewissen Freunden von ihm, die ein schönes Haus haben.

Macht's gut mit Euren Stilleben und Euren Zwiebeln.

Egisto

Egisto an Lucrezia

Rom, 4. November

Entschuldige. Mein Brief war etwas verärgert. Piero hat mich angerufen und mich um Entschuldigung gebeten. Er hat gesagt, Du seist in diesen Tagen traurig und nervös. Vielleicht macht Dich Giuseppes Abreise traurig. Uns alle macht sie traurig. Ich habe auch um Entschuldigung gebeten. Piero hat zu mir gesagt: Bring mit, wen Du willst.

Ich werde am nächsten Samstag mit Ignazio Fegiz kommen. Wir sind nicht nach Tarquinia gefahren, weil die Freunde von ihm uns gebeten haben, es zu verschieben, sie hatten einen Wasserrohrbruch.

Egisto

Giuseppe an Lucrezia

Rom, 5. November

Heute sind die Lanzaras gekommen. Ich habe Dir gesagt, das sind die, die meine Wohnung kaufen. Sie sind gekommen, um die Wohnung, die Möbel genau anzuschauen und über die Einteilung der Zimmer zu entscheiden. Ich habe Roberta Bescheid gesagt, und sie ist sofort heraufgekommen. Ich wollte, daß sie sie sieht, da sie ja behauptet, sie hätten mich an der Nase herumgeführt. Und außerdem hat Roberta die Gabe, mir den Umgang mit Leuten zu erleichtern. Sie hatte noch Kaviar und hat ihn mitgebracht. Ich habe Tee gekocht und Brot geröstet. Diese Lanzaras sind mir sympathisch. Er ist Analytiker. Er ist klein und hat einen birnenförmigen, völlig kahlen Kopf. Sie ist eine fette, schwarzhaarige Spanierin. Sie scheinen keine miesen Typen zu sein. Es hätte mir leid getan, wenn zwei miese Typen in meine Wohnung eingezogen wären.

Während wir Tee tranken, ist Egisto mit einem Freund angekommen, von dem er mir viel erzählt hatte. Er heißt Ignazio Fegiz. Als er eintrat, mit einem Regenmantel voller Schulterklappen und Knöpfe und einer Schirmmütze auf dem Kopf, schien es, als käme mit ihm ein heftiger Windstoß herein. Er ist ein Mann um die Vierzig, hat aber, wie sich herausstellte, als er die Mütze abnahm, schon ganz graue Haare. Eine dichte graue Bürste. Er ist groß, schön, mit gerötetem Gesicht und starken, weißen Zähnen. Die eine Hand hält er immer hinter dem Rücken geballt, mit der anderen fuchtelt er in der Luft herum. Er hat sich hingesetzt, hat Tee getrunken und hat viele

Scheiben Kaviarbrot gegessen. Er sah die Lanzaras zum ersten Mal, aber sofort hat er angefangen, sie über die Wohnung und die Einteilung der Zimmer auszufragen, wobei er alles mißbilligte, was sie schon beschlossen hatten. Dann ist er in der Wohnung herumgelaufen und hat alle Türen aufgerissen. Er fand, sie sollten die Wand zwischen Küche und Bad einreißen und dort, wo jetzt die Besenkammer ist, ein Bad einrichten. Als Schlafzimmer sollten sie das jetzige Wohnzimmer nehmen, und als Arbeitszimmer den Raum ganz hinten. Roberta war nicht einverstanden. Er hat sich ein Blatt Papier geben lassen und einen Plan von der Wohnung gezeichnet, wie er sie sich vorstellte. Roberta hat ebenfalls einen Plan gezeichnet. Die Lanzaras schwiegen und schienen etwas perplex. Egisto hat sich in eine Ecke verkrochen und ein Buch gelesen.

Dann sind die Lanzaras aufgebrochen, und ich habe vorgeschlagen, ein kleines Abendessen zu machen. Roberta fing an, die Soße für die Spaghetti zuzubereiten. Aber Ignazio Fegiz hatte auch von der Soße seine eigene Vorstellung. Er wollte nicht Butter und Tomaten, er wollte Öl, Knoblauch und Pepperoncino. Egisto hat sich mit ihm verbündet. Ich war neutral. Ignazio Fegiz hat gewonnen. Ich glaube, er ist einer von denen, die immer gewinnen.

Bei Tisch hat Ignazio Fegiz von sich erzählt. Er lebt allein. Hat eine Wohnung in der Via della Scrofa. Er restauriert Bilder, und manchmal verkauft er auch Bilder. Als er jung war, hätte er gern gemalt, hat aber bald gemerkt, daß er nicht die Berufung dazu hatte.

Er erweckt den Eindruck eines extrovertierten, mitteilsamen, aus sich herausgehenden Menschen. Aber meiner Meinung nach ist er in Wirklichkeit ein komplizierter und gepeinigter Mensch, der eine Menge Dinge in sich trägt, die er immer verschweigt. In der Hand, die er immer hinter dem Rücken hält, hat er ein Bündel Dinge, die er nie zeigt. Ich habe es ihm gesagt. Ich habe ihm gesagt, daß ich gern sehen würde, was er in dem Bündel hat. Er hat sehr gelacht und hat seine beiden offenen und leeren Hände auf den Tisch gelegt. Er lachte, aber vielleicht war er doch nicht ganz so froh.

Jetzt meine ich, daß ich gern noch ein bißchen hierbleiben würde. Aber es ist besser, wenn ich mit dem Gedanken weggehe, daß mein Leben hier, in Italien, schön war. In Wirklichkeit erscheint es mir jetzt schön, weil ich weggehe. Bevor ich mich entschloß zu fahren, fand ich es unerträglich.

Ich würde gern noch einmal nach Monte Fermo kommen. Mit Dir spazierengehen, Dir auf den Straßen von Pianura folgen, während Du Schinken und Wolle kaufst. Aber ich werde es nicht tun. Ich werde nicht kommen. Es ist seltsam, wie man sich manchmal Dinge verbietet, die man sich doch vielleicht sehr wünscht und die völlig harmlos, einfach und natürlich sind. Aber ich werde nicht kommen. Die Ablösung von Euch ist schon geschehen. Ich bin schon weit weg, schon in Amerika. Ich ziehe das Briefpapier vor.

Ich gehe viel durch Rom. Gestern habe ich den Autobus genommen und bin zur Piazza San Silvestro gefahren. Sie ist nichts Besonderes, die Piazza San Silvestro, mit den halb aufgeplatzten Müllsäcken an der Ecke, den japanischen Touristen, den auf Zeitungen liegenden Bettlern, den Postautos, den Sirenen des Rotkreuzwagens und den Motorrädern der Polizei. Sie ist nichts Besonderes. Trotzdem habe ich lange und liebevoll von ihr Abschied genommen. In Amerika wird es andere Plätze mit Touristen, Bettlern und Sirenen geben. Aber mir werden sie gleichgültig sein, weil sich einer im Leben nicht allzu viele Dinge aneignen kann. An einem gewissen Punkt des Lebens ist uns all das, worauf unser Blick zum ersten Male fällt, fremd. Wir betrachten es wie Touristen, interessiert, aber kalt. Es gehört den anderen.

Du sprichst in Deinem Brief viel von Deiner Mutter. Du hast oft mit mir von ihr gesprochen. Von Deinem Vater sprichst Du nie, weil Du Dich nicht an ihn erinnerst; er starb, als Du noch klein warst. Ich denke jedoch, daß Du Dein ganzes Leben einen Vater gesucht hast, in Deiner Mutter, in Deinem Mann und in mir. Vielleicht hast Du sogar in Doktor Civetta einen Vater gesucht.

Ich spreche nie viel von meinen Eltern. Früh habe ich aufgehört, sie als einen Schutz zu empfinden. Ich fand sie irritierend und langweilig. Auch ich habe als Kind Langeweile geschluckt, gewiß nicht so viel wie mein Sohn, aber ein bißchen Langeweile habe auch ich geschluckt. Mein Bruder dagegen war immer ein Schutz. Auch jetzt fühle ich den Wunsch nach seinem autoritären, leicht verächtlichen und herrischen Schutz. Du hast mir oft vorgeworfen, daß ich Dich nicht beschütze. Doch wie sollte ich Dich beschützen, mit dem Wunsch, den ich hatte, selbst beschützt zu werden. Auch Piero wirfst Du vor, daß er Dich nicht beschützt. Du sprichst oft über Deinen Wunsch, Dich beschützt zu fühlen. Du sprichst oft von Beschützern. Es ist eine fixe Idee von Dir. »Huren haben Beschützer«, hat Piero einmal zu Dir gesagt. Du warst sehr beleidigt. In Wirklichkeit dürfte man, als Erwachsener, keinen Schutz mehr nötig haben. Aber vielleicht sind weder Du noch ich je erwachsen geworden, und Piero auch nicht. Wir sind noch wie die Kleinen im Nest.

Giuseppe

Giuseppe an Lucrezia

Rom, 10. November

Gestern habe ich Ignazio Fegiz besucht. Er hat mich angerufen und mich gefragt, ob ich zu ihm nach Hause käme, um mir gewisse Bilder eines Malers anzuschauen, mit dem er befreundet ist. Es sind Waldbilder. Seine Wohnung ist klein, ein Wohnzimmer und eine Empore. Ich kann Emporen nicht ausstehen. Mir gefallen richtige Wohnungen, mit einem Flur. Er hat viele Bilder in der Wohnung. Mich interessieren Bilder nicht besonders. Das habe ich ihm gesagt. Ich habe ihm auch gesagt, daß er und ich vielleicht nicht viele Gesprächsthemen hätten. Er hat mir gesagt, das mache nichts. Zwei Personen könne es auch ohne Gesprächsthemen gut miteinander gehen. Das ist wahr.

Im Wohnzimmer hängt ein Bild, das Porträt einer im Sessel sitzenden Frau mit einem dichten Wald von goldblonden Haaren. Ich betrachtete es, und er hat mir gesagt, es sei das Selbstbildnis einer Freundin von ihm. Er findet es sehr schön, ich weiß nicht. Er hat mir andere Bilder von dieser Freundin gezeigt. Im allgemeinen sind es Landschaften, in denen Rot und Goldblond dominieren. Er hat auf die Uhr geschaut und gesagt, er habe eine Verabredung. Er konnte mich nicht nach Hause bringen, weil er in eine andere Richtung fuhr. Wir sind zusammen hinuntergegangen. Sein Haus hat keinen Aufzug, es gibt eine recht schmutzige Treppe. Er ist in sein Auto gestiegen, einen olivgrünen Renault. Egisto hat mir später erzählt, daß diese Freundin von ihm, die mit den roten und goldblonden Bildern, bei der Porta Cavalleggeri wohnt und er fast täglich bei ihr zu Abend ißt. Sie heißt Ippolita und wird Ippo genannt. Sie ist nicht schön, hat aber wunderbare Haare, dichte, gelockte, goldblonde Haare. Sie ist sehr mager. Obwohl sie so mager ist, lebt sie in der panischen Angst zuzunehmen und ißt nichts. Ein Grissino, eine Karotte, eine Zitrone. Aber sie kann sehr gut kochen und erfindet Gerichte, die sie nicht probiert. Egisto weiß immer alles über alle.

Giuseppe

Lucrezia an Giuseppe

Monte Fermo, 14. November

Gestern abend ist der berühmte Ignazio Fegiz hier eingetroffen, berühmt, weil Du so viel von ihm sprichst und er Dir so gut gefällt. Auch Egisto gefällt er so gut und jetzt auch Piero. Er ist mit Egisto und Albina gekommen. Sie sind mit Ignazio Fegiz' Auto gefahren, dem olivgrünen Renault. Sie hatten angerufen, und wir erwarteten sie. Ich wollte einen Hackbraten machen, hatte aber keine Zeit dazu, ich werde ihn heute machen. Also gab es Eier und Kartoffeln mit Soße. Der sizilianische Junge für alles ist davongelaufen. Er hat Silberlöffel, eine Uhr von Pierino und ein Tonbandgerät mitgehen lassen. Er hat sich morgens früh davongemacht, als wir noch schliefen. Pierino ist zu den Carabinieri gegangen. Es tut ihm vor allem um die Uhr leid, denn sie war eine Erinnerung.

Ich habe jetzt im Haus viel zu tun. Der Sizilianer tat wenig, aber zumindest fegte er die Zimmer und wusch das Gemüse.

Gestern abend waren wir lange auf. Ignazio Fegiz redete. Wieviel er redet! Zu allem sagt er seine Meinung. Kunst, Politik. Ich bin in einer Sofaecke eingeschlafen. Dann bin ich aufgewacht und habe gehört, daß sie gerade von Dir sprachen. Ich werde Dir nicht schreiben, was sie gesagt haben. Ich finde es nicht schön, einem Menschen weiterzuerzählen, was die anderen sagen, wenn er nicht da ist. Weder das Gute noch das Schlechte. Nicht einmal das Gute, denn dann rührt der Abwesende die Worte, die er nicht gehört hat, mit Butter und Zucker zu einem fetten Schaum und macht etwas anderes daraus, als es in Wirklichkeit war.

Ich hatte vor, einen Tag nach Rom zu kommen. Aber ich werde nicht kommen. Ich habe zu viel im Haus zu tun. Ich verabschiede mich von Dir auf diesem Stück Papier.

Deine wenigen langen Haare. Deine Brille. Deine Hemden mit gewendetem Kragen, blau im Winter, weiß im Sommer. Deine dünnen langen Storchenbeine. Deine lange große Storchennase. Deine großen mageren Hände, die immer kalt sind, auch wenn es warm ist. So habe ich Dich in Erinnerung.

Lucrezia

Giuseppe an Lucrezia

Rom, 18. November

Mein Sohn hat mich aus Berlin angerufen. Er sei auf dem Weg nach Florenz. Sie hätten beschlossen, einen Teil des Films auf den Hügeln um Florenz zu drehen. Wenn ich nach Florenz käme, könnten wir uns treffen. Wenn ich käme, solle ich ihm eine Schreibmaschine mitbringen, die er einem Freund geliehen und nie zurückerhalten habe. Ich werde Dir nicht die Irrfahrt erzählen, die Roberta und ich unternommen haben, um diese Schreibmaschine wiederzukriegen, erst in der Via dei Coronari, dann in der Via dei Giubbonari, erst auf den Spuren eines gewissen Pino, dann auf den Spuren eines gewissen Mario. Schließlich haben wir die Schreibmaschine bei einer gewissen Franca gefunden, die auf der Via Cassia einen Plattenladen hat. Allerdings ist die Maschine Schrott.

Nach Florenz sind wir zu dritt gefahren, ich, Roberta und Ignazio Fegiz. Ignazio Fegiz mußte auch nach Florenz und hat uns mit seinem Renault mitgenommen.

Ignazio Fegiz hat gesagt, er habe sich wohl gefühlt in *Le Margherite*. Er hat gesagt, er habe in einem sehr großen und sehr feuchten Zimmer geschlafen, in dem eine Kommode mit Schildkröten und ein Spiegel mit blinden Flecken war. Ich kenne es, ich habe dort auch sehr oft geschlafen. Piero gefällt ihm. Von Dir hat er gesagt, Du seist ein sehr nervöser Mensch, vor allem zur Essenszeit, und Du habest einen Hackbraten gemacht, der beim Aufschneiden zerfallen sei. Zwei Tage sei er bei Euch gewesen, und an beiden Tagen habest Du einen Hackbraten gemacht, der zerfallen sei. Daraufhin habe er Dich gefragt, warum sich auf einem Hackbraten versteifen, wenn er jedesmal ein Mißerfolg werde. Du seist beleidigt gewesen. Piero habe gesagt, daß Deine Hackbraten sehr gut im Geschmack seien, auch so, ganz zerfallen und zerbröckelt, seien sie sehr gut. Doch er habe gesagt, daß ein Hackbraten, wenn er zerfalle, trotzdem ein Mißerfolg sei. Das hat er von Dir gesagt, daß Du nervös seist, und dann, daß Euer kleinster Sohn, Vito, äußerst verwöhnt sei und abends um elf noch mit einer zermatschten Orange in der Hand im Haus herumlaufe. Deiner Ansicht nach soll man die Dinge nicht weitererzählen, die die Leute über uns sagen, wenn wir nicht dabei sind. Ich dagegen habe die Angewohnheit, sie weiterzusagen, wenn sie nicht allzu böse sind. Vielleicht habe ich unrecht.

Wir sind spätabends in Florenz angekommen. Alberico hatte sich mit mir in einer Pension verabredet. Sie waren in der Halle, saßen hingelümmelt in den Sesseln, die Rucksäcke zu ihren Füßen. Sie waren zu dritt: Alberico, ein kleiner Blonder und ein sehr klein gewachsenes Mädchen mit einer hellblauen Latzhose. Der kleine Blonde war der Regisseur des Films, das Mädchen war das Scriptgirl. Der Name des Blonden ist Rainer, das Mädchen heißt Nadia. Der Blonde ist aus München, das Mädchen aus Catania. Ich fühle mich immer unwohl, wenn ich Alberico gegenüberstehe. Ich habe ihn auf den Bart geküßt. Er ist größer als ich, und ich mußte mich auf die Zehenspitzen stellen.

Das Mädchen hatte starkes Kopfweh, und sie und Roberta haben sich auf die Suche nach einer Nachtapotheke gemacht. Kaum waren sie gegangen, hat Alberto gesagt, das Mädchen sei eine Nervensäge, und der Blonde hat gesagt, das finde er auch. Der Blonde sprach halb deutsch und halb italienisch. Alberico kann kein Deutsch und redete italienisch mit ihm. Sie waren bis Mailand geflogen und hatten dann den Zug genommen. Im Flugzeug habe das Mädchen Angst gehabt, und sie beide hätten ihr abwechselnd die Hand halten müssen. Im Zug sei ihr kalt gewesen, und sie habe mit einer Frau gestritten, die die Heizung abdrehen wollte. Eine Nervensäge. Sie seien jedoch mit Händen und Füßen an sie gebunden, da sie Geld in den Film gesteckt habe und noch mehr hineinstecken müsse, sonst könne der Film nicht zu Ende gedreht werden. Das Geld habe sie von einem Teilhaber ihres Vaters bekommen, denn ihr Vater mache Geschäfte in Deutschland. Ihr Vater sei sehr reich. Ignazio Fegiz hat gefragt, was es für ein Film sei. Alberico hat gesagt, der Film sei absolut das Letzte, und der Blonde hat gesagt, das finde er auch. Ignazio Fegiz hat noch mehr Fragen gestellt. Daraufhin haben sie aus den Rucksäcken diverse zerfledderte und vollgekritzelte Notizbücher gezogen. Ignazio Fegiz hat angefangen, sie durchzusehen, aber dann hat er gesagt, er finde sie unlesbar. Roberta und das Mädchen sind zurückgekommen. Das Mädchen hat ein Mineralwasser und ein Brötchen bestellt. Das Mädchen ist sehr klein, dick, hübsch, mit einem kleinen und finsteren Gesicht. Sie hat krauses, zerrauftes Haar, eine schwarze Wolke. Sie hat große Brüste, die aus der zu engen Latzhose hervorquellen.

Am nächsten Morgen ist Ignazio Fegiz seine eigenen Wege gegangen. Roberta und das Mädchen sind durch Florenz gezogen. Der Blonde war früh aufgestanden und inspizierte jetzt die Hügel. Ich und Alberico haben in der Halle Kaffee getrunken. Ich habe ihn gefragt, wann er damit rechne, nach Rom zurückzukommen, und wo er wohnen werde, da er ja keine Wohnung mehr habe. Ich habe ihn gefragt, ob er sich noch immer mit dem Gedanken trage, mit Adelmo aufs Land zu gehen und Hühner zu züchten. Er hat gesagt, daß er lange nichts von Adelmo gehört habe und daß er zur Zeit nicht an Hühnerzucht denke. Da habe ich gesagt, daß es besser gewesen wäre, wenn er seine Wohnung nicht verkauft hätte, und daß im übrigen auch ich den gleichen Fehler gemacht hätte, wir seien zwei Idioten, daß wir diese beiden Wohnungen verkauft hätten, seine und meine. Ich habe ihm gesagt, daß Roberta mit dem Geld von meiner Wohnung

Schatzbriefe kaufen werde, falls es ihm also passieren sollte, daß er Geld brauche, könne er sich an sie wenden. Er hat nur müde gelächelt und gesagt, Geld habe er viel. Wenn er lacht, fühle ich mich weniger unwohl, weil ich seine weißen, kleinen und gesunden Zähne sehe. Ich habe ihm gesagt, er sei in der Tat ein reicher Mann. Er hat geantwortet, daß ich ja auch nicht arm sei, ich hätte nur Angst, es zu werden, was etwas ganz anderes sei, als schon arm zu sein. Ich habe ihn gefragt, ob er mich in Amerika besuchen werde, und er hat gesagt, vielleicht käme er sogar schon bald, vielleicht im nächsten Frühjahr.

Dann sind alle wiedergekommen, und wir sind noch eine Weile in der Halle sitzen geblieben. Ignazio Fegiz und Roberta unterhielten sich mit dem kleinen Blonden auf deutsch. Ich verstand nicht, was sie sagten, aber ich glaube, sie machten große Sprüche über den Film und gaben Ratschläge. Ignazio Fegiz ist nicht froh, wenn er keine Ratschläge gibt. Roberta genauso. Bloß daß Robertas Ratschläge ziemlich unbeholfen sein mußten und die von Ignazio Fegiz sehr geschraubt. Der kleine Blonde machte ein verwirrtes Gesicht. Alberico las Zeitung. Das Mädchen hatte sich ein Schinkenbrötchen bringen lassen und aß mit jener kindlichen und finsteren Miene, die ihr eigen ist.

Für uns war der Augenblick der Rückfahrt gekommen. Ich habe Alberico auf den Bart geküßt und eine Sekunde seine langen und kalten Finger in der Hand gehalten. Du sagst, daß ich immer kalte Hände habe, aber Du weißt nicht, wie kalt seine sind.

Sie standen alle drei reglos auf dem Bürgersteig, während wir ins Auto stiegen. Alberico lehnte an der Wand. Er trug seine hautenge kurze Lederjacke, seine sehr abgewetzten und am Knie vergilbten Jeans, seine weißen schmutzigen Tennisschuhe. Der Blonde trug ein kariertes Flanellhemd. Das Mädchen aß Brot mit Schinken. Wir sind abgefahren.

Roberta hat erzählt, daß sie lange mit dem Mädchen geplaudert habe, während sie durch Florenz gingen und Kirchen anschauten. Das Mädchen glaubt, schwanger zu sein. In Berlin habe sie ein Verhältnis mit einem österreichischen Journalisten gehabt. Sie sei sich nicht ganz sicher, ob sie abtreiben wolle. Der Journalist habe Berlin verlassen, und außerdem sei es kein sehr enges Verhältnis gewesen. Am Telefon von ihr gefragt, habe der Journalist ihr gesagt, sie solle abtreiben. Sie sei aber unentschlossen. Zu den Eltern stehe sie in keinem ganz schlechten, aber auch in keinem glänzenden Verhältnis. Die Eltern leben bei Catania, auf ihren Ländereien. Der Vater habe eine große Ziegelfabrik. Er sei Milliardär. Sie habe aber keine Lust, nach Sizilien zurückzugehen. Wenn der Film fertig sei, werde sie vermutlich nach Rom kommen. Alberico habe ihr gesagt, er könne sie aufnehmen. Wo denn? hat Roberta gesagt. Alberico habe doch seine Wohnung verkauft und wisse selbst nicht, wohin mit sich und seinen Habseligkeiten. Sie habe gesagt, daß Alberico in Rom doch eine Unmenge Leute kenne.

Wir haben an einem Motel an der Autobahn gehalten, um uns auszuruhen und Kekse zu kaufen. Als wir nach Rom kamen, war es schon dunkel. Jetzt bin ich zu Hause, und es ist Nacht. Das waren meine beiden Tage, gestern und heute.

Giuseppe

19. November, morgens

Vorhin hat Piero angerufen und mich geweckt. Er rief aus Perugia an, aus seinem Büro. Wie früh er hingeht, es ist erst neun Uhr. Er wollte mir einen Gruß sagen. Fragen, warum ich nicht noch einmal nach *Le Margherite* komme, bevor ich fahre. Mich bitten, daß ich Euch nicht vergessen soll. Ich spüre große Zuneigung zu Piero. Über Ignazio Fegiz hat er gesagt, er wirke sympathisch, vielleicht ein bißchen zu kritisch. Ich nehme an, er findet ihn zu kritisch, was die Hackbraten angeht.

Ferruccio an Giuseppe

Princeton, 12. November

Mein lieber Giuseppe,

ich ziehe den Briefen das Telefon vor, doch immer, wenn ich Dich in letzter Zeit anrief, habe ich etwas Wichtiges ungesagt gelassen. Ich habe es nicht gesagt, weil es mir leichter fällt, es zu schreiben. Das Telefon ist nicht dafür gemacht, wichtige Dinge zu sagen, die Zeit und Raum brauchen, es ist für Belanglosigkeiten da oder für zwar wichtige, aber kurze Mitteilungen.

Mein lieber Giuseppe, ich habe beschlossen zu heiraten. Ich heirate eine Person, die ich seit etlichen Jahren kenne. Sie heißt Anne Marie Rosenthal. Sie arbeitet mit mir zusammen. Ich dachte, ich würde niemals heiraten, und auf einmal habe ich nun doch diese Entscheidung getroffen. Anne Marie ist achtundvierzig Jahre alt, sechs Jahre jünger als ich. Sie ist während des Krieges nach Amerika gekommen. Ihr Vater war Deutscher, ihre Mutter Französin. Ihre Eltern waren Juden, und der Vater ist in einem KZ in Deutschland umgekommen. Sie ist als Kind nach Amerika gekommen, mit der Großmutter und der Mutter. Sie ist Witwe und hat eine Tochter, die in Philadelphia verheiratet ist. Den Entschluß zu heiraten haben wir vor einem Monat gefaßt, in Philadelphia, während eines Kongresses. Ich habe es Dir nicht gleich geschrieben, weil ich Deinen wankelmütigen Charakter kenne und befürchtete, daß meine bevorstehende Heirat Dich an Deinem Vorhaben hindern könnte hierherzukommen, um mit mir zu leben.

Du hast mich mehrmals, telefonisch und brieflich, gefragt, ob ich es bereut hätte, Dir gesagt zu haben, daß Du kommen sollst.

Ich habe es keineswegs nicht bereut. Wir werden gut leben zu dritt, ich, Du und Anne Marie. Die Drei ist, wie Du weißt, eine vollkommene Zahl.

Ich und Anne Marie heiraten in einer Woche. Wenn Du ankommst, werden wir schon verheiratet sein. Ich warte nicht Deine Ankunft ab, um zu heiraten, es wäre zwecklos. Es wird keinerlei Feiern geben.

Am 30. November werde ich in New York am Flughafen sein und Dich abholen. Anne Marie wird mit mir dort sein. Wir werden eine Woche in New York bleiben, da Du New York noch nie gesehen hast. Dann werden wir nach Princeton fahren. Wie ich Dir schon am Telefon gesagt habe, bin ich kürzlich umgezogen. Das Haus, das ich vorher hatte, war schön, dieses ist nicht so schön, aber bequemer.

Ich umarme Dich,

Ferruccio

Giuseppe an Piero

Rom, 19. November

Ich danke Dir, daß Du mich angerufen hast. Ich habe noch Deine Stimme im Ohr. Ich bin hier in meinem Zimmer, mit gepackten und zugemachten Koffern, Unordnung, Abfallpapier und Schnüren auf dem Fußboden.

Ich könnte Euch nicht vergessen und trage Euch alle in meinem Herzen eingeprägt, Dich, Lucrezia, Eure lieben Kinder. In meinem Herzen eingeprägt trage ich Euer Haus, groß, gelb und alt, das Ihr *Le Margherite* nennt, wer weiß, warum. Den Säulengang, den Holzschuppen, den Platz vor dem Haus und die beiden Magnolien. Alles trage ich in meinem Herzen eingeprägt. Lucrezia sagt manchmal, sie habe dieses Haus satt, habe es satt, auf dem Land zu leben, und möchte, daß Ihr woanders hinzieht. Aber sie hat unrecht. Es ist ein schönes Haus, und Ihr habt gut daran getan, es zu kaufen, vor zehn Jahren oder wann es war. Bleibt dort. Geht nie von dort weg.

Gestern habe ich einen Brief von meinem Bruder erhalten. Er schreibt mir, daß er heiratet. Um die Wahrheit zu sagen, diese Nachricht hat mich erschüttert. Ich denke, daß ich nicht bei ihm wohnen werde. Sowie ich ein Einkommen habe, werde ich mir eine kleine Wohnung für mich suchen.

Ich hatte mir meinen Bruder und mich allein vorgestellt, und nun wird es nicht so sein. In einem Augenblick ist diese Vorstellung zu Bruch gegangen. Deshalb bin ich verstört und erschüttert.

Giuseppe

Albina an Giuseppe

Pianura, 22. November

Lieber Giuseppe,

ich schreibe Dir aus dem Frauenzentrum. Ich bin hier mit Egisto und Serena. Lucrezia ist zu Hause geblieben. Ich schreibe Dir, um Dir mitzuteilen, daß ich morgen nicht mit Dir zu Abend essen kann, weil ich in Monte Fermo bleibe. Ich habe Dich telefonisch nicht erreicht und schicke Dir diesen Brief mit der Schweizerin, weil sie morgen nach Rom kommt und Dir einen Koffer bringen muß, den Du Piero einmal geliehen hattest.

Egisto schlägt Nägel in die Bretterbühne, und Serena tippt ihr Theaterstück auf der Schreibmaschine, deshalb dröhnt mir der Kopf, ich weiß nicht, was ich tun soll, und schreibe Dir.

Serena hat ihr Theaterstück fast fertig. Sie wird es in zwei Wochen hier aufführen. Sie wird allein spielen, denn in ihrem Stück gibt es nur eine Person, Gemma Donati, Dantes Frau. Von dieser Gemma Donati redet nie jemand, und man weiß nichts über sie. Serena ist gerade deswegen neugierig geworden, weil nie von ihr die Rede ist. Sie sieht sie als eine Person, die ihre Identität verloren hat und sie wiederfindet, indem sie laut Selbstgespräche führt. Serena wird weiß gekleidet sein und auf der Bühne auf und ab gehen mit einem Buch in der Hand, nämlich der Göttlichen Komödie, das sie in einem Augenblick großer Wut in die Flammen werfen wird. Mitten auf der Bühne wird ein Kohlebecken mit Asche stehen, und sie wird das Buch in die Asche werfen. Serena wollte auf dem Boden ein großes Holzfeuer machen, aber wir haben es ihr verboten, aus Angst, daß dann die ganze Bühne Feuer fängt.

Lieber Giuseppe, in zwei Wochen, wenn das Frauenzentrum eröffnet wird und Serena die Gemma Donati spielen wird, bist Du schon nicht mehr in Italien. Das Kostüm hat sie aus einem alten Bettuch fabriziert, und ehrlich gesagt steht es ihr nicht besonders, weil es eigentlich in weiten Falten herabfallen müßte, aber etwas ärmlich geraten ist, sie hat sich nämlich beim Zuschneiden geirrt. Dafür wird sie aber wunderbare goldene Sandalen tragen und einen Goldreif im Haar.

Lieber Giuseppe, wie weit weg Du sein wirst in zwei Wochen. Amerika ist weit weg. Es ist wahr, daß man mit dem Flugzeug an einem Tag hinkommt, es ist wahr, daß alle hin- und herfahren von Amerika, und es ist wahr, daß die Entfernungen heutzutage nicht mehr existieren, aber es ist doch nicht so leicht, in der Welt herumzufahren, wenn man kein Geld zum Reisen hat. Egisto sagt, daß es zu einer anderen Zeit gehörte, über die Entfernungen zu klagen, so wie es zu einer anderen Zeit gehörte, zu klagen und sich zu erschrecken, wenn jemand an Tuberkulose erkrankte. Heutzutage seien die Entfernungen verschwunden und auch die Angst vor Tuberkulose. Dank der Flugzeuge und der Antibiotika seien diese zwei Unglücke verschwunden. Es ist wahr. Aber das Geld, um Dich in Amerika zu besuchen, haben wir nicht, weder Egisto noch ich.

Am 30. November werden wir morgens mit der Dauphine von Egisto vor Deiner Haustüre stehen und Dich zum Flughafen bringen, Egisto und ich.

Albina

Giuseppe an Lucrezia und Piero

New York, 1. Dezember

Liebe Freunde,

ich schreibe an alle beide, weil ich an alle beide denke und weil mir Egisto gestern, als ich abfuhr, den kleinen Käselaib gegeben hat, den er von Euch für mich erhalten hatte, mit Euer beider Namen in roter Schrift auf der Schachtel. Ich danke Euch.

Ich bin in New York. Ich bin gut angekommen. Sagen wir, daß ich gut angekommen bin, aber in Wirklichkeit war es eine schreckliche Reise. Als ich aus Rom abflog, hatte ich leichtes Halsweh, und auf der Reise ist dieses Halsweh schlimmer geworden, und ich habe Fieber bekommen. Ein freundlicher Inder, der neben mir saß, hat bemerkt, daß es mir schlechtging, und hat die Hosteß gerufen und mir ein fiebersenkendes Mittel geben lassen.

Ich bin gestern abend in New York angekommen. Jetzt ist es sieben Uhr morgens. Ich liege im Bett, in einem Hotel in der Fünften Straße. Meine Begegnung mit Amerika war keine glückliche Begegnung. Als ich aus dem Flugzeug stieg, mit dem Inder, der mir den Reisesack trug, begriff ich überhaupt nichts mehr vor lauter Fieber. Ich bin mit den anderen in einen überdachten Gang eingebogen, der endlos lang war. Dann erinnere ich mich an ein heilloses Durcheinander, aber der Inder war immer noch da. Siehst Du, Lucrezia, man findet immer Beschützer. Der Inder ist bei mir geblieben, bis er gesehen hat, daß mein Bruder auf mich zukam. Dem hat er dann den Sack übergeben und ist davongegangen. Ich werde ihn nie wiedersehen. Als ich den grauen Lodenmantel meines Bruders vor mir hatte, habe ich eine ungeheure Erleichterung empfunden. Seine robuste Gestalt, sein langes und ernstes Gesicht haben mir ein tiefes Gefühl von Frieden gegeben. Ich habe ihn umarmt und die Wange an seinen regennassen Lodenmantel gelegt. Hinter ihm stand eine Frau, von kleinem Wuchs und schmächtig, mit sehr großen hellgrauen und leicht schielenden Augen, eine Mütze auf ein Ohr geklatscht, ein Lächeln. Als sie sich umwandte, habe ich eine Frisur gesehen, die heute aus der Mode ist, einen Knoten im Nacken, ein großes schwarzes Brötchen, mit Haarnadeln belegt. Anne Marie.

Wir haben ein Taxi genommen. Ich habe mich zwischen die beiden gesetzt. Im Taxi lag eine Decke, und Anne Marie hat sie mir über die Knie gebreitet. Mein Bruder hat gesagt: »Ich glaube nicht, daß es etwas Ernstes ist. Nur eine gewöhnliche Mandelentzündung.«

Es gab viele taghell erleuchtete Unterführungen, sonst habe ich nichts gesehen. Als wir aus dem Auto ausstiegen, regnete es in Strömen. Anne Marie hat mir ein Tuch von sich über den Kopf gelegt. Man findet immer Beschützer. Das Hotel hatte eine Schwingtür, und wir sind in eine große Empfangshalle voller Koffer und Leute eingetreten. Mein Bruder ist mit mir in den Aufzug gestiegen. Im Zimmer hat er den Lodenmantel abgelegt, hat sich hingesetzt und zu mir gesagt, ich solle mich duschen. Aber mir ging es so schlecht, ich habe mich ausgezogen und ins Bett gelegt, ohne mir auch nur die Hände zu waschen. Dann ist Anne Marie mit einem italienischen Arzt gekommen, den sie im Hotel ausfindig gemacht hatte. Der Arzt hat mich untersucht. Ich hatte vierzig Fieber. Doch auch der Arzt hat gesagt, es sei bloß eine Mandelentzündung. Anne Marie ist mit dem Arzt hinausgegangen, und ich und mein Bruder sind allein geblieben. Er hat mir die Decke zurechtgezogen. Er strich sich übers Haar und über die Wangen. Er hat ein langes Gesicht mit zwei tiefen Falten auf den Wangen, die Stirn von waagrechten Falten gefurcht, buschige Augenbrauen, glattes und ordentlich gekämmtes Haar. Wir sehen uns nicht ähnlich. Er ähnelt immer mehr meinem Vater, je älter er wird. Ich dagegen ähnele meiner Mutter.

Den Entschluß, sich zu verheiraten, hat er in Philadelphia gefaßt, in einem Naturkundemuseum. In Philadelphia war ein Kongreß. In einer Kongreßpause gingen sie in der Stadt spazieren, er, Anne Marie und andere Kongreßteilnehmer. Es regnete, und sie waren alle in dieses Museum hineingegangen. Bald hatten sie die Gruppe der anderen Kongreßteilnehmer aus den Augen verloren und waren allein geblieben, er und Anne Marie. Lange hatten sie Kondore, Adler und Känguruhs betrachtet. Dann hatten sie sich auf ein Sofa gesetzt, weil es draußen immer weiterregnete. Sie kannten sich seit langem, arbeiteten zusammen, doch hatten sie nie länger miteinander gesprochen und wußten wenig voneinander. An diesem Tag hatten sie lange gesprochen. Sie hatten einander sehr viel erzählt. Als sie hinausgegangen waren, hatte er beschlossen, sie zu heiraten, und am nächsten Tag hatte er es ihr gesagt, und sie hatte eingewilligt.

Anne Marie ist als Kind nach Amerika gekommen, zusammen mit ihrer Mutter. Sie waren mittellos. Die Mutter hat ihr den Schulbesuch ermöglicht, indem sie als Kassiererin in einem Restaurant arbeitete. Dann hat sie mit achtzehn einen elsässischen Bildhauer geheiratet. Die Mutter war gegen diese Heirat und hatte alle Beziehungen abgebrochen. Der Bildhauer war Alkoholiker und mißhandelte sie. Sie hat ein Kind bekommen, und die Mutter ist gestorben. Sie hat sich von dem Ehemann getrennt, der sich kurz darauf umgebracht hat. Die Tochter ist jetzt dreißig Jahre alt, verheiratet, und arbeitet in einer Werbeagentur.

Anne Marie ist eine ruhige Person, mit einfachen Gewohnheiten. Sie spricht drei Sprachen perfekt, Französisch, Deutsch und Englisch. Italienisch kann sie nicht. Sie will es lernen. Sie kocht und stickt gern. Spielt Klavier. Aber ihre wahre Leidenschaft ist die wissenschaftliche Forschung. So hat mein Bruder sie mir beschrieben, während er im Zimmer auf und ab ging. Ich hatte nur Lust, mir die Decke über den Kopf zu ziehen und mich in den Schlaf zu flüchten.

Anne Marie ist mit einer kleinen Teekanne wiedergekommen. Im Zimmer gibt es eine elektrische Kochplatte. Anne Marie hat einen Pfefferminztee gekocht, den ich getrunken habe. Anscheinend ist Pfefferminztee eine fixe Idee von ihr. Sie sind weggegangen, und ich konnte endlich schlafen. Nachts wachte ich ab und zu auf, und das Fieber, der Pfefferminztee, der elsässische Bildhauer und das Naturkundemuseum bildeten in mir eine matschige Brühe, in der ich mich nur mit äußerster Anstrengung über Wasser hielt.

Jetzt ist es Morgen. Ich habe immer noch Fieber. Ich schreibe Euch vom Bett aus. Es geht mir wahnsinnig schlecht. Aber, wie mein Bruder und der Arzt sagen, es ist nichts Ernstes. Nur eine gewöhnliche Halsentzündung.

Giuseppe

Piero an Giuseppe

Perugia, 13. Dezember

Lieber Giuseppe,

ich schreibe Dir aus Perugia, ich bin hier in meinem Büro. Mein Teilhaber, Dr. Corsi, ist schon gegangen. Es ist jetzt acht Uhr abends, und ich werde auch nach Hause gehen. Es ist Nebel auf der Straße, und ich muß sehr langsam fahren. Manchmal möchte ich in Perugia wohnen. Lucrezia wünscht sich das sehr. Noch besser würde es ihr gefallen, in Rom zu leben. Doch es wäre, wie Du sagst, ein Fehler. Es ist schön, morgens auf dem Land aufzuwachen, mit dem Krähen der Hähne und dem Gesang der Vögel und dem guten Geruch der Luft. Ich bin sicher, daß diese Dinge auch für Lucrezia große Bedeutung haben, und wenn wir in Perugia oder in Rom wohnten, wäre sie unglücklich.

Ich schreibe Dir nach Princeton, weil Roberta uns gesagt hat, daß sie mit Deinem Bruder telefoniert hat und daß Ihr im Begriff wart, New York zu verlassen. Sie hat uns gesagt, daß Du nun von Deiner Halsentzündung genesen bist und es Dir gutgeht.

Lucrezia und ich haben Deinen Brief am Feuer gelesen und dabei Kastanien gegessen. Am nächsten Tag haben wir Roberta angerufen. Sie hat uns über Deine Gesundheit beruhigt.

Hör zu, was die Ehe Deines Bruders angeht, das darfst Du doch nicht so tragisch nehmen. Das ist doch nicht das Ende der Welt. Nichts Außergewöhnliches. Nichts Besonderes. Als wir Deinen Brief lasen, zuckte Lucrezia mit den Schultern und schnaubte verächtlich. Sie sagte, daß Du, wenn Du ein bißchen erkältet bist, Dir in den Kopf setzt, wer weiß was für eine schreckliche Krankheit zu haben, und sie sagte, daß Du ein entsetzlicher Egoist bist, denn wenn Dein Bruder geheiratet habe und darüber froh sei, solltest Du Dich mit ihm freuen, und statt dessen wirke es, als sei Dir wer weiß was für ein Unglück zugestoßen. Dann ist Serena gekommen, und sie hat Dich bemitleidet, in Amerika mit Fieber, mit Pfefferminztee und mit Anne Marie.

Gewiß, es ist seltsam, daß Dein Bruder gerade jetzt beschlossen hat zu heiraten, wo Du beschlossen hast, zu ihm zu ziehen und mit ihm zu leben. Es ist seltsam, aber das sind Dinge, die vorkommen, und ich sehe nicht, warum Du in so traurigem Ton davon sprechen mußt.

Anne Marie wird das Haus in Ordnung halten. Es stimmt, auch Du bist gut im Haushalt, aber vielleicht ist Anne Marie noch besser als Du. Nach dem, was Du über sie sagst, ist sie eine Frau, die ein schwieriges Leben gehabt hat, und die Schwierigkeiten des Lebens führen dazu, daß man sich nach Ordnung sehnt und um des eigenen und der anderen Wohlbefinden willen Nichtigkeiten Wert beimißt. Lucrezia denkt, das sei nicht wahr, und wir haben darüber diskutiert, aber ich bleibe bei meiner Meinung.

Du fehlst uns allen sehr, und wir erinnern uns daran, wie Du uns die *Gespräche* von Platon vorgelesen hast. Jetzt dagegen müssen wir uns Serenas Theaterstück anhören, das mir, ehrlich gesagt, ein großer Blödsinn zu sein scheint. Ich weiß nicht, ob Du weißt, daß sie Gemma Donati, Dantes Frau, spielt. Wenn sie Gemma Donati ist und, von ihren Blättern ablesend, im Eßzimmer auf und ab geht, verstecken sich die Kinder hinter den Sofas, stürzen dann plötzlich hervor und spritzen sie mit Wasser aus ihren Wasserpistolen voll. Sie aber macht weiter, als wäre nichts. Arme Serena, in Wirklichkeit brauchte sie einen Mann, denn sie hat kein sehr fröhliches Leben in diesem Zimmer in Pianura, wo schreckliche Unordnung herrscht. Sie ist keine von denen, die Ordnung halten können, ihr Zimmer ist überschwemmt mit Büchern, Zeitungen und Pullovern. Arme Serena, arme Gemma Donati ohne Dante, vielleicht sogar ohne echte Berufung für das Theater, nun schon bald neununddreißig. Ihr Vater schreibt ihr dauernd, sie solle von Pianura weggehen, und er versteht nicht, warum sie sich ausgerechnet in Pianura festgebissen hat, nur um in unserer Nähe zu sein, und wir hören ihr doch auch nicht immer zu. Ich habe gedacht, daß Ignazio Fegiz vielleicht der Mann ihres Lebens sein könnte, aber Lucrezia sagt nein, denn er mache sie bloß fertig, und einmal, als sie ihr Stück vorlas, da hat er zu ihr gesagt, sie lese schlecht, und um Dantes Frau zu spielen, habe sie auch einen zu piemontesischen Akzent, und sie ist ja tatsächlich in Limone Piemonte geboren. Danach haben die beiden dann eine endlose Diskussion angefangen, über das Theater, über Dialekte, über alles, zum Sterben langweilig.

Jetzt verabschiede ich mich, weil es wirklich spät ist, und wenn ich mich verspäte, macht sich Lucrezia Sorgen, steigt auf die Terrasse hinauf und belauert die Straße.

Piero

Egisto und Albina an Giuseppe

Rom, 16. Dezember

Lieber Giuseppe,

wir schreiben Dir diesen Brief zusammen, wir sitzen in Albinas Zimmer auf dem Sofa, sie hält die Schreibmaschine auf den Knien, einer sagt einen Satz und der andere den nächsten. Wir haben hartgekochte Eier und weiße Bohnen aus der Dose gegessen. Wir denken an Dich. Komm zurück. Wir haben von Piero und Lucrezia erfahren, daß Du Fieber hattest und Dich unglücklich fühlst, Dein Bruder hat geheiratet, man begreift nicht, was Du da machst, in Amerika.

Bald ist Weihnachten, und letztes Jahr, weißt Du noch, haben wir Weihnachten und Silvester alle zusammen gefeiert, in *Le Margherite,* und waren recht lustig dabei. Dieses Jahr werden wir Weihnachten und Silvester wieder nach *Le Margherite* fahren, aber Du wirst nicht dabeisein. Ignazio Fegiz wird dasein, und in gewisser Weise hat er Deinen Platz eingenommen, in dem Sinn, daß er oft kommt, und sie nehmen ihn mit Freuden auf. Doch wir zogen Dich vor, weil wir Dich schon lange kennen, und auch, weil Du einen sanfteren Charakter hast. Er ist einer, der gern diskutiert, sich ereifert und schreit.

Letzten Freitag ist das Frauenzentrum eingeweiht worden, mit Serenas Stück, das *Gemma e le fiamme* (Gemma und die Flammen) heißt. Serenas Vater ist extra aus Genua gekommen. Er ist ein beleibter alter Mann mit großem weißen Schnurrbart. Er saß in der ersten Reihe zwischen Piero und Lucrezia. Es waren Leute aus Pianura da, Damen, die Apothekerin, die Tabakverkäuferin und die beiden, die das Geschäft für Elektrohaushaltsgeräte auf dem Platz haben, ein paar Jugendliche, alles in allem etwa zwanzig Personen. Der Eintritt war gratis. Es hat sehr lange gedauert, und wir hatten kalte Füße, aber es war ein Erfolg, denn alle waren still und gesammelt, als wären sie ein bißchen eingeschüchtert, und am Schluß haben sie viel geklatscht. Serena war froh, ganz rot im Gesicht, mit ihrem Leintuch. Ihr Vater war in *Le Margherite* untergebracht, in dem Zimmer mit der Kommode mit Schildkröten und dem Spiegel mit den blinden Flecken. Es ist das beste Zimmer. Lucrezia hat ein großes Essen für ihn gekocht, mit Brathühnern, Salaten und Gemüsetorten. Sie wollte einen Hackbraten machen, aber Piero hat es ihr nicht erlaubt, weil ihre Hackbraten, wie Du weißt, immer zerfallen. Piero ist Serenas Vater zu Dank verpflichtet, denn er hat ihm vor vielen Jahren die Stelle in Perugia, in der Kanzlei von Dr. Corsi, vermittelt. Jetzt sind Piero und Dr. Corsi Teilhaber geworden. Beim Abendessen und bei der Vorstellung war auch Dr. Corsi da. Beim Abendessen war Ignazio Fegiz da, der mit uns im Auto hergefahren war, aber zur Vorstellung ist er nicht gekommen, er hat Kopfweh vorgeschützt und ist zu Hause geblieben. Zu uns hat er halblaut gesagt, daß er von Dantes Frau nichts wissen wolle. Er ziehe Dante vor. Gewöhnlich schläft er in dem Zimmer mit den Schildkröten, aber diesmal haben sie ihm statt dessen das kleine Zimmer im obersten Stock gegeben, das, wo die Tagesdecken mit den Drachen sind.

Adieu, wir hören auf, Dir zu schreiben, weil wir bemerken, daß wir nur Überflüssiges zusammentragen.

Egisto und Albina

Giuseppe an Lucrezia

Princeton, 24. Dezember

Ich bin seit etwa vierzehn Tagen in Princeton. Ich habe einen Brief von Piero erhalten und einen von Egisto und Albina zusammen. Von Dir habe ich nicht einmal eine Zeile erhalten. Ich wünsche Dir frohe Weihnachten.

Princeton ist eine sehr kleine, sehr schöne Stadt voller Rasen. Sie wird in der Mitte von einer Straße durchschnitten, die Nassau Street heißt. Von meinem Fenster aus sehe ich Wiesen, kleine Villen und Bäume mit den berühmten Eichhörnchen, an die Du mit Sehnsucht gedacht hast. Mein Zimmer liegt im Erdgeschoß. Es hat eine Tapete mit fliegenden Bärchen, jeder Bär hat einen roten Luftballon. Offenbar war das bei den Vormietern das Kinderzimmer. Mein Bruder hat gesagt, daß er keine Zeit mehr hatte, es neu tapezieren zu lassen. Ich habe gesagt, daß es mir nichts ausmache, aber in Wirklichkeit wäre es mir lieber gewesen, wenn er es hätte tapezieren lassen. Das Haus ist zweistöckig. Mein Bruder und Anne Marie schlafen im Obergeschoß. Sie hat die Wohnung, die sie hatte, aufgegeben und ihre Möbel herbringen lassen, unter anderem einen Sessel, der in mein Zimmer gestellt wurde. Es ist der, in dem ich jetzt sitze und schreibe. Zum Schlafen habe ich ein ausziehbares Sofa. Anfangs hatte ich gewisse Schwierigkeiten beim Auf- und Zuklappen, aber jetzt habe ich es gelernt.

Gesundheitlich geht es mir gut. Ich verbringe lange Stunden des Tages in meinem Zimmer. Ich habe angefangen, einen Roman zu schreiben. Als ich zwanzig war, schrieb ich Romane.

Keinen davon habe ich je fertiggeschrieben. Vielleicht werde ich diesen zu Ende bringen können. Mein Bruder und Anne Marie wissen nicht, daß ich einen Roman schreibe. Ich habe ihnen gesagt, ich schriebe an einem Essay über Flaubert.

Ich schreibe mit der Hand, im Sessel sitzend, ein großes Buch auf den Knien und die Briefbögen auf dem Buch. Ich habe nie gern mit der Maschine geschrieben. Die Artikel schrieb ich schon mit der Maschine, aber wenn ich anderes schrieb, etwas, das nicht für die Zeitungen bestimmt war, zog ich den Kugelschreiber vor. Doch im allgemeinen habe ich von allem, was ich im Laufe meines Lebens mit Kugelschreiber geschrieben habe, recht wenig aufbewahrt. Wenn ich es wieder las, überkam mich ein Gefühl von Unbehagen, und ich zerriß es. Jetzt möchte ich mal sehen, ob ich es schaffe, etwas zu schreiben, was ich nicht zerreißen werde.

Morgens wache ich früh auf. Bevor ich aufstehe, starre ich lange die Bären mit den Luftballons an. Dann gehe ich in die Küche und mache mir einen Kaffee. Wenig später kommt Anne Marie im Morgenrock und macht das Frühstück für meinen Bruder und für sich. Sie macht Milch warm, toastet Brot, schlägt Eier. Morgens hat sie keinen Knoten, sondern trägt die Haare statt dessen zu einem langen Zopf geflochten. Sie lächelt immer. Sie lächelt mit dem Mund, aber die Augen und das übrige Gesicht lächeln nicht. Sie und ich sprechen manchmal englisch, manchmal französisch, aber wir haben uns in keiner Sprache etwas zu sagen. Dann kommt mein Bruder mit seinem gestreiften Morgenrock aus dem Bad. Sie frühstücken lange und aufmerksam, ich frühstücke nicht mit, sehe aber zu. Wenn sie fertig sind, helfe ich Anne Marie die Tassen spülen. Ich bringe die Abfalltüten zur Tonne, die vor der Türe steht. Dann erscheint mein Bruder im Lodenmantel und Anne Marie mit Knoten. Vor dem Spiegel im Flur setzt sich Anne Marie die Mütze auf und klatscht sie sich übers Ohr. Sie holen ihre Fahrräder aus der Garage und fahren zum Institut. Ich winke ihnen vom Fenster aus. Ich bin allein.

Ich gehe wenig aus. Die ersten Tage ging ich manchmal mit meinem Bruder weg. Es waren die einzigen Augenblicke, in denen er und ich ohne Anne Marie waren, und ich suchte krampfhaft in mir nach Dingen, die ich ihm sagen könnte, ohne auch nur einen Satz zu finden. Auch er war etwas verlegen. Vielleicht denkt er, daß Anne Marie mir unsympathisch ist. Das stimmt, ich kann sie nicht ausstehen, ich ertrage weder ihren langen Hals noch ihre hellen und schielenden Augen, noch ihr Lächeln. Noch den Zopf, noch den Knoten. Aber meinem Bruder kann ich das nicht sagen, und daher gelingt es mir nicht, ihm etwas anderes zu sagen. Allein habe ich keine Lust zum Ausgehen, ich verspüre keine große Neugierde, mich umzusehen, ich fühle mich weder wie ein zufälliger Besucher noch wie ein Einwohner, sondern wie einer, der nicht weiß, was er sein soll, und überall einen unentschlossenen Blick ruhen läßt.

Anne Marie und mein Bruder kommen abends um sieben wieder. Anne Marie fängt sofort an zu kochen. Sie kocht sehr aufwendige Gerichte, Fleischscheiben mit gehackten Karotten, rote Rüben und Kohl zusammengemixt, Soßen aus Mehl und Sahne. Sie hat nie einen Hackbraten gemacht, seit ich hier bin, aber ich bin sicher, wenn sie einen machte, würde er nicht zerfallen. Sie bewegt sich rasch durch die Küche, wendet ruckartig ihren langen Hals hierhin und dorthin und lächelt immer. Ich biete ihr an, ihr zu helfen. Liebenswürdig lehnt sie ab. Im Wohnzimmer sitzend, warten mein Bruder und ich, bis das Essen fertig ist. Er liest wissenschaftliche Broschüren. Ich lese Kriminalromane. Er hebt ab und zu den Kopf und fragt mich, ob es interessant ist, was ich lese. Ich antworte immer mit Ja. Ich sehe ihn an. Wenn ich ihn ansehe, wie er, am Tisch sitzend, liest, das Kinn in die Hand gestützt und die Stirn gerunzelt, finde ich jenes Gefühl großer Ruhe wieder, das er mir immer einflößte, als wir jung waren und wenn ich von Italien aus an ihn dachte. Er ist immer ein sicherer Bezugspunkt für mich gewesen, ein Baumstamm, an den ich mich anlehnen konnte, jemand, den ich jederzeit um Erklärungen, Urteile, Vorwürfe und Absolution bitten konnte. Doch jetzt bitte ich ihn in Wirklichkeit nie um etwas. Unsere Beziehungen sind unterbrochen. Mir scheint, als habe er nun keinen Platz für mich. Nach dem Abend meiner Ankunft hat er mir nichts mehr über seine Ehe gesagt. Und während ich ihn ansehe, scheint mir, als verberge sich hinter seinem autoritären Äußeren eine extreme Befangenheit mir gegenüber und auch eine Antipathie, ein Verdruß, die nicht streng sind, sondern einfach gereizt. Wir setzen uns zum Abendessen. Anne Maries Suppen mag ich überhaupt nicht, aber ich esse sie trotzdem und lobe sie in höchsten Tönen, auf französisch und auf englisch. Bei Tisch halten sich mein Bruder und Anne Marie die Hand. Sie trinken Milch und Obstsäfte. Ich gehe gegen Abend immer zum »Wine and Spirits« und kaufe mir eine Dose Bier. Wenn sie nur einmal daran dächten, daß ich Bier trinke, und es für mich kauften. Sie tun es nicht. Sie denken nicht daran. Dir wird es lächerlich vorkommen, aber mich kränkt es.

Manchmal kommen nach dem Essen zwei Freunde meines Bruders. Sie heißen Schultz und Kramer. Sie arbeiten in demselben Institut wie er. Mit ihnen sprechen und lachen mein Bruder und Anne Marie viel, bis spät in die Nacht. Eine Weile bleibe ich bei der Unterhaltung dabei, ohne irgend etwas davon zu kapieren, weil es sich um wissenschaftliche Themen dreht und weil ich nicht genug Englisch kann. Bald gehe ich schlafen.

Ich habe ein Einstellungsgespräch für ein Italienisch-Lektorat gehabt. Sie haben mich angenommen. Ich werde an einer Schule Italienisch unterrichten. Vor ein paar Tagen sind mein Bruder und ich den Direktor besuchen gegangen. Anfang Januar werde ich anfangen.

Mein Bruder hat mir geraten, daß ich mir ein Fahrrad kaufen soll. Ich werde mit dem Fahrrad in die Schule fahren. Die kühle Morgenluft, sagt mein Bruder, genießt man auf dem Fahrrad mehr, als wenn man zu Fuß geht.

Ich werde vielleicht zwei, drei Monate unterrichten, dann komme ich wahrscheinlich nach Italien zurück. wer weiß, warum ich diese bestialische Dummheit begangen habe, meine Wohnung zu verkaufen.

Giuseppe

Die Tochter und der Schwiegersohn von Anne Marie sind angekommen. Sie werden im Wohnzimmer schlafen, wo zwei ausziehbare Sofas stehen. Sie werden Silvester hier verbringen. Die Tochter ist ein dünnes, ausgemergeltes bebrilltes schwangeres Mädchen. Der Schwiegersohn ist ein kleiner, magerer Junge mit roten Haaren und abstehenden Ohren. Der Schwiegersohn heißt Danny, die Tochter Chantal. Alle beide arbeiten in einer Agentur.

Ich habe ein Fahrrad gekauft.

Roberta an Alberico

Rom, 15. Januar

Lieber Alberico,

Dein Anruf gestern hat mich gefreut, und ich danke Dir sehr für die Glückwünsche, obwohl ich im nachhinein begriffen habe, daß Du mich nicht wegen der Glückwünsche angerufen hast, sondern weil Du einen eigenen Zweck verfolgst. Du bittest mich, Dir in Rom eine Wohnung zur Miete zu suchen, und Du willst sie sofort, zum Monatsende. Lieber Junge, wenn Du glaubst, es sei leicht, in Rom eine Wohnung zu finden, dann irrst Du Dich. Du sagst, sie soll zentral gelegen sein, sehr zentral, im alten Rom. Armer Junge, wenn Du glaubst, es sei leicht, im alten Rom eine Wohnung zu mieten, dann bist Du wirklich auf dem Holzweg.

Deine Wohnung in der Via Torricelli war nicht im alten Rom, aber es war eine ausgezeichnete Wohnung. Du hast sehr schlecht daran getan, sie zu verkaufen, und ebenso hat Dein Vater schlecht daran getan, die seine hier über mir, in der jetzt die Lanzaras wohnen, zu verkaufen. Ihr seid beide wirklich blöde gewesen.

Einer Bekannten von mir, die ein Immobilienbüro hat, habe ich gesagt, sie soll Dir eine Wohnung suchen, wo auch immer.

Du sagst mir, daß Du dieser Tage auch Deinen Vater angerufen hast, und das ist gut so. Du meldest Dich so selten, daß jedes Lebenszeichen von Dir eine gute Sache ist.

Ich habe Deinen Vater auch angerufen, zu Neujahr. Er schien mir schlechtester Laune zu sein. Als ich anrief, waren Gäste im Haus, die Tochter und der Schwiegersohn der Frau Deines

Onkels Ferruccio. Vermutlich war etwas Unruhe im Haus, und Dein Vater haßt Unruhe, und er liebt Gäste nicht, wie Du weißt. Und außerdem gefällt ihm die Frau Deines Onkels, diese Anne Marie, vielleicht nicht besonders. Das ist ein Eindruck, den ich gehabt habe. Was Amerika angeht, so gefällt es ihm überhaupt nicht, aber was hat er schon gesehen? Nichts hat er gesehen, in New York hatte er ein bißchen Halsweh und hat sich im Hotel eingeigelt, und jetzt in Princeton hat er zwar kein Halsweh mehr, bleibt aber trotzdem dauernd zu Hause, nach dem, was er zu mir gesagt hat. Er ist schon ein Typ, Dein Vater.

Den Silvesterabend habe ich im oberen Stockwerk verbracht, in der Wohnung, die früher Deinem Vater gehörte. Die Lanzaras hatten mich eingeladen. Die Wohnung ist noch ein bißchen durcheinander, weil sie erst vor wenigen Tagen umgezogen sind. Sie haben verschiedene Veränderungen vorgenommen, und sie ist nicht wiederzuerkennen, aber an den Punkten, wo ich sie wiedererkannte, überkam mich eine große Traurigkeit, weil ich mich daran erinnerte, wie ich immer heraufkam und Deinen Vater vorfand, und jetzt finde ich statt dessen die Lanzaras vor. Sie sind freundliche und sympathische Menschen, aber Du begreifst wohl, daß es für mich nicht dasselbe ist.

Sie haben viele Veränderungen vorgenommen. Die hellblauen Küchenmöbel haben sie der Hausmeisterin geschenkt und eine neue Küche eingerichtet, eine Einbauküche. Ehrlich gesagt, ich wäre froh gewesen, wenn sie sie mir geschenkt hätten, aber sie haben wohl nicht daran gedacht. Schade, daß Deinem Vater nicht in den Sinn gekommen ist, sie mir zu geben, wenn die Lanzaras sie schon nicht wollten, weil sie sie vielleicht alt und unansehnlich fanden.

Jedenfalls habe ich mit den Lanzaras einen wunderschönen Silvesterabend verbracht. Ich hatte zwei Torten mit hinaufgenommen, eine Käse- und eine Gemüsetorte, und an dem Abend habe ich auf meine übliche Diät verzichtet, es gab viele Gerichte, und ich habe von allem probiert. Ich denke, Du solltest bei

Tonino Lanzara eine Analyse machen. Er ist ein guter Analytiker, sehr seriös, und Du brauchst eine Analyse. Du brauchst sie, laß mich Dir das sagen, wie das tägliche Brot.

Ich will Dir keine Predigt halten, das ist nicht mein Stil, aber wenn Du nach Rom zurückkommst, dann versuche, Dich nicht in schlimmen Kreisen zu bewegen. Als Du hier wohntest, warst Du in schlechte Gesellschaft geraten und bist sogar im Gefängnis gelandet. Paß bloß auf, daß Dir das nicht noch einmal passiert.

Daß Ihr diesen Film nicht fertigmachen würdet, habe ich mir gleich gedacht, aber es tut mir leid. Immerhin, für Dich ist es eine Erfahrung gewesen, und es kann ja sein, daß Du mit der Filmarbeit weitermachen kannst.

Ich wüßte gern etwas über dieses Mädchen, die Nadia, mit der Du uns damals in Florenz bekannt gemacht hast. Ich wüßte gern, ob sie dann abgetrieben hat oder nicht. Du sagst, ich solle eine Wohnung suchen für Dich und Deine Freunde. Ich wüßte gern, ob es die gleichen sind wie an jenem Tag.

Ich umarme Dich,

Roberta

Dein Vater hat sich ein Fahrrad gekauft. Alles, was er geschafft hat, als er in Amerika ankam, war, sich ein Fahrrad zu kaufen.

Giuseppe an Roberta

Princeton, 18. Januar

Liebe Roberta,

es hat mich sehr gefreut, als ich vor ein paar Tagen Deine Stimme mit guten Wünschen für das neue Jahr am Telefon hörte. Später haben mich auch Piero und Lucrezia aus Monte Fermo angerufen, samt Egisto, Serena, Albina, alle Freunde waren wohl dort versammelt, und es schien mir, als sei auch Ignazio Fegiz da, oder zumindest war da eine Stimme, die mir die seine zu sein schien. Als sie anriefen, war es tiefe Nacht, weil sie mit der Zeitverschiebung durcheinandergekommen waren und glaubten, bei uns sei Tag. Anne Marie ist im Nachthemd hinuntergegangen. Sie trägt ein Nachthemd aus rosa Flanell. Es waren viele Stimmen am Telefon, und ich begriff, daß sie sich gegenseitig den Hörer aus der Hand rissen, um etwas zu mir zu sagen, dann gab es großes Gelächter und Geschrei, vermutlich hatten sie ziemlich viel Wein getrunken. Einen Augenblick lang war auch Lucrezias Stimme dran, aber nur einen Augenblick. Mir war es eine große Freude, all diese Stimmen zusammen zu hören und sie mir alle zusammen dort vorzustellen, in *Le Margherite*, im Wohnzimmer, diesem Wohnzimmer, an das ich mich so gut erinnere, mit dem großen ovalen Tisch, dem Lampenschirm mit den abgegangenen Fransen, dem Holzkorb und dem Hundekissen, dem Sofa vor dem Kamin und dem Bild von König Lear über dem Kamin.

In zwei Tagen beginne ich mit meinem Unterricht. Ich bin nicht aufgeregt. Ich muß bloß in einer Klasse von dreißig Leuten, lauter Erwachsenen, italienische Literatur unterrichten.

Es macht mir keine Sorgen. Ich bin froh, weil ich ein Gehalt bekommen werde. Ich werde jeden Tag hingehen. Ich werde mit dem Fahrrad fahren. Ferruccio hat mir den Weg gezeigt, den ich fahren muß.

Als ich jung war, unterrichtete ich Geschichte und Philosophie im Lyzeum. Seltsam, daß ich jetzt in Amerika wieder Dinge tue, die ich als junger Mann tat. Ich schreibe einen Roman. Ich fahre Fahrrad. Ich unterrichte.

Nach Neujahr sind der Schwiegersohn und die Tochter von Anne Marie wieder abgefahren. Für mich war es eine Erleichterung, weil so ein Durcheinander herrschte und weil der Schwiegersohn sich oft in mein Zimmer setzte, ich weiß nicht, warum. Ich glaube, er hat mich sympathisch gefunden. Er ist ein Junge voller Probleme. Er hat Schwierigkeiten bei der Arbeit und eine nicht leichte Beziehung zu seiner Frau. Er leidet an Schlaflosigkeit. Er ist Vollwaise und hat eine schwierige Kindheit gehabt, ist hierhin und dorthin geschubst, verschiedenen Familien anvertraut worden, die er dann aus dem einen oder anderen Grund zu verlassen gezwungen war. Er möchte gern mehr Zärtlichkeit von seiner Frau. Seine Frau hat einen überheblichen und starken Charakter. So sagt er. Ich habe bemerkt, daß ich all diese Überheblichkeit und Kraft bei Chantal nicht sehe. Sie wirkt wie ein sanftes Mädchen. Morgens erschien sie in der Küche, mit ihrem Bauch, ihrer Brille, über den Nacken fallenden Haaren, einem Kleid aus leichtem grauen Wollstoff, vier große Knöpfe auf der einen Seite des Bauches, vier auf der anderen, mit ernster, resoluter und abwesender Miene. Ab und zu jedoch lachte sie plötzlich, kurz und spitz, wie Vogelschreie, wenn ihr die Milch umkippte oder das Brot verbrannte. Zur Mutter hat sie ein schwieriges Verhältnis, hat mir Danny gesagt. Anne Marie ist auch überheblich und stark. Schließlich habe ich begriffen, warum Danny sich in mein Zimmer setzte, weil er Anne Marie nicht ausstehen kann und begriffen hatte, daß ich sie auch nicht ausstehen kann.

Dieser Danny muß in Albericos Alter sein oder wenige Jahre älter. Er hat, wie Alberico, eine schwierige Kindheit gehabt. Alberico ist nicht herumgeschubst worden, weil Tante Bice da war. Aber auch er hat wenig oder gar kein Glück in seiner Kindheit erlebt. Wo Du auch hinschaust, findest Du schwierige Kindheiten, Schlaflosigkeit, Neurosen, Probleme.

Ich glaube, ich werde in ein paar Monaten nach Italien zurückkehren. Ich habe gedacht, daß ich bis Juni hier bleibe und dann zurückkomme. Du wirst mir dann helfen müssen, eine Wohnung zu finden. Mit Ferruccio habe ich nicht darüber gesprochen. Ich werde darüber reden, wenn es soweit ist. Gewiß, es war ein großer Fehler, meine Wohnung zu verkaufen. Du hattest recht. Es macht nichts, was du heute kannst besorgen, das verschiebe nicht auf morgen. Blödes Sprichwort, denn oft haben die Dinge, die man heute tut, morgen weder Hand noch Fuß. Grüß mir die Lanzaras. In manchen Augenblicken hasse ich sie, weil sie in meiner Wohnung wohnen. Es wird immer meine Wohnung bleiben, auch wenn ich sie den Lanzaras verkauft habe. Grüß mir die Mauern meines Hauses, den Garten der Nonnen, den Zeitungskiosk, das Restaurant Mariuccia und das Café Esperia.

Alberico hat mich angerufen. Er hat mir gesagt, daß er am Monatsende nach Italien zurückkehrt. Ich denke mir, daß er sich auch eine Wohnung wird suchen müssen.

Giuseppe

Roberta an Alberico

Rom, 23. Januar

Lieber Alberico,

Egisto hat mir gesagt, daß unter ihm eine Wohnung frei ist. Der Mieter ist vor wenigen Tagen ausgezogen. Ich weiß nicht, ob Du Dich erinnerst, wer Egisto ist. Er ist ein Freund von Deinem Vater und auch von mir. Er wohnt an der Piazza San Cosimato. Ich habe ihn heute früh auf der Straße getroffen. Er hat mir von der Wohnung erzählt, und ich habe die Hausbesitzerin angerufen. Anschließend bin ich hingegangen, und ich glaube, daß ich ihr sympathisch war, denn sie hat sofort eingewilligt, mir die Wohnung zu zeigen. Ich habe ihr angeboten, sofort zwei Monatsmieten zu bezahlen. Ich bin auf die Bank gegangen, um das Geld abzuheben, und habe es ihr gebracht.

Bevor ich zur Bank ging, habe ich Dich angerufen, aber ohne Erfolg. Es war eilig, und ich habe es für gut gehalten, die Sache abzuschließen, ohne Dich zu fragen. Die Wohnung hat vier Zimmer. Manche Fliesen wackeln, und die Tür- und Fensterrahmen sind schadhaft, aber ich glaube nicht, daß Dich das stören kann. Sie kostet vierhunderttausend Lire im Monat. Sie liegt also über dem gesetzlich festgesetzten Mietpreis, aber nicht beträchtlich. Das Geld für die Vorauszahlung kannst Du mir geben, wenn Du kommst.

Ich hoffe, daß Du Deine Meinung inzwischen nicht geändert hast. Falls Du sie geändert hast, laß es mich gleich wissen. Und teile mir auf jeden Fall das Datum Deiner Ankunft mit. Die Schlüssel habe ich.

Roberta

In Wirklichkeit hat Egisto es, gleich nachdem er mir von der Wohnung erzählt hatte, etwas bereut, denn vermutlich hat er sich erinnert, daß Du im Gefängnis gewesen bist und was so alles über Dich geredet wird. Er hat Angst bekommen, daß Du ihn bei der Vermieterin in Verruf bringen könntest. Er fing an, zu sagen, daß die betreffende Wohnung winzig und sehr teuer und dunkel sei. Aber ich habe mich nicht von ihm beeinflussen lassen. Die Telefonnummer der Vermieterin hat er herausrükken müssen. Er konnte nicht mehr zurück. Im übrigen ist er ein braver Junge, und Du wirst ihn, da Du ihn ja ein Stockwerk über Dir hast, oft um einen Gefallen bitten können.

Alberico an Roberta

Berlin, 28. Januar

Liebe Roberta,

wie ich Dir gestern am Telefon sagte, ist mir alles recht. Ich danke Dir, wie immer bist Du großartig gewesen. An diesen Egisto erinnere ich mich nicht. Ich werde Anfang Februar kommen. Ich rufe Dich noch an. Piazza San Cosimato ist mir recht. Es ist nicht das alte Rom, es ist Trastevere, aber das ist auch recht.

Nadia hat nicht abgetrieben. Sie ist immer noch schwanger. Im April wird sie das Kind bekommen. Sie ist eine blöde Kuh, aber sie hat sich an mich gehängt, und ich kann sie nicht mehr loswerden, und außerdem wird sie die Hälfte der Miete bezahlen. In der Wohnung werden wir zu dritt sein, ich, Nadia und ein junger Italiener, den ich hier kennengelernt habe und der Salvatore heißt. Sei unbesorgt, ich werde Dir das Geld baldmöglichst zurückgeben.

Ich komme dann die Schlüssel holen.

Alberico

Roberta an Alberico

Rom, 29. Januar

Mein lieber Alberico,

ein großes Unglück ist geschehen. Dein Onkel Ferruccio ist gestorben. Er ist in Princeton gestorben, an einer Zerebralthrombose, während er einen Vortrag hielt. Im Publikum saßen auch Dein Vater und die Frau Deines Onkels, Anne Marie, die ich ja nie gesehen habe. Sie haben bemerkt, daß er Mühe hatte beim Sprechen, dann haben sie ihn erbleichen und umfallen sehen. Er ist kurz darauf im Krankenhaus gestorben, ohne das Bewußtsein wiedererlangt zu haben.

Dein Vater hat mich aus dem Krankenhaus angerufen. Er wirkte völlig zerstört. Ich habe ihm gesagt, daß ich sofort nach Amerika komme. Ich habe Dich angerufen, aber Du warst nicht da. Ich habe meine Nummer hinterlassen, aber Du hast mich nicht zurückgerufen. Ich habe Dir ein Telegramm geschickt. Ich fahre jetzt. Sieh zu, ob Du auch kommen kannst.

Roberta

Piero und Lucrezia an Giuseppe

Monte Fermo, 29. Januar

Lieber Giuseppe,

gerade hat uns Roberta angerufen. Wir haben von dem großen Unglück erfahren. Ich erinnere mich gut an Deinen Bruder. Ich hatte ihn letztes Jahr in Rom kennengelernt. Wir hatten in einem Restaurant an der Via Cassia zu Abend gegessen. Ich, Du, Lucrezia und vielleicht Roberta waren da. Dein Bruder und ich hatten ein langes und angenehmes Gespräch. Über Amerika, über Italien, über die Welt von heute. Er war ein Mann von großer Klugheit und Bildung. Mir ist klar, daß es für Dich ein unermeßlicher Verlust ist. Du bist erst vor kurzem dort angekommen. Er hatte erst vor kurzem geheiratet. Ein trauriges Los. Roberta weinte, als sie uns angerufen hat. Sie war reisefertig. Sie ist eine Frau, die immer bereit ist, dahin zu eilen, wo sie gebraucht wird. Sie wird Dir ein Trost sein.

Ich und Lucrezia sind Dir nahe. Wir umarmen Dich mit brüderlichen Gefühlen. Lucrezia will noch zwei Worte anfügen.

Piero

Lieber Giuseppe,

komm zurück. Pack schnell Deine Sachen, und komm hierher zurück. Wir warten auf Dich. Du wirst bei Deiner Cousine wohnen. Oder Du kannst eine Zeitlang zu uns nach Monte Fermo kommen. Wichtig ist, daß Du sofort loskommst. Was machst Du jetzt noch dort? Deine Cousine kommt hin, fahr zusammen mit ihr zurück, sofort.

Lucrezia

Albina an Serena

Luco dei Marsi, 8. Februar

Meine liebe Serena,

ich bin in Luco dei Marsi, weil meine Mutter sich den Oberschenkel gebrochen hat. In der Schule habe ich um eine Woche Urlaub gebeten. Hier bei meiner Familie gibt es kein Telefon. Du kannst Dir vorstellen, wie lustig es für mich ist, hier zu sein, ohne Telefon, meine Mutter nervös, Maura und Gina, die nicht helfen, mein Vater immer schwerhöriger, mein Bruder, der die Hemden gebügelt haben will. Ich werfe sie ihm nach, seine Hemden, und da wird er dann zum Tiger, und im Haus ist ein Geschrei, das gar nicht mehr aufhört.

Du wirst erfahren haben, daß Giuseppes Bruder gestorben ist. Egisto hat es mir gesagt, als ich ihn vom öffentlichen Telefon aus angerufen habe. Ich erinnere mich an den Morgen, als Giuseppe abgereist ist. Er war fix und fertig. Er hatte Halsweh. Sein Bruder hatte ihm geschrieben, daß er geheiratet habe. Das beunruhigte ihn. Wir haben ihn zum Flughafen gebracht, ich, seine Cousine Roberta und Egisto. Er ist nicht dafür gemacht, von einem Kontinent zum anderen zu ziehen. Er ist für ein seßhaftes Leben gemacht. Er hat vor allem Angst. Nach Amerika ist er gegangen, um unter die Fittiche seines Bruders zu schlüpfen. Aber Brüder haben keine Fittiche. Bist du dann über ein gewisses Alter hinaus, bemerkst du, daß du dich entweder allein auf den Beinen hältst, oder es ist aus mit dir. Giuseppe ist über dieses Alter weit hinaus. Aber er hat diese langen, ganz dünnen Beine, die ihn so schlecht tragen. Er ist immer schutzbedürftig geblieben. Vielleicht hat er als Kind unter Mangel an Zuneigung gelitten. Doch wer von uns hat nicht unter Mangel an Zuneigung gelitten? Ich auch. Und Du auch. In Wirklichkeit ist die Zuneigung, die einem gegeben wird, immer zuwenig, gemessen an dem Bedürfnis, das wir danach haben. Nach Amerika ist Giuseppe gegangen, um sich beschützter zu fühlen. Als ob es angebracht wäre, aus so einem Grund nach Amerika zu gehen. Nach Amerika fährt man aus Abenteuerlust. Bei ihm war es das Gegenteil. Und dann noch, gerade angekommen, stirbt ihm der Bruder. Jetzt wird er zurückkommen.

Liebe Serena, ich habe den Eindruck, daß Lucrezia in Ignazio Fegiz verliebt ist und vielleicht er auch in sie. Um Dir die Wahrheit zu sagen, ich habe gleich bei den ersten Malen, als er nach *Le Margherite* kam, gedacht, daß das passieren würde. Ich merke es sofort, wenn zwischen zwei Personen etwas entsteht. Ich spüre, wie die Luft warm und leicht wird. Aber bei den beiden habe ich auch ein Gefühl von Unwohlsein und Bestürzung gespürt. Ich könnte Dir nicht sagen, warum. Ich finde Ignazio Fegiz zwar schön, aber er ist mir nicht sympathisch. Einmal hat er zu mir gesagt, mein Benehmen sei zu kindisch und ich würde mich zu kindisch anziehen und es gebe nichts Schlimmeres als eine Dreißigjährige, die sich benimmt und anzieht wie ein kleines Mädchen und ein gezeichnetes und verbrauchtes Gesicht hat. Das war böse, und er hat es mir einfach so gesagt, ganz ruhig, und mir dabei die Hand getätschelt. Ich war sehr getroffen. Er hat es gemerkt und vielleicht bereut, denn als ich dann am Abend Flöte gespielt habe, hat er gesagt, ich würde gut spielen. Aber da hatte er mich schon verletzt, und tagelang fühlte ich mich nicht im Einklang mit meinem Gesicht, und es gibt nichts Schlimmeres, als immerzu mit Abneigung an das eigene Gesicht zu denken und den Spiegeln auszuweichen.

Ciao, Serena, schreib mir hierher nach Luco, wo ich mich so

langweile. Gib mir Nachricht über Dich, über Lucrezia, über alle. Und ich möchte auch gern wissen, ob Du Deine Gedichte im Frauenzentrum gelesen hast, wie Du es vorhattest. Schreib mir, denn ich habe hier niemanden zum Reden, und ein Brief würde mir Gesellschaft leisten.

Albina

Serena an Albina

Pianura, 10. Februar

Liebe Albina,

in Luco dei Marsi kommst Du auf wirre Gedanken. Lucrezia ist nicht in Ignazio Fegiz verliebt, und er nicht in sie. Ich habe nie unter Mangel an Zuneigung gelitten. Im Gegenteil, höchstens zuviel Zuneigung habe ich in meiner Kindheit bekommen. Giuseppe ist nicht nach Amerika gegangen, um sich von seinem Bruder beschützen zu lassen, sondern aus einem viel einfacheren Grund, er hatte hier kein Geld mehr, oder vielmehr es schien ihm, als habe er zuwenig Geld. Der Bruder hat ihm gesagt, daß er in Amerika unterrichten könnte. Lehrer werden in Amerika gut bezahlt. Dann ist der Bruder nun gestorben. Mir gefiel der Bruder nicht. Er machte sich wichtig. Aber wenn ein Mensch stirbt, auch einer, der Dir nicht gefällt, fängst Du sofort an, mit Respekt und Achtung an ihn zu denken, wer weiß, warum. Dabei ist der Tod doch keine verdienstvolle Sache. Früher oder später kommt er für alle.

Meine Gedichte habe ich nicht im Frauenzentrum gelesen, und vielleicht werde ich sie überhaupt nie lesen. Ich will Dir sagen, daß am Freitagabend gar niemand ins Frauenzentrum kommt. Ich bin entmutigt. Letzten Freitag waren ganze zwei Leutchen da. Es waren wirklich nur zwei: die Apothekerin und ein Junge, der Sohn der Schuldienerin. Wir haben Platten aufgelegt. Ich habe mit dem Jungen getanzt. Um zehn Uhr habe ich zugemacht.

Mir gefällt Ignazio Fegiz nicht. Ich finde ihn nicht schön, und besonders intelligent finde ich ihn auch nicht. Er hat eine

Freundin, der er sehr verbunden ist. Sie ist ziemlich häßlich, mit schönen Haaren. Ich weiß das, weil man es mir erzählt hat. Sie ist drogensüchtig, sagt man. Ich streite mich wahnsinnig mit ihm. Wenn ich weiß, daß er in *Le Margherite* ist, gehe ich nicht hin, sondern bleibe in Pianura. Ich esse etwas in meinem Zimmerchen. Ich verkrieche mich ins Bett und lese. Zur Zeit liebe ich die Einsamkeit. Einsamkeit bekommt nicht jedem. Dir bekommt sie nicht, weil Du Sachen denkst, die völlig aus der Luft gegriffen sind. Mir hingegen bekommt und gefällt Einsamkeit.

Es grüßt Dich

Serena

Giuseppe an Lucrezia

Princeton, 14. Februar

Meine Lucrezia,

gestern erhielt ich Pieros Brief und Deine wenigen, hingeworfenen Zeilen. Du schreibst, ich solle sofort abreisen. Das kann ich nicht. Hier gibt es viele Dinge zu tun und bürokratische Angelegenheiten zu erledigen. Und Anne Marie kann ich in diesem Augenblick nicht allein lassen.

Du wirst Piero sagen, daß ich ihm bald schreiben werde.

Roberta ist vor ein paar Tagen wieder abgereist. Gestern sind Danny und Chantal abgereist. Das sind der Schwiegersohn und die Tochter von Anne Marie. Sie leben in Philadelphia. Ich weiß nicht mehr, ob ich Dir von ihnen geschrieben habe. Sie schliefen im Wohnzimmer, Roberta schlief in einem kleinen Zimmer, in dem einige Koffer stehen.

Gestern haben wir alle Kleider und Sachen meines Bruders zusammengepackt und an ein Blindenheim geschickt. Frau Mortimer, eine Nachbarin von uns, hat uns dabei geholfen. Sie hat das Blindenheim angerufen. Sie ist sehr freundlich und war uns eine große Hilfe.

Auch Roberta war eine große Hilfe, solange sie hier war. Chantal ist im achten Monat schwanger und darf sich nicht anstrengen. Danny ist ein Junge voller Probleme. So kümmerten sich Roberta und Frau Mortimer um alles.

Roberta ist jemand, der sich mit allen anfreundet, und sie hat gleich mit Danny und Chantal Freundschaft geschlossen. Dieser Danny braucht ständig jemanden, mit dem er über seine Probleme reden kann. Er setzte sich mit einem Glas Whisky vor sie hin und erzählte ihr von sich, womöglich bis zwei Uhr nachts. Roberta hat sehr viel Geduld und hörte ihm zu. Ich habe nicht so viel Geduld wie sie. Wenn er sich vor mich hinpflanzte, schickte ich ihn zum Teufel.

Nun sind ich und Anne Marie allein zurückgeblieben. Sie ist eine starke Frau, aber sie ist müde und braucht mich. Auch ich brauche sie in gewisser Weise. Auch ich bin sehr müde.

Es läßt mir keine Ruhe, daß die Beziehungen zwischen mir und meinem Bruder in der letzten Zeit so kalt waren. Ehrlich gesagt, waren sie vom ersten Tag an, als ich hier ankam, kalt. So oft kam er und schlug mir vor, einen Spaziergang mit ihm zu machen, und ich lehnte ab. Was gäbe ich jetzt darum, ihn vor mir zu sehen, aufzustehen und ihm zu folgen. Ich lehnte ab, kalt und vielleicht fast unfreundlich. Auch am Tag, bevor er starb, war es so. Wenn ich dann übrigens einmal mit ihm mitging, wechselten wir wenige und kalte Worte. Um unbeschwerte und vertrauliche Beziehungen zwischen ihm und mir wiederzufinden, muß ich Jahre und Jahre zurückgehen.

Gestern sind Anne Marie und ich auf den Friedhof gegangen. Ich führte sie am Arm. Sie weinte, doch auch wenn sie weint, hört sie nie auf zu lächeln. Es ist ein Lächeln, das weder bis zu den Wangen noch bis zu den Augen reicht, es bleibt zwischen Kinn und Lippen hängen. Als wir wieder zu Hause waren, habe ich mich in die Küche gesetzt, sie ist zu mir gekommen und hat mir den Kopf gestreichelt. Da habe ich den Kopf an ihren mageren, in schwarze Wolle gekleideten Schoß gelegt. Sie hat Pfefferminztee für mich gekocht, diesen verdammten Pfefferminztee, der ihre Manie ist. Dann haben wir ein Stück Braten aufgewärmt und gegessen, den Frau Mortimer gemacht hatte. Anne Marie saß vor mir und aß, gefaßt, schwarz gekleidet, mit ihrem langen Hals, ihren schmächtigen Schultern, dem Lächeln. Wir sprechen nie über meinen Bruder, Anne Marie und ich. Wir sprechen über alltägliche Dinge, das Einkaufen, die Waschmaschine, Frau Mortimer, und wir sprechen über Dannys Probleme, Chantals Charakter. Wir haben nicht viele Gesprächsthemen außer diesen, die sich außerdem sofort erschöpfen. Aber es ist nicht so wichtig, Gesprächsthemen zu haben, hat Ignazio Fegiz einmal zu mir gesagt, zwei Menschen können zusammensein, ohne großartige Gesprächsthemen zu haben und ohne welche zu suchen, jeder in die eigenen Gedanken versunken, mehr oder weniger schweigend.

Manchmal kommen uns abends jene Freunde meines Bruders, Schultz und Kramer, besuchen. Mit ihnen spricht Anne Marie über wissenschaftliche Themen und Institutsangelegenheiten. Ich schweige. Wenn sie gehen, bringe ich sie bis zum Gartentor und nehme dabei die Abfalltüten mit hinaus. Anne Marie hat die Arbeit im Institut noch nicht wiederaufgenommen, wird aber in ein paar Tagen wieder anfangen. Auch ich werde meinen Unterricht in der Schule in ein paar Tagen wiederaufnehmen. Vielleicht, ich weiß noch nicht, werde ich auch an der Sache weiterschreiben, an der ich vorher schrieb. Doch im Augenblick kann ich gar nichts tun. Ich verbringe Stunden in meinem Zimmer im Sessel und starre die Bären an. Allerdings lasse ich die Tür offen und betrachte Anne Marie, die im Wohnzimmer ist und strickt. Frau Mortimer hat ihr gesagt, ein Strickzeug sei in schwierigen Augenblicken Gold wert.

Giuseppe

Alberico an Giuseppe

Rom, 20. Februar

Gütiger Vater,

ich bin seit einer Woche in Rom. Ich war bei Roberta, die gerade aus Amerika zurückkam. Es tut mir leid um Deinen Bruder. Ich habe ihn alles in allem dreimal gesehen. Einmal, als ich klein war, bei den Großeltern, und noch zweimal bei Dir zu Hause. Alle drei Male hat er mir gesagt, ich solle auf die Technische Hochschule gehen, und ich habe alle drei Male geantwortet, daß ich andere Pläne hätte. Allerdings habe ich, um Dir die Wahrheit zu sagen, diese Pläne ständig geändert im Lauf der Jahre. Jetzt im Moment habe ich überhaupt keine.

Roberta hat eine Wohnung für mich gefunden. Im Stockwerk darüber wohnt ein gewisser Egisto, den Du, glaube ich, kennst. Er ist ein untersetzter, kleiner, schwarzhaariger Mann. Zwei- oder dreimal ist er heruntergekommen und hat mich gefragt, ob ich irgend etwas brauchte. Uns fehlten gerade Brühwürfel, und er hat mir welche gebracht. In der Wohnung sind wir zu dritt: ich, Nadia und Salvatore. Nadia kennst Du, Du hast sie an dem Tag in Florenz gesehen. Sie ist schwanger. Roberta hat mir gesagt, daß Du in Princeton auch eine schwangere Frau im Haus hattest.

Nadia ist blöde. Mit der Ausrede, daß sie schwanger ist, tut sie nichts und liest Zeitschriften. Ich und Salvatore kaufen ein, kochen und haben angefangen, alle Zimmer weiß zu streichen.

Salvatore ist Grafiker. Er hat jedoch keine Arbeit und sucht gerade eine. Wir haben ihn in Berlin in einem chinesischen Restaurant kennengelernt.

Roberta hatte zu mir gesagt, ob ich auch mitkäme nach Amerika, mit ihr, aber ich bin nicht mitgekommen, ich habe gedacht, daß ich Dich womöglich nur durcheinanderbringe und sonst nichts.

Ich umarme Dich,

Alberico

Giuseppe an Alberico

Princeton, 27. Februar

Lieber Alberico,

Du schreibst mir »gütiger Vater«, als wäre ich ein Priester. Jedenfalls bin ich Dir dankbar für Dein Briefchen. Ich habe nicht viele Briefe von Dir erhalten in meinem Leben. Diesen bewahre ich in meiner Brieftasche auf, an meinem Herzen, wie ein seltenes und kostbares Gut.

Du schreibst mir: »Wenn ich gekommen wäre, hätte ich Dich nur durcheinandergebracht und sonst nichts.« Über dieses »sonst nichts« habe ich mir Gedanken gemacht. Ich habe mich gefragt, ob Du wirklich glaubst, eine Begegnung mit Dir löse in mir nichts als ein Gefühl von Durcheinandersein aus.

Ich habe Anne Marie Deinen Brief zu lesen gegeben. Sie hat gelächelt. Eigentlich lächelt sie immer. Manchmal zieht sie die Lippen weit herab, manchmal weniger. Aber Du weißt vielleicht gar nicht, wer Anne Marie ist. Sie ist die Witwe meines Bruders. Sie war meinem Bruder teuer, und so ist sie das einzige, was mir von ihm bleibt.

Ich umarme Dich,

Dein Vater

Roberta an Giuseppe

Rom, 29. Februar

Lieber Giuseppe,

gleich nach meiner Ankunft in Rom habe ich Dich angerufen, aber Ihr wart nicht zu Hause, weder Du noch Anne Marie, und Frau Mortimer hat mir geantwortet. Sie hat mir gesagt, daß Ihr unterwegs wärt, um Besorgungen zu machen. Danach habe ich dann nicht mehr angerufen, aber am Telefon kann man ja sowieso nichts sagen.

Alberico ist in Rom und hat sich in seiner Wohnung eingerichtet. Sie leben dort zu dritt: Alberico, dieses Mädchen, Nadia, die im sechsten Monat schwanger ist, und ein Freund von Alberico, der Salvatore heißt. Er ist nicht der Vater des Kindes. Der Vater des Kindes ist ein Wiener, der in Wien lebt und mit Nadia Schluß gemacht hat. Salvatore ist so einer wie Dein Sohn. Er geht nicht mit Mädchen. Mir scheint, als herrsche vollkommene Eintracht unter den dreien. Die Wohnung ist ziemlich schmutzig, aber Salvatore sagt, daß er sie gründlich putzen wird. Er ist ein Junge mit einem langen, knochigen Gesicht, großem schwarzen Schnurrbart und schwarzen Koteletten. Nadia hat einen riesigen Bauch. Sie trägt schwarzseidene Pluderhosen und ein T-Shirt, auf dem steht: »Ich will selbst entscheiden.« Ihr Gesicht ist klein, blaß, es wird aufgefressen von den Haaren und den Augen. Für das Kind hat sie noch nichts fertig, aber eine Freundin hat ihr einen Kinderwagen geliehen, den sie im Wohnzimmer stehen haben und in den sie vorerst einen großen Stapel Töpfe gestellt haben. Sie lag auf einem Bett und las Mickymaus. Ihre Eltern schicken ihr Geld, aber in

Sizilien wollen sie sie nicht haben. Dein Sohn tippte auf der Maschine, er schreibt das Drehbuch für einen Film. Salvatore bügelte. In der Wohnung gibt es die Schreibmaschine, das Bügelbrett, einen Tisch, ein paar Betten und einen Fernsehapparat. Die Kleider haben sie alle auf einem Bett aufgehäuft, das sie nicht brauchen.

Jetzt komme ich zu Dir. Ich möchte, daß Du mir sagst, was Du zu tun beabsichtigst, denn in Princeton habe ich Dich danach gefragt, aber Du hast immer unklar geantwortet. Ich stelle mir vor, daß Du wieder nach Rom ziehst. Du wirst doch nicht in Amerika bleiben wollen, denke ich, jetzt, wo Du Deinen Bruder nicht mehr hast. Also wird es nötig sein, daß ich Dir eine Wohnung suche. Was das Geld angeht, hast Du Dir in der letzten Zeit Sorgen gemacht, aber das waren Einbildungen, Du besitzt Ländereien in Apulien, die Du recht gut verkaufen kannst. Mit dem Erlös der verkauften Wohnung kannst Du Dir eine andere Wohnung kaufen, natürlich nur eine sehr viel kleinere und schlechtere. Sie haben Dich an der Nase herumgeführt, die guten Lanzaras. Sei's drum. Das sind Fehler. Laß mich jedenfalls wissen, was Du zu tun gedenkst.

Ich umarme Dich,

Roberta

Lucrezia an Giuseppe

Monte Fermo, 5. März

Lieber Giuseppe,

ich habe Deinen Brief erhalten, und er hat mich sehr melancholisch gemacht. Ich verstehe nicht, warum Du nicht sagst, wann Du zurückzukommen gedenkst. Ich habe Roberta angerufen, und sie hat mir gesagt, daß sie es auch nicht weiß. Du wolltest mit Deinem Bruder zusammensein, aber jetzt ist er tot, und was machst Du dann noch dort?

Du sprichst viel von Anne Marie, von Frau Mortimer und von anderen Personen, die ich nicht kenne und nie kennenlernen werde. Ich verstehe nicht, warum Du sie nicht allesamt dort ihren Mist alleine machen läßt.

Ignazio Fegiz ist gekommen, und ich habe ihm von Deinem Brief erzählt. Er hatte mir eine große Kälte in die Seele gesenkt, und ich mußte mit jemandem über diese Kälte sprechen. Wir haben einen langen Spaziergang gemacht, mit den Kindern. Als wir zurückkamen, war es dunkel. Piero und Egisto sind uns mit Laternen entgegengekommen. Piero hatte sich erschreckt, weil er uns nicht wiederkommen sah.

Es gefällt mir nicht, »Ignazio Fegiz« zu schreiben, weil mir der Name Ignazio nicht gefällt, und auch der Nachname gefällt mir wenig. Deshalb werde ich, wenn ich Dir in meinen Briefen von ihm schreibe, nur die Initialen nennen, »I. F.«. »I. F.« läßt Dich grüßen. Im allgemeinen schreibt er keine Briefe, aber einmal wird er Dir vielleicht schreiben.

Lucrezia

Giuseppe an Roberta

Princeton, 10. März

Liebe Roberta,

Du fragst mich, ob ich will, daß Du mir eine Wohnung in Rom suchst. Mein Gott, ich weiß es nicht. Ich habe nichts entschieden.

Ich danke Dir für die Aufmerksamkeit und Zuneigung, mit der Du an mich denkst. Wenn ich Rückkehrgedanken hege, werde ich Dir schreiben. Dann wird der Zeitpunkt sein, eine Wohnung zu suchen.

Gestern ist Chantals Kind geboren worden, ein Mädchen. Sie haben es Margaret genannt. Danny hat aus der Klinik angerufen. In den nächsten Tagen werden wir nach Philadelphia fahren, um es anzuschauen. Ich habe eine Flasche Champagner und eine Torte gekauft. Frau Mortimer ist auch herübergekommen. Wir haben Margaret gefeiert.

Giuseppe

Piero an Giuseppe

Perugia, 10. Mai

Lieber Giuseppe,

ich weiß von Lucrezia, daß Du vorläufig nicht zurückkommen wirst. Deinen Brief an Lucrezia habe ich nicht gelesen, Lucrezia hat ihn mir, wie es richtig ist, nicht zu lesen gegeben, da er an sie allein gerichtet war. Sie hat mir einfach gesagt, daß Du vorläufig nicht zurückkommst. Gewiß fällt es Dir schwer, Dich von den Orten und den Menschen zu trennen, die Deines Bruders Welt waren. Ich verstehe Dich. Lucrezia versteht Dich nicht. Doch Lucrezia legt zuweilen mangelndes Einfühlungsvermögen an den Tag. Sie betrachtet die menschlichen Gefühle auf eine beiläufige und grobe Art.

Ich mache gerade eine schwierige Zeit durch. Ich arbeite ungern, und alles macht mir Mühe. Mein Teilhaber, Dr. Corsi, ist mir in diesen Tagen unerträglich. Aber ich ertrage niemanden. Leute zu sehen langweilt mich, und ich bin lieber allein. Die besten Stunden verbringe ich hier in meinem Arbeitszimmer, wenn Dr. Corsi und die Sekretärin gegangen sind und ich durchs Fenster die Sonne sehe, die über den Dächern untergeht, dann das Grau der Dämmerung, dann die Dunkelheit. Ich komme nach Hause, wenn es schon längst dunkel ist. Der Lärm der Kinder stört mich, und ich ziehe es vor, heimzukommen, wenn das Abendessen vorbei ist. Der Lärm geht weiter, weil wir die Kinder schlecht erzogen haben und sie zu spät ins Bett gehen, doch zumindest muß ich nicht die Unordnung des Abendessens über mich ergehen lassen. Ich esse allein. Es ist eine ganz schlimme Zeit für mich. Es wird vorbeigehen. Nur Geduld.

Letzten Samstag hat Egisto Deinen Sohn und zwei Freunde zu uns mitgebracht. Du hattest uns nie mit Deinem Sohn bekannt gemacht und sprachst nur selten von ihm. Er wohnt nun, wie Du weißt, im selben Haus wie Egisto, ein Stockwerk tiefer.

Deinen Sohn habe ich sympathisch gefunden, und auch seine beiden Freunde, ein schwangeres Mädchen und einen Jungen mit schwarzem Schnurrbart. Ich dachte, einer von den beiden, Dein Sohn oder der andere, sei der Vater des Kindes, aber Lucrezia hat mir gesagt, nein, damit sei ich auf der falschen Spur.

Das Mädchen hat mir leid getan, denn sie ist ganz klein, mit einem verlorenen Ausdruck im Gesicht. Sie wollte den Garten sehen, und ich bin mit ihr in den Garten hinausgegangen. Sie hat mir gesagt, daß sie große Angst habe, bei der Geburt zu sterben, und deshalb nachts nicht schlafen könne. Ich habe ihr gesagt, daß jeden Tag Millionen Frauen gebären, ohne daran zu sterben. Ja, aber manchmal sei eine dabei, die stirbt. Ich habe ihr gesagt, daß ich Lucrezia fünfmal habe gebären sehen. Ich habe immer bei ihren Geburten dabeisein wollen. Ich habe ihr gesagt, daß man keine Angst zu haben braucht. Wir haben lange und liebevoll miteinander geplaudert. Dein Sohn und sein Freund waren inzwischen mit Lucrezia und Ignazio Fegiz nach Pianura gefahren, weil Serena im Frauenzentrum photographiert werden wollte, während sie ihr neues Stück aufführt, in dem sie die Jokaste spielt und ein Leintuch mit einem Militärmantel darüber trägt. Dein Sohn und sein Freund sind gute Photographen, und außerdem ist Serena zu der Überzeugung gekommen, daß die beiden Leute vom Theater kennen und ihr helfen können, zu diesen Kreisen Zutritt zu erhalten. Beim Abendessen ist eine Diskussion zwischen Serena und Ignazio Fegiz entbrannt, eigentlich keine Diskussion, sondern vielmehr ein Streit, über Pirandello, den Serena vergöttert und den er nicht leiden kann. Ignazio Fegiz gerät leicht in Wut, und mir scheint, daß er keine Achtung vor den Gedanken anderer hat. Was Pirandello betrifft, weiß ich nicht, ob er recht oder unrecht hatte, mir gefällt Pirandello, und ich finde nicht, daß er ganz konstruiert und künstlich ist, wie Ignazio Fegiz behauptet, aber ich verstehe nichts vom Theater, ins Theater gehe ich selten. Jedenfalls langweilte mich das Gerede, und Dein Sohn und seine Freunde müssen sich zu Tode gelangweilt haben. Lucrezia war nervös, und zum Schluß hat sie auch mit Serena zu streiten angefangen, nicht wegen Pirandello, sondern weil Serena gesagt hat, die Kinder würden unmanierlich essen und einem auf die Nerven gehen.

Dein Sohn ähnelt Dir überhaupt nicht. Ihr seid alle beide sehr mager, aber seine Magerkeit ist weich und schlaksig, Deine dagegen ist eckig, gerade und hager. Ich finde ihn sympathisch, obwohl er mir ein bißchen seltsam vorkommt, wie die jungen Leute heute so sind, so daß du nie recht begreifst, was sie von dir denken, ob sie dich ein wenig schätzen oder dich für einen völligen Idioten halten. Er hat einen immer schläfrigen und zerstreuten Ausdruck, aber du spürst in ihm versteckt eine beißende Neugierde für den Nächsten und versteckte Urteile über den Nächsten, die stechend und spitz sind wie Dornen.

Dein Sohn und sein Freund haben in dem Zimmer mit den Tagesdecken mit Drachen und dem grünen Schrank geschlafen, das Mädchen hat gebeten, bei Cecilia schlafen zu dürfen, weil es ihr angst machte, an einem neuen Ort allein zu schlafen.

Obwohl ich, wie gesagt, eigentlich zur Zeit keine Lust habe, Leute zu sehen, hat es mich dennoch gefreut, Deinen Sohn zu sehen, hier in *Le Margherite*, wo Du immer hinkamst, ohne ihn je mitzubringen, wer weiß, warum.

Ich umarme Dich,

Piero

20. Mai

Ich hatte vergessen, diesen Brief einzuwerfen, und er ist zehn Tage lang hier auf meinem Schreibtisch liegengeblieben. Gestern ist Egisto gekommen. Er hat uns erzählt, daß das Mädchen, Nadia, vor ein paar Tagen glücklich entbunden hat. Dein Sohn und Egisto haben sie in die Klinik gebracht, nachts, mit Egistos Auto. Es ist ein Mädchen geboren worden, dem es gutgeht.

Ignazio Fegiz an Giuseppe

Rom, 6. Juni

Lieber Giuseppe,

ich bin kein Briefschreiber. Als Dein Bruder gestorben ist, habe ich Dir keine Zeile geschrieben. Das bereue ich.

Lucrezia meint, ich solle Dir schreiben und Dir sagen, daß Du nach Rom zurückkommen sollst. Ich gehorche ihr und schreibe Dir, daß Du zurückkommen sollst. Aber ich weiß nicht, ob Du nicht vielmehr gut daran tust, in Amerika zu bleiben. Ich weiß es nicht. Ich kenne Dich recht wenig. Unsere gerade begonnene Beziehung ist gleich wieder unterbrochen worden. Zwischen uns hat sich das Meer gelegt. Dennoch denke ich sehr oft an Dich.

Ich mache gerade eine etwas schwierige Phase durch. Ich schlafe sehr wenig. Nachts stehe ich auf und gehe in der Stadt umher, bis der Morgen kommt.

Doch jetzt will ich Dir erzählen, daß ich oft Deinen Sohn, Nadia und einen jungen Mann mit großem Schnauzbart sehe, der mit den beiden zusammenwohnt und Salvatore heißt. Ich habe sie an einem Samstag in *Le Margherite* getroffen, dann bin ich ein paarmal bei ihnen zu Hause gewesen. Das erste Mal bin ich hingegangen, weil sie mir gewisse Notizen vorlesen wollten, die sie für einen Film gemacht haben. Es ist ein Krimi mit einer sehr verzwickten Handlung und vielen Toten. Nadia hat ein Mädchen geboren. Sie ist vor einigen Tagen aus der Klinik zurückgekommen. Ich weiß nicht, ob Du weißt, daß Dein Sohn das Kind als seine Tochter angemeldet hat. Er hat sich so entschieden, weil ihm das Kind sehr gefällt. Wirkliche eigene

Kinder wird er nie haben, sagt er, und da ist er froh, daß es ein kleines Mädchen mit seinem Nachnamen gibt. Nadia war sofort einverstanden. Du könntest mich auch heiraten, hat sie zu ihm gesagt, dann sind meine Eltern zufrieden. Aber er hat gesagt, *das* ganz bestimmt nicht. Nadia stillte das Kind, während wir plauderten, und Alberico und Salvatore enthülsten weiße Bohnen. Es war eine kleine Familienidylle von großer Heiterkeit.

Einmal habe ich eine Freundin von mir zu ihnen mitgenommen. Sie heißt Ippolita Teodori. Du hast, als Du bei mir zu Hause warst, ihre Bilder gesehen. Ihr gefallen Neugeborene, und ihr gefallen Menschen wie Dein Sohn, Nadia, Salvatore. Tatsächlich hat sie sich sehr wohl gefühlt. Sie hat sie für einen Abend zum Essen auf ihrer Terrasse eingeladen. Sie wohnt an der Porta Cavalleggeri. Sie kocht sehr gut, und ihre Terrasse ist kühl. Sie werden mit dem Kind hingehen, denn sie haben eine dieser Taschen gekauft, in die man die Kinder hineinlegt. Sie haben auch ein Auto gekauft, einen Panda. Sie scheinen mir keine Geldprobleme zu haben. Ich wollte Dir diese Neuigkeiten schreiben, weil es mir gute Nachrichten zu sein scheinen.

Ich grüße Dich herzlich,

Ignazio

Giuseppe an Ignazio Fegiz

Princeton, 20. Juni

Lieber Ignazio,

ich danke Dir für Deinen Brief.

Ich freue mich, daß Du meinen Sohn siehst. Die Neuigkeiten, die Du mir von ihm berichtest, sind sehr tröstlich. Vor ein paar Tagen hat mich meine Cousine Roberta angerufen, und ich wußte von ihr, daß Alberico die Kleine als sein Kind angemeldet hat. Sie heißt Giorgia, wie meine Mutter. Mit Nachnamen Guaraldi, wie ich. In gewisser Weise bin ich Großvater geworden.

Ich freue mich, daß Du oft nach *Le Margherite* fährst. Und überhaupt freue ich mich, Dich mit meinem früheren Leben vermischt zu wissen. Ich bin vielleicht auch ein bißchen eifersüchtig auf Dich, wenn ich mir Dich an Orten vorstelle, wo ich nicht bin. Aber es ist eine leichte Eifersucht, ein unbestimmtes Unwohlsein, das ich in manchen Augenblicken aufkommen fühle und dann rasch wieder vergesse. Es ist eine leichte Eifersucht, ohne Krallen und Klauen.

Von mir habe ich Dir nichts Großartiges zu berichten. Vielleicht werde ich nach Italien zurückkehren, später, ich weiß nicht, wann. Jetzt habe ich keine Lust, das zu entscheiden. Ich habe meinen Bruder verloren, und mir scheint, als sei ich, im Augenblick, von Entscheidungen befreit. Im Augenblick macht es mir Mühe, mich von dem Leben zu lösen, das ich mir hier aufgebaut habe. Ich schreibe einen Roman. Ich fahre Fahrrad. Ich unterrichte. Ich leiste Anne Marie, der Witwe meines Bruders, ein wenig Gesellschaft. Sie ist ein Mensch, mit dem es mir gutgeht, auch wenn wir keine Gesprächsthemen haben. Sie interessiert nur die wissenschaftliche Forschung, aber die wissenschaftlichen Themen sind böhmische Dörfer für mich. Daher reden wir wenig. Manchmal, sehr selten, sprechen wir von meinem Bruder.

Ich grüße Dich herzlich,

Giuseppe

Alberico an Giuseppe

Rom, 23. Juni

Gütiger Vater,

wie Du vielleicht erfahren hast, habe ich einem kleinen Mädchen meinen Namen gegeben. Ich denke, es ist meine Pflicht, es Dir zu sagen, denn mein Name ist auch Deiner. Die Mutter der Kleinen ist Nadia, das Mädchen, das Du in Florenz mit mir gesehen hast. Es ist ein sehr dummes Mädchen, aber ich habe sie ziemlich gern. Ich lebe mit ihr. Die Kleine gefällt mir, sie ist sehr schön. Ich möchte ihr ein Vater sein, nicht nur dem Namen nach, sondern tatsächlich. Ich möchte ihr das geben, was ich nicht gehabt habe, einen väterlichen Schutz. Du bist in meinem Leben nie sehr gegenwärtig gewesen. Als Vater warst Du unzulänglich. Das macht nichts, nun ist es ja längst vorbei. Wenn Du nach Rom kommst, werde ich Dir meine Tochter vorstellen.

Alberico

Giuseppe an Alberico

Princeton, 30. Juni

Gütiger Sohn,

das mit dem Kind hatte ich erfahren. Ich denke, Du hast gut daran getan. Der Gedanke, eine Tochter zu haben, sei sie nun wirklich Deine oder nicht, kann Dir vielleicht einen Wunsch nach Stabilität einflößen. Du aber mußt versuchen, diesen Wunsch nach Stabilität umzusetzen in die Wirklichkeit. Letzten Monat bist Du sechsundzwanzig Jahre alt geworden. Du brauchst eine feste Arbeit, hast aber keine. Statt dessen springst Du von einer Arbeit zur andern. Es stimmt, daß Du Geld hast, aber das Geld wird irgendwann alle sein. Ich kann Dir, wie Du weißt, kein Geld hinterlassen, Du bist, wie Du weißt, reicher als ich. Du wirst die Kleine ja ernähren müssen.

Vielleicht dachtest Du, Du würdest mich verletzen mit dem Wort »unzulänglich«, das Du an mich gerichtet hast. Aber Du hast mich nicht verletzt. Ich weiß wohl, daß ich Dir, als Vater, recht wenig gegeben habe. Ich hoffe, daß Du, als Vater, besser sein wirst als ich.

So bin ich in gewisser Weise Großvater geworden. Seltsam. Ich fühle mich sehr jung, aber offenbar bin ich es nicht. Es stimmt jedoch auch nicht ganz, daß ich mich jung fühle. In manchen Augenblicken komme ich mir vor wie ein alter Mann, mit einer endlosen Weite hinter mir.

Wenn Du nach Princeton kommst, wirst Du Anne Marie kennenlernen können. Ich lebe gut mit ihr. Mich verbindet mit ihr die Erinnerung an meinen Bruder, dem sie teuer war. Wir sprechen wenig. Wir verbringen nicht viel Zeit miteinander. Sie hat ihre Arbeit am Institut wiederaufgenommen, die sie zeitweise unterbrochen hatte. Ich halte mich in meinem Zimmer auf und schreibe. Doch ab und zu gehen wir zusammen spazieren oder setzen uns ins Wohnzimmer, sie strickt, ich schaue sie an und sage ihr dann und wann ein Wort. Ich glaube, daß sie sehr intelligent ist, aber ich profitiere nicht von ihrer Intelligenz, weil wir nichts gemein haben, und was mich interessiert, interessiert sie überhaupt nicht. Es macht nichts, wir leisten uns auch so Gesellschaft.

Anne Marie hat eine Tochter, die in Philadelphia wohnt und Chantal heißt. Vor zwei Monaten hat sie eine Tochter geboren. Wir haben sie vor ein paar Wochen besucht. Chantal ist nicht glücklich mit ihrem Mann. Ich denke, daß ihre Ehe bald in die Brüche geht. Die Kleine ist sehr schön. So sind nun diese kleinen Mädchen in unserem Leben.

Ich umarme Dich,

Dein Vater

Egisto an Giuseppe

Rom, 1. Juli

Lieber Giuseppe,

ich habe Dir nie geschrieben und habe deswegen starke Schuldgefühle. Dein Bruder ist gestorben, und ich habe Dir weder geschrieben, noch habe ich Dich angerufen. Ich hätte Dich von der Zeitung aus anrufen können, ohne eine Lira auszugeben, aber ich habe es nicht getan. Traurige Dinge, die anderen zustoßen, machen mich schüchtern.

Ich berichte Dir von Deinem Sohn, den ich fast jeden Tag sehe. Im allgemeinen treffen wir uns auf der Treppe mit den Abfalltüten. Manchmal hat er dabei das Kind auf dem Arm. Er ist dieser Kleinen ein zärtlicher Vater. Sehr oft fährt er sie im Park spazieren, im Kinderwagen. Es ist ein sehr luxuriöser Kinderwagen. Sie haben ihn geliehen bekommen und stellen ihn unten im Treppenhaus ab. Manchmal geht auch der Freund Deines Sohnes, Salvatore, mit dem Kinderwagen in den Park. Er ist ein Typ in rotem T-Shirt, mit großem schwarzen Schnauzbart. Die Kleine hat gewissermaßen zwei Väter, beide groß und mager, der eine mit einem großen Vollbart, der andere mit einem großen Schnauzbart. Ich finde den einen wie den anderen sehr nett mit dem Kind, und diese Seite an ihnen gefällt mir. Die Mutter der Kleinen, Nadia, geht wenig aus und schläft viel. Ab und zu streiten sie heftig, die drei, und schreien alle durcheinander, ich höre das Geschrei und schaue vom Balkon herunter, aber ich glaube, daß es sich im allgemeinen um Lappalien handelt. Die Brocken, die ich aufschnappe, beziehen sich auf Wäsche, die aufgehängt werden muß, oder auf Kartoffeln, die geschält werden müssen. In der ersten Zeit kam Nadia zu mir herauf und bat darum, meine Waschmaschine benutzen zu dürfen, jetzt aber nicht mehr, weil sie sich eine gekauft haben.

Vor ein paar Tagen sind Nadias Eltern aus Sizilien gekommen. Der Vater ist ein alter Herr, klein, mit einem stachligen grauen Bärtchen. Die Mutter ist eine alte Dame, müde, elegant. Sofort ist ein großer Streit entbrannt, ich glaube, zwischen Nadia und den Eltern. Salvatore ist zu mir heraufgekommen und hat mich um Zitronen gebeten. Der Streit hat sich gelegt, und von meinem Balkon aus habe ich sie gesehen, wie sie Tee tranken und Plätzchen aßen. Deine Cousine Roberta war auch dabei. Die beiden alten Herrschaften, hat mir Roberta dann erzählt, sind ein paar Tage später wieder abgereist mit der Vorstellung, der wahre Vater des Kindes sei Dein Sohn Alberico, und mit der festen Überzeugung, das Ganze sei insgesamt eine Katastrophe. Nicht einmal Roberta hat ihnen gefallen, und sie waren eisig zu ihr.

Ich erzähle Dir diese Dinge, weil sie Deinen Sohn betreffen, und ich denke, daß sie Dich interessieren. Auch wenn ich nicht oft hinuntergehe, sehe ich sie auf der Treppe und von meinem Balkon aus. Ich gehe nicht oft hinunter, weil ich mich, wenn ich ehrlich sein soll, bei ihnen nicht wohl fühle. Sie sind ungefähr in meinem Alter, aber ich komme mir viel älter vor als sie. Sie erwecken meine Neugierde, schüchtern mich aber ein: ein seltsames Gefühl.

Ich habe sie nach *Le Margherite* mitgenommen. Sie haben weder über Piero und Lucrezia noch über Serena und Albina Kommentare abgegeben. Ob sie sich gelangweilt oder amüsiert haben, weiß ich nicht. Nadia hat nur gesagt, daß ihre Matratze voller Beulen gewesen sei. Vermutlich hat es gestimmt. Ich habe in *Le Margherite* auch oft ganz schlechte Matratzen erwischt.

Sie haben oft Freunde im Haus. Von meinem Balkon aus sehe ich Leute bei ihnen. Ich beneide sie, weil ich dagegen ziemlich allein bin. Ich gehe manchmal zu den Rotunnos oder zu irgendeinem Kollegen von der Zeitung, aber ich mache mir immer Sorgen, ich könnte zu oft anrufen, ich befürchte, zu aufdringlich zu erscheinen. Im Grunde bin ich sehr schüchtern, und es gibt wenige Menschen, mit denen ich mich wohl fühle.

Um auf Deinen Sohn zurückzukommen, ich weiß, daß sie einen Abend zum Essen zu Ippolita gegangen sind, der Freundin von Ignazio Fegiz, die an der Porta Cavalleggeri wohnt. Danach ist diese Ippolita mehrmals bei ihnen gewesen, und ich habe sie im Liegestuhl sitzen sehen, ihr Balkon ist genau unter meinem. Sie ist eine schmale, elegante Frau, mit einer großen Hakennase und einer dichten Mähne von goldblonden Haaren. Ignazio Fegiz ist schon ewig mit ihr zusammen. Jedoch leben sie nicht zusammen.

Albina geht es gut. Wir essen oft abends zusammen, manchmal bei Mariuccia, wo wir immer mit Dir hingingen und wo auch die Mauern an Dich erinnern. Offen gestanden langweile ich mich etwas mit ihr, wir reden immer das gleiche, sprechen immer über dieselben Personen. Mit ihr zusammensein ist für mich ein bißchen wie allein sein. Aber sie ist gutmütig, sie hat mich gern, und ich habe sie auch gern. Wenn sie fragt, ob ich mit ihr zu Abend esse, kann ich nicht nein sagen. Vielleicht würde sie gerne mit mir ins Bett gehen, ich weiß es nicht, aber ich habe ihr immer zu verstehen gegeben, daß sie mich körperlich nicht anzieht. Ich glaube, sie sagt gewöhnlich, daß ich sie gern hätte und daß sie mich nicht will. Sie lügt, denn ich habe ihr immer zu verstehen gegeben, daß mir eine andere Art von Frauen gefällt.

Von unseren Freunden aus Monte Fermo und Pianura, also von Piero und Lucrezia und Serena, habe ich Dir nicht viel Neues mitzuteilen. Alles ist in etwa so wie bei Deiner Abreise. Das Frauenzentrum schleppt sich müde dahin, ist nie besonders aktiv und auch nicht besonders gut besucht. Serena ist es zufrieden, aber demnächst schließt sie es, weil sie eine Reise nach Rußland macht. Piero und Lucrezia werden auch im August in

Monte Fermo bleiben. Das ist nicht ganz so wie immer, denn gewöhnlich fuhren sie ja mit den Kindern ans Meer, aber dieses Jahr sagen sie, sie hätten keine Lust dazu. Die Kinder gehen jeden Morgen mit der Schweizerin zum Spielen an den Fluß. Da diese Schweizerin sehr dumm ist, habe ich immer Angst, sie könnte eines ertrinken lassen. Lucrezia sagt, sie sei dumm, aber vernünftig. Allerdings sonnt sie sich, auf einem Stein ausgestreckt, mit geschlossenen Augen. Wenn sie wenigstens die Augen offenhalten würde. Ich weiß nicht, ob Piero und Lucrezia vielleicht auch finanzielle Probleme haben. Er scheint mir deprimiert zu sein, sie nervös. Doch es ist schon öfter vorgekommen, daß sie nervös und deprimiert waren. Ich glaube nicht, daß es ernsthaft Schwierigkeiten zwischen ihnen gibt, weder finanzielle noch eheliche. Gewiß ist jedoch, daß sie im Augenblick, sie so nervös und er so finster, keine sehr angenehme Gesellschaft sind, und du hast auch den Eindruck, sie zu stören, deshalb fahre ich weniger gern zu ihnen.

Es grüßt Dich und erinnert sich immer an Dich

Egisto

Lucrezia an Giuseppe

Monte Fermo, 20. Juli

Lieber Giuseppe,

ganz plötzlich habe ich große Lust bekommen, Dir zu schreiben. Also schließe ich die Tür meines Zimmers ab, damit mich keiner stören kann, während ich Dir schreibe.

Es ist fünf Uhr nachmittags und sehr heiß. Vielleicht sind wegen der Hitze alle schlechter Laune. Vorhin hat es einen großen Streit zwischen meiner Schwiegermutter und der Schweizerin gegeben, weil meine Schwiegermutter, als sie das Zimmer der Schweizerin betrat, wo das Bett noch nicht gemacht war, gesehen hat, daß die Matratze Menstruationsflecken hatte. Und unter dem Bett hat sie Kekskrümel und Ameisen gesehen.

Dieser Streit hat mich aufgeregt. Ich fand sie alle beide unerträglich. Die Schweizerin hat gesagt, daß sie morgen geht, und hat ihre Koffer vom Schrank heruntergeholt. Ich habe versucht, sie zu beruhigen, aber vergeblich. Wenn sie morgen geht, dann hängt alles an mir, Kinder und Haushalt, in einem Moment, in dem ich so große Lust hätte, still in meinem Zimmer zu sitzen und zu denken.

Nachdem Du abgefahren bist, ist für mich viel geschehen. Mein Leben ist anders geworden. Ich habe mich verliebt. Du wirst Dich wundern, wenn ich Dir sage, daß ich nie verliebt gewesen bin, da ich Dir doch immer wieder gesagt habe, daß ich mich leicht verliebe, aber siehst Du, das waren alles Irrtümer, und vielleicht wirst Du Dich gekränkt fühlen, wenn ich Dir sage, daß Du auch ein Irrtum warst. Ich glaubte, in Dich verliebt zu sein, ich glaubte, mit Dir leben zu wollen – welch ein Irrtum, Giuseppe! Zum Glück warst Du so erschrocken, daß du mir gesagt hast, ich sollte um Himmels willen bleiben, wo ich war. Du bist weise gewesen, und ich muß Dir danken. Es ging mir verhältnismäßig gut mit Dir, am Anfang, ich fühlte mich verhältnismäßig fröhlich, aber alles war eben verhältnismäßig. Mein Leben hat, als ich Dir begegnet bin, nicht die Farbe gewechselt. Jetzt hat es die Farbe gewechselt. Dich hatte Piero akzeptiert, er war ziemlich ruhig geblieben, mein Ehebruch mit Dir ist unblutig gewesen. Jetzt dagegen ist mein Ehebruch von der Sorte, bei der Blut vergossen wird. I. F. und ich lieben uns wahnsinnig, und wir werden zusammen weggehen, ich weiß nicht, wann, ich weiß nicht, wohin. Wir werden in irgendeiner Stadt ein Haus mieten, ich weiß nicht, in welcher. Ich werde meine Kinder mitnehmen. Dir machten die Kinder angst, ihm nicht, ihm macht überhaupt nichts angst.

Als ich ihn hier das erste Mal ankommen, aus seinem olivgrünen Renault steigen, mit seinen grauen Haaren im Bürstenschnitt herankommen sah, habe ich mich plötzlich erschreckt und irritiert gefühlt, habe mir gesagt: »Wer ist bloß der jetzt wieder?« Wir haben uns einen Augenblick lang angesehen, einer regungslos vor dem anderen, wir sind fast gleich groß, ich bin nur ein kleines bißchen größer als er, aber nur ein bißchen. Die Hunde haben zu bellen angefangen. Sie mochten ihn nicht. Hinter ihm standen Egisto und Albina, und sie haben sich gewundert, daß die Hunde bellten, gewöhnlich bellen sie nicht. Seitdem mag ich Egisto und Albina lieber, ich sehe sie richtig gern. Er hat das Haus betreten, hat seinen Regenmantel an die Garderobe gehängt, und sofort hat sich ein Nagel aus der Wand gelöst, und die Garderobe ist umgestürzt. Wer weiß, warum sich ausgerechnet in diesem Augenblick ein Nagel aus der Wand gelöst hat. Später habe ich ihm gesagt, daß das alles Zeichen waren, das Bellen der Hunde, die umstürzende Garderobe.

Ich glaube, Piero hat sofort bemerkt, daß etwas im Gange war, denn er war plötzlich nicht mehr derselbe, er war immer wie eingeschüchtert und verstört, gleich die ersten Male, als I. F. angefangen hatte, samstags hierherzukommen. Am Anfang kam er nur samstags, dann auch an verschiedenen anderen Tagen der Woche. Er rief an und kam. Jetzt kommt er nicht mehr. Manchmal treffen wir uns in Pianura und streifen durch das Land. Aber gewöhnlich fahre ich nach Rom zu ihm nach Hause. Er hat diese Bindung, diese Frau, die Ippolita heißt, aber von allen Ippo genannt wird. Sie leben nicht zusammen. Sie ist eine Frau mit einer großen Nase, mit schönen Haaren. Alle erzählen mir von diesen Haaren. Alle erzählen mir davon, Albina, Egisto. Was wird schon sein mit diesen Haaren. Ich habe sie nicht gesehen. Egisto hat sie gesehen, er war bei ihr zu Hause. Sie hat eine wunderschöne Terrasse. Von der Terrasse sprechen auch alle. I. F. findet es schwierig, sie zu verlassen, weil sie ihm leid tut, er hat ihr nichts von mir gesagt, aber jetzt, in ein paar Tagen wird er ihr von mir erzählen und sie verlassen. Auch für mich ist es nicht leicht gewesen, mit Piero zu sprechen, aber ich mußte es tun, ich wäre mir schlecht vorgekommen, wenn ich nicht mit ihm gesprochen hätte. Übrigens hatte Piero schon alles begriffen. Er ist sehr niedergeschlagen. Wir waren ein offenes Paar, du erinnerst Dich, daß wir das immer sagten, aber in Wirklichkeit war es nur meinerseits offen, Piero hat nie eine andere Frau geliebt außer mir. Außerdem schließen sich die offenen Paare eines schönen Tages, oder sie zerbrechen. Als Paar zerbrechen wir gerade, Piero und ich. Es tut mir leid, denn ich fühle mich Piero sehr verbunden, es tut mir leid, ihn niedergeschlagen zu sehen. Ich habe die Vorstellung, daß er, wäre ich mit Dir fortgegangen, nicht so deprimiert gewesen wäre, aber mit I. F., das erscheint ihm schrecklich. Er kommt immer sehr spät aus Perugia zurück und ißt allein, ich setze mich an den Tisch, während er ißt, und er sagt, ich solle weggehen. Er erträgt mich nicht, und ich ertrage ihn nicht. Wir schlafen zusammen, aber in manchen Nächten sage ich zu ihm, daß mir heiß ist, und gehe hinauf, um im oberen Stockwerk zu schlafen, in dem Zimmer, wo die Tagesdecken mit den Drachen sind. In dem Zimmer dort oben müßte es kühler sein, weil es nach Westen geht, aber in Wirklichkeit ist es auch dort entsetzlich heiß. Manchmal bin ich auch sehr unglücklich.

Das Seltsame ist, daß hier alles kaputtgeht, das ganze Haus geht in die Brüche. Die Schweizerin fährt morgen ab, die Waschmaschine läuft aus. Es ist sehr heiß, wir sind alle tot vor Hitze. Die Schweizerin brachte die Kinder jeden Tag zum Fluß, aber morgen geht sie, und dann werde ich sie selbst hinbringen müssen, sonst lungern sie nur gelangweilt und staubbedeckt im Garten herum. Serena ist nach Rußland gefahren, sonst hätte sie sie vielleicht an den Fluß gebracht. Mir scheint, als hätten auch die Kinder bemerkt, daß etwas geschehen ist, denn sie haben alle einen Ausdruck von Erschrecken und Langeweile. Vielleicht hat auch die Schweizerin es bemerkt und reist deshalb ab, weil es nicht lustig ist, in einem Haus zu sein, wo alles in die Brüche geht. Nur meine Schwiegermutter hat nichts bemerkt. Ab und zu kommt sie mit besorgtem Gesicht zu mir und erzählt mir, daß sie auf dem Fensterbrett im Bad einen toten Vogel voller Ameisen gefunden hat, oder sie sagt, daß sie im Kühlschrank eine Schüssel mit verschimmelten Feigen gefunden hat. Meine Schwiegermutter findet jetzt, wenn sie durchs Haus geht, immer irgend etwas Ekelhaftes.

Du bist in Wirklichkeit mein einziger Freund. Deshalb tut es mir sehr leid, daß Du so weit weg bist – in einem Moment, in dem ich das Bedürfnis habe, mich jemandem anzuvertrauen. Auch Serena ist zur Zeit nicht da. Und außerdem bin ich mir nicht sicher, ob Serena mich anhören und verstehen wollte. Ich denke, sie würde sofort für Piero Partei ergreifen. Sie hat immer die Situation der Frau im Kopf, die Rechte der Frauen et cetera, und trotzdem weiß ich sehr wohl, daß sie mich gemein fände. Manchmal spreche ich mit Albina, wenn sie samstags kommt.

Ich sage ihr etwas, nicht alles, halbe Sachen. Aber mein einziger wirklicher Freund bist Du. Und Du mußtest Dich ausgerechnet nach Amerika absetzen. Von unserer langen Verbindung ist eine große Freundschaft geblieben. Ich fühle sie für Dich und hoffe, daß Du sie für mich fühlst. Wir haben auch ein Kind zusammen gehabt. Graziano. Du willst nicht, daß ich das sage, aber es ist so. Ein gemeinsames Kind, und eine große Freundschaft. Das sind die Güter, die ich Dir gegeben habe und die Du mir gegeben hast, die Güter, die wir beide gemeinsam besitzen. Um das Kind scherst Du Dich einen Dreck, und Du tust so, als ob es nicht zu Dir gehöre. Sei dem, wie Du willst, es macht nichts. Die Freundschaft aber, glaube ich, die erkennst Du als echt an.

Einmal ist Dein Sohn Alberico hierhergekommen. Doch dann sind so viele Dinge geschehen, daß ich vergessen habe, es Dir zu erzählen. Ich weiß nicht, ob mir dieser Sohn von Dir gefällt. Ich verstehe ihn nicht recht. Er hat dem Kind dieses Mädchens seinen Namen gegeben. Bestimmt hat er es getan, um das Gegenteil von Dir zu sein, um das zu sein, was Du nicht sein willst, der Vater eines Kindes, das auf die Welt kommt.

Gib mir Nachricht von Dir. Erzähl Du mir auch, was Dir passiert. Laß mich wissen, ob Du immer noch in dem Zimmer mit den Bären schläfst.

Lucrezia

Giuseppe an Lucrezia

Princeton, 4. August

Liebe Lucrezia,

Dein Brief hat mich in starke Erregung versetzt, so stark, daß ich den ganzen Tag nicht arbeiten konnte. Du weißt, daß ich einen Roman schreibe, ich glaube, daß ich es Dir mitgeteilt hatte. Dein Brief hat sich in meinen Gedanken verhakt, ich konnte mich nicht davon befreien, und überall in mir fand ich Dein Gesicht und Deine Stimme. Ich habe Dir nicht sofort geantwortet. Ich habe ein paar Tage verstreichen lassen, da es mich verwirrte, Dir zu antworten.

Du hast Dich verliebt in Ignazio Fegiz, oder in I. F., wie Du ihn zu nennen pflegst. Das sollte mir gleichgültig sein oder mich sogar freuen, denn sich verlieben ist schön, und man ist froh, wenn einer Person, die einem lieb ist, etwas Schönes widerfährt. Ich dagegen habe beim Lesen Deines Briefes ein gewisses Unbehagen verspürt. Du willst Piero verlassen und mit I. F. zusammenziehen. Die Kinder mitnehmen. Du pflegst an Deine eigenen Kinder zu denken, als wären sie Möbelstücke oder Koffer. Außerdem sind es fünf, nicht bloß eines. Wäre es nur eines, könnten alle Deine Bemühungen darauf gerichtet sein, es zu beruhigen. Aber fünf Kinder beruhigen ist nicht leicht. Und auch für I. F. ist die Bürde von fünf Kindern keine kleine Bürde. Du sagst, daß »ihm überhaupt nichts angst macht«. Was Dich betrifft, kann ich nicht umhin, Dir zu sagen, daß ich Dich für verantwortungslos halte. Und das gleiche muß ich von ihm denken.

Die Worte, die Du über uns, über mich und über Dich,

verlierst, »unser Ehebruch ist unblutig gewesen«, erscheinen mir absurd. Kein Ehebruch ist unblutig. Außerdem haben wir Deiner Ansicht nach ein Kind zusammen gehabt. Ich glaube nicht, daß das stimmt, aber wenn es stimmt, war unser Ehebruch nicht unblutig. Die Kinder sind Blut und werden im Blut geboren.

In Deinem ganzen Brief habe ich etwas gespürt, was mich grausam beleidigt hat, eine schleichende, konfuse Neigung, einen Vergleich zwischen I. F. und mir zu ziehen und mich als weniger wertvoll, weniger edel, weniger kostbar einzustufen. Für ihn haben Deine Hunde gebellt. Für ihn ist die Garderobe umgestürzt. Dann sagst Du, daß er fast genauso groß ist wie Du. Du weißt sehr wohl, daß ich Dir kaum bis zur Schulter reiche und daß ich darunter immer gelitten habe.

Du sagst: »Es ging mir verhältnismäßig gut mit Dir, ich war verhältnismäßig fröhlich, alles war eben verhältnismäßig.« Wie gemein Du sein kannst. Wie weh Du einem tun kannst. Du weißt, daß Du weh tust. Ich glaube nicht, daß Du es nicht weißt.

Was Dein Loblied auf unsere Freundschaft betrifft, muß ich Dir sagen, daß ich es nicht recht glaube, und auf jeden Fall kann ich nichts damit anfangen. Echte Freundschaft kratzt nicht und beißt nicht, und Dein Brief hat mich gekratzt und gebissen.

Was soll ich Dir von mir berichten? Ich lebe gut. Verhältnismäßig gut. Gewiß, im Rahmen des Verhältnismäßigen. Ich bin ruhig. Zur Zeit ist die Schule geschlossen. Ich bin in Ferien. Im September werde ich wieder anfangen. Ich schreibe meinen Roman. Gegen sechs Uhr abends kommt Anne Marie vom Institut zurück. Ich sehe ihr zu, während sie das Abendessen bereitet, ein aufwendiges Abendessen, große Fleischbällchen, die langsam kochen müssen, mit Karotten und Brühe, Suppen aus roten Rüben und Sahne, russische Gerichte, die ich liebengelernt habe. Anne Marie hatte eine russische Großmutter. Wir sprechen wenig. Anne Marie ist ein Mensch, der wenig spricht, und immer mit leiser Stimme, und das gefällt mir. Ich finde es erholsam, mit einem Menschen zu leben, der maßvoll, vernünftig und sparsam mit Worten umgeht. Anne Marie lächelt immer, und auch ich habe gelernt, immer zu lächeln, wenn sie da ist. Zuweilen ist mein Mund vor lauter Lächeln ein wenig müde. Doch ich denke, daß wir nach und nach schließlich nicht mehr lächeln werden.

Nein, ich schlafe nicht mehr in dem Zimmer mit den Bären. Ich schlafe im oberen Stockwerk. Aber ich schlafe nicht bei Anne Marie, falls es das ist, was Du wissen willst.

Giuseppe

Albina an Egisto

Luco dei Marsi, 3. August

Lieber Egisto,

wie Du siehst, bin ich wieder bei meiner Familie. Ich werde etwa vierzehn Tage in Luco bleiben müssen. Meine Mutter ist noch nicht wieder auf den Beinen, und die Verwandte, die sie pflegte, ist weggefahren und wird erst nach Mariä Himmelfahrt zurückkommen. Daher sind meine Ferien ausgefallen. Ich bin hier und schufte im Haushalt. Außerdem habe ich den großen Fehler begangen, Vito mit hierherzunehmen. Von Lucrezias Kindern ist er der Schlimmste, der Unausstehlichste, auch weil er noch klein ist. Lucrezia wollte unbedingt, daß ich ihn mitnehme. Die Schweizerin hat eines schönen Morgens ihre Koffer gepackt und ist abgereist. Sie wird sich nie mehr blicken lassen. Lucrezia ist müde. Außerdem verschlechtern sich die Beziehungen zwischen ihr und Piero zusehends. In ihrem Haus herrscht nun eine unerträgliche Atmosphäre, man kann nicht mehr atmen. Eine Atmosphäre von Zerfall. Cecilia haben sie nach Montecatini geschickt, mit Signora Annina, Pieros Mutter. Sie hatte nichts begriffen, die Signora Annina, aber sie und Lucrezia haben sich um jede Kleinigkeit gestritten, Telefonrechnungen, verfaulte Tomaten. Deshalb war es eine Erleichterung für alle, als sie gesagt hat, daß sie nach Montecatini fahren wollte. Daniele, Augusto und Graziano haben sie in ein Zeltlager geschickt. So sind jetzt in *Le Margherite* nur Piero und Lucrezia, Nase an Nase, in der Hitze und dem Schweigen. Als ich dort war, sprach ich ein bißchen mit dem einen und mit der anderen und versuchte, sie zu beruhigen und Frieden zu stiften. Doch am

Ende des Tages war ich halb tot, weil sie inzwischen alle beide schwer sind wie Blei – die Leute sind schwer zu ertragen, wenn sie aufs Geratewohl Sätze aufhäufen und nicht wissen, was sie tun sollen. In Wirklichkeit hat Lucrezia auch früher andere Geschichten gehabt, sie hat eine sehr lange Geschichte mit Giuseppe und andere, kürzere gehabt, doch es waren immer unerhebliche Affären, sagt sie. Piero blieb ruhig. Er tat, als wäre nichts. Sie und Piero waren ein offenes Paar. Das sagten sie immer wieder. Sie blieben Freunde. Jetzt dagegen sind sie keine Freunde mehr, und Piero ist am Boden zerstört. Und Lucrezia ist genauso am Boden zerstört, aber sie sagt, sie sei so glücklich wie noch nie, sie sagt, sie sei glücklich und unglücklich, alles zusammen. Ab und zu steigt sie in ihren Volkswagen und fährt nach Rom. Sie kommt am nächsten Tag zurück. Sie sagt, daß sie noch vor dem Herbst weggehen wird. Sie wird mit Ignazio Fegiz zusammenleben, ich weiß nicht, wo, sie selber weiß es auch nicht. Und Ignazio Fegiz weiß es bestimmt ebensowenig. Ich glaube, nicht in Rom. Vielleicht in Amerika. Lucrezia wird alle Kinder mitnehmen. Sie sagt, die Kinder verläßt sie nicht. Das ist das einzige, worin sie sich ganz sicher fühlt. Piero will ihr die Kinder allerdings nicht geben. Wie sie es machen werden, weiß ich nicht.

Um allesamt nach Amerika zu ziehen, brauchen sie viel Geld. Lucrezia sagt, daß I. F., sie nennt ihn immer so, I. F., Geld genug hat, weil er mit Bildern handelt, und sie wird sich eine Arbeit suchen. Aber sie hat noch nie im Leben etwas getan, und man begreift nicht recht, welche Art von Arbeit sie tun könnte. Beim Thema Arbeit ist sie vage. Sie runzelt die Stirn und fuchtelt mit dem Finger in der Luft herum.

Mir gefällt I. F. nicht. Ich finde ihn überhaupt nicht vertrauenerweckend. Er scheint mir ein Mensch von schwachem Charakter zu sein, der so tut, als hätte er einen starken Charakter. Das habe ich Lucrezia gesagt. Sie hat mir gesagt, daß ich wie immer nichts kapiert hätte. Sie fühlt sich beschützt, sicher.

Wenn sie unglücklich ist, ist sie unglücklich, weil sie nun die Last so vieler Jahre, die zertrümmert sind, zu tragen hat.

Ich und Du, Egisto, werden im nächsten Winter nicht mehr samstags nach *Le Margherite* fahren können. Wir werden nie mehr hinfahren, es ist vorbei. Das macht mich sehr traurig. Piero sagt, daß er das Haus, *Le Margherite,* verkaufen wird, und zwar so schnell wie möglich. Er will mit den Kindern nach Perugia ziehen. Lucrezia dagegen sagt, daß sie und die Kinder in ein paar Monaten in Amerika sein werden, oder vielleicht in Paris, oder in Belgien, wo sie einen Onkel hat.

Da man von morgens bis abends hinter Vito hersein muß, hat Lucrezia mich gebeten, ihn mitzunehmen. Sie hat gesagt, in Luco dei Marsi sei es kühl und es ginge einem dort besser als in Monte Fermo. Ich habe nicht nein sagen können. Aber kaum war ich mit Vito im Zug, habe ich begriffen, daß ich einen Riesenfehler begangen hatte. Vito ist ein süßes Kind, aber er ist wirklich eine Plage. An diese Zugreise werde ich noch lange denken. Dauernd lief er im Gang hin und her. Der Zug war überfüllt, und der Gang voller Koffer und Leute. Ich mußte hinter ihm herlaufen und hatte unterdessen Angst, daß jemand mir den Platz wegnimmt. Ich hatte ihm ein Eis gekauft, und er hinterließ überall Eistapsen. Lucrezia ist sehr müde, aber ich bin auch sehr müde. Ich hoffte, hier bei mir zu Hause würden Maura und Gina Vito hüten, aber sie wollen nichts davon wissen. Ich weiß nicht, früher waren kleine Mädchen immer hoch erfreut, wenn sie kleine Kinder ausführen durften, aber jetzt ist das nicht mehr so. Maura und Gina springen davon wie die Hasen, sobald ich ihnen Vito zum Spazierengehen anbiete. Geduld, es war ein Fehler, und für Fehler muß man büßen. Vito will dauernd bei meiner Mutter sein, er hat eine Leidenschaft für meine Mutter, er möchte mit seinen Filzstiften auf ihrem Gipsbein herumschmieren. Meine Mutter hat eine Zeitlang Geduld, aber dann reicht es ihr, und sie fragt mich, was zum Teufel mir eingefallen sei, mit dem Kind da anzukommen. Vito hat zwei Manien, eine ist, auf die Fensterbretter zu klettern, die andere, in die Küche zu gehen und alle Gashähne aufzudrehen. Daher lebe ich in Angst und Schrecken. Ich habe versprochen, ihn bis Mariä Himmelfahrt hierzubehalten.

Ciao,

Albina

Egisto an Albina

Rom, 10. August

Liebe Albina,

in zwei Tagen fahre ich in die Ferien. Ich habe ein Zimmer in einer Pension in Follonica bestellt. In Rom ist es entsetzlich heiß. Ich dusche mich jede halbe Stunde.

Alles, was Du mir über Piero und Lucrezia sagst, weiß ich. Ich bin zwei Tage, nachdem Du weggefahren bist, in *Le Margherite* gewesen. Auch ich habe alle ihre Reden über mich ergehen lassen müssen. Bis vor einem Monat schwiegen sie, aber jetzt reden sie ununterbrochen, jeder von beiden zieht dich alle Augenblicke in ein Zimmer und will, daß du ihm zuhörst.

Ich glaube nicht, daß Lucrezia Piero wirklich verlassen will. Ich glaube nicht, daß sie nach Paris oder nach Amerika oder was weiß ich wohin gehen will. Sie sagt es nur so. Ich glaube nicht an ihre große Liebe. Sie ist in einer Krisenphase, wie es Frauen um vierzig eben passiert. Denn inzwischen ist Lucrezia auch vierzig.

Eines Abends bin ich mit Ignazio Fegiz und dieser Freundin von ihm, Ippo, essen gewesen. Ich habe sie zufällig auf der Piazza di Spagna getroffen. Ich habe sie herankommen sehen, sie zerbrechlich, schwarz gekleidet, er kräftig, mit einem zerknitterten weißen Anzug. Ich weiß nicht, warum es mir so vorkam, als sähe ich die Katze und den Fuchs. Ich bin mit ihnen essen gegangen, ins Augusteo. Sie ist eine seltsame Frau. Sie ist häßlich, hat aber schöne Haare. Sie hat einen Mittelscheitel, und zwischen den gescheitelten Haaren schaut ihre lange Hakennase hervor – sie ist ganz Haare und Nase. Im Restaurant haben wir

Pastasciutta und Fleisch bestellt, sie hat für sich geriebene Karotten, eine Tasse Gemüsebrühe und sonst nichts bestellt. Als sie die Brühe vor sich hatte, war sie keineswegs sicher, daß es echte Gemüsebrühe sei. Sie hatte Angst, es könne Brühe aus Würfeln sein. Deshalb hat sie mit ihrer langen Nase lange daran gerochen.

Diese Ippo zieht sich sehr gut an. Sie trug einen Rock aus schwarzem Atlas, lang und eng, eine Art Röhre, und eine gestärkte weiße Bluse mit einer kleinen Krawatte. Keinen Klimperschmuck. Am Finger einen Onyxring. Es heißt, daß sie Drogen nimmt. Ich weiß nicht. Ignazio Fegiz wird anders, wenn sie dabei ist. Gewöhnlich ist er aggressiv und laut, läßt niemand zu Wort kommen, aber wenn sie dabei ist, schweigt er. Er sieht sie an. Es ist, als herrsche zwischen ihnen ein beständiges, uraltes geheimes Einverständnis. Nach dem Essen sind wir zu ihr gegangen. Sie wohnt an der Porta Cavalleggeri. Wir haben uns auf die Terrasse gesetzt. Die Wohnung ist winzig und voller Bilder. Es sind fast alles ihre Bilder. Es sind Landschaften. Sie sind von einer rotgoldenen Farbe, als hätte sie ständig Sonnenuntergänge im Kopf, und nach einer Weile strengt all dieses Rotgold die Augen an. Auf der Terrasse ist es kühl. Wir haben eisgekühlten Wein getrunken und uns lange unterhalten. Eigentlich hat nur sie allein geredet. Sie ist durch die Welt gereist, war in China und in Japan. Ich sah sie an und dachte, daß unsere Lucrezia neben ihr eine armselige Figur abgeben würde. Sie würde zu groß wirken, mit zu großen Händen und Füßen, schlecht angezogen, und hätte von keiner einzigen Reise zu erzählen. Wir sind bis in die späte Nacht geblieben. Ehe wir gingen, hat Ignazio Fegiz die Blumen gegossen. Ich habe den Eindruck, daß er das jeden Abend tut.

Ignazio Fegiz ist mit mir weggegangen. Kaum waren wir auf der Straße, ist er wieder der alte geworden, laut, geschwätzig, kein bißchen katzenhaft. Weder ich noch er hatten ein Auto. Die Nächte sind kühl, und in der Stadt herumzulaufen ist schön.

Ihm gefällt der Sommer. Doch er scheint ihm auch eine hinterhältige Jahreszeit zu sein, weil im Sommer so viele Leute verrückt werden. Lucrezia hat er kein einziges Mal erwähnt. Ich habe ihm gesagt, daß ich in *Le Margherite* gewesen bin. Er hat gesagt, daß er schon seit geraumer Zeit nicht mehr dort gewesen sei.

Ich glaube, daß Lucrezia sie geträumt hat, diese große Liebe. Meiner Ansicht nach ist Ignazio Fegiz einer, der sein Leben keinen Deut verändern will.

Wie lang und breit Du über Vito herziehst, das arme Kind. Er geht einem auf die Nerven, gewiß. Die Kinder gehen einem alle auf die Nerven. Aber Du, beklag Dich nicht. Hättest Du ihn nicht bei dir haben wollen, hättest Du es vorher bedenken müssen.

Meine Nachbarn sind nicht weggefahren. Gestern bin ich hinuntergegangen, um mir den Dampfkochtopf zurückzuholen, den ich ihnen geliehen hatte. Sie geben die Dinge nie zurück. Ein Mädchen in einem lila Bikini hat mir aufgemacht, sehr mager, mit einem karottenfarbenen Haarschopf. Es stimmt allerdings, daß ich jetzt überall Karotten sehe, seit ich Ippo zugeschaut habe, wie sie sie aß. Nadia war in der Küche, auch sie im Bikini, und rührte in einem Reissalat, griesgrämig und finster, wie sie immer dreinschaut. Das Mädchen im Bikini ist Amerikanerin und heißt Anaïs. Ich habe an die Schriftstellerin Anaïs Nin erinnert, aber sie hatten noch nie von ihr gehört. In der Küche herrschte ein unglaubliches Durcheinander. Am Abend vorher waren Leute dagewesen. Ich habe Nadia geholfen, Zucchini zu schneiden. Das Kind brüllte. Sie hatten es, im Schutz eines Sonnenschirmchens, in ein Stühlchen auf dem Balkon gesetzt, aber die Sonne brannte ihm auf die Beine, und es war ganz verschwitzt. Ich habe ihnen geraten, es hereinzuholen und ihm zu trinken zu geben. Sie haben es hereingeholt und haben ihm eine Babyflasche mit Limonade in den Mund gestopft. Diese Mädchen von heute wissen nicht, wie man mit

Babys umgeht. Dann sind Alberico und Salvatore in Unterhemd und Unterhose zerrauft und ganz verschlafen aus einem Zimmer herausgekommen. Sie wirkten wie zwei Eulen. Alberico ist wütend geworden, weil das Geschirr noch nicht gespült war. Ich habe bei ihnen gegessen. Zuerst den Reissalat und dann ein Omelett, das ich gemacht habe. Das Geschirr haben dann ich und Salvatore abgewaschen. Das Kind brüllte immer noch.

Es grüßt Dich

Egisto

Piero an Giuseppe

Monte Fermo, 25. August

Lieber Giuseppe,

ich habe keine Antwort erhalten auf einen Brief, den ich Dir vor etwa zwei Monaten geschrieben habe. Vielleicht hast Du ihn nicht bekommen, oder vielleicht hast Du es nicht für nötig gehalten, mir zu antworten. Ich denke eher an die zweite Möglichkeit. In diesem Augenblick neige ich dazu, zu denken, daß niemand sich mir zuwendet.

Lucrezia ist weggefahren. Ich weiß nicht, wohin, sie hat es mir nicht gesagt. Ich bin allein in diesem Haus, das ich so liebte und das ich jetzt hasse. Meine Mutter und die Kinder sind verreist. Ich weiß nicht, wo Lucrezia ist. Es ist entsetzlich, immer an eine Person zu denken und nicht zu wissen, wo sie ist. Sie ist eines Morgens in ihren Volkswagen gestiegen. Ich habe gesehen, daß Schwimmflossen aus ihrer Tasche herausschauten. Ich habe sie gefragt, wo sie hinfahre, und sie hat gesagt, sie wüßte es nicht. Sie werde mich anrufen, hat sie gesagt. Ich habe sie gefragt, ob sie genug Geld bei sich habe, und sie hat gesagt: Ja. Seither sind acht Tage vergangen, und sie hat immer noch nicht angerufen.

Morgens nehme ich mein Auto und fahre nach Perugia. Ich habe nichts zu tun im Büro, aber ich fahre trotzdem hin. Dort gibt es wenigstens eine Klimaanlage. Dr. Corsi ist in Urlaub, und unsere beiden Sekretärinnen ebenfalls. Ich esse in einem kleinen Restaurant dort in der Nähe. So wird mein Leben aussehen, wenn Lucrezia für immer fort ist.

Sie hat mir gesagt, daß sie die Kinder mitnehmen wird. Ich

habe ihr geantwortet, daß ich das niemals zulassen werde. Es stimmt nicht, ich weiß sehr wohl, daß sie tun wird, was sie beschlossen hat. Sie hat einen starken Charakter. Ich bin ein Schwächling. Das Gefühl, ein Schwächling zu sein, trage ich seit meiner Kindheit mit mir herum. Sie wird mir die Kinder einen Tag pro Woche und einen Monat im Sommer überlassen. So geht es vielen Leuten, vielen Männern. Im allgemeinen nehmen die Frauen die Kinder, wenn eine Ehe zerbricht. Im Sommer werden die Kinder bei mir leben. Ich werde nicht wissen, was ich ihnen sagen soll, denn man weiß nicht, was man Kindern sagen soll, wenn sie nur einen Monat im Jahr bei uns sind. Die Dinge, die wir eigentlich sagen wollen, sind zu viele, und sie stauen sich bei uns im Hals. Man wird sich vermutlich bemühen, in diesem einen Monat möglichst nachgiebig und freundlich mit den Kindern zu sein, damit sie uns lieben und uns während des Winters in guter Erinnerung behalten. Ich denke, daß diese Bemühung, sich den eigenen Kindern gegenüber nachgiebig und freundlich zu zeigen, große Anstrengung kosten muß. Sie muß auch etwas sein, das bewirkt, daß wir uns verachtenswert fühlen. Und außerdem ist sie falsch, denn Kinder lieben Nachgiebigkeit nicht. Sie lieben es, autoritäre und strenge Menschen um sich zu haben. Wir vermuten, daß es vielleicht falsch ist, aber so machen wir es. So werde auch ich es machen.

Du hast mit Lucrezia eine lange Beziehung gehabt, die mehrere Jahre gedauert hat. Es wird Dir seltsam vorkommen, aber ich litt nicht darunter. Ich blieb ruhig. Ich wußte, daß es keine Zerfleischungen geben würde. Du bist keiner, der zerfleischt, du bist einer, der beim Vorbeigehen Sorge trägt, nicht zu zerfleischen, nicht zu zertreten, nichts zu zerstören. Du bist einer von meiner Sorte. Einer von denen, die immer verlieren.

Mir fällt auf, daß ich Dir geschrieben habe, ohne Dir irgendwelche Erklärungen zu geben, als wüßtest Du schon alles. Aber Lucrezia wird Dich ja vermutlich auf dem laufenden gehalten haben. Wir haben beschlossen, uns zu trennen. Oder besser, sie hat es beschlossen. Ich habe nichts beschlossen. Ich habe den Kopf gesenkt.

In ein paar Tagen kommt meine Mutter zurück. Ich werde mit ihr allein sein. Die Kinder sind jetzt alle in Forte dei Marmi bei meiner Schwester. Meine Mutter weiß nichts. Ich muß es ihr sagen, und das ist mir schrecklich. Sie wird weinen, wird voller Mitleid für mich sein, und das Mitleid unserer Eltern finden wir doch sehr schwer zu ertragen. Viel leichter erträgt man das Mitleid der Kinder. Wer weiß, warum.

Meine Mutter wird weinen. Ich werde sie trösten müssen. Werde ihr sagen müssen, daß es mir gutgeht. Ziemlich gut. Ich werde ihr sagen müssen, daß das Dinge sind, die häufig vorkommen.

Es grüßt Dich und erinnert sich stets an Dich

Piero

Giuseppe an Piero

Princeton, 30. August

Lieber Piero,

ich wußte von Lucrezia bereits, worüber Du mir schreibst. Deinen anderen Brief hatte ich erhalten. Ich habe Dir nicht deshalb nicht geantwortet, weil ich es nicht für nötig hielt, sondern weil ich es schwierig fand, da ich aus der Ferne die Tatsachen ahnte, die Du verschwiegst, und da ich von Lucrezia Briefe erhalten hatte, in denen alles stand.

Auch jetzt fällt es mir nicht leicht, Dir zu schreiben und Dir mitzuteilen, was ich gefühlt habe, als ich Deinen letzten Brief las. Es fällt mir nicht leicht, Dir zu sagen, wie nahe ich Euch bin in diesem Unglück, das Euch getroffen hat. Ich betrachte es als ein Unglück für beide, auch wenn im Augenblick nur Du allein leidest und sie vielleicht glücklich ist oder es zu sein glaubt.

Es tut mir leid, jetzt nicht bei Dir zu sein in Monte Fermo und mit Dir in den Wäldern und auf den Hügeln dort spazierenzugehen, wie wir es so oft getan haben. Wisse, daß Du in mir einen treuen Freund hast, auch wenn ich Dich in der Vergangenheit, obwohl ich dabei Dein Freund blieb, verraten habe, Du weißt, in welchem Sinn. Es stimmt nicht, daß ich einer bin, der beim Vorbeigehen Sorge trägt, nicht zu zerfleischen, nicht zu zertreten, nicht zu zerstören und nie jemandem weh zu tun. Es stimmt nicht. Auch ich habe viel von dem, was mir begegnete, zerstört und mit Füßen getreten. In der Tat ist morgens, wenn ich aufstehe, das erste, was ich in mir finde, eine tiefe Verachtung meiner Person – für meine Füße in den Hausschuhen, für mein trauriges Gesicht im Spiegel, für meine Kleider auf dem Stuhl.

Im Lauf des Tages wird diese Verachtung allmählich weniger unerträglich.

Wie Du weißt, werde ich vorläufig nicht nach Italien zurückkehren. Ich schreibe an einem Roman und möchte ihn beenden. Und außerdem habe ich hier eine Beziehung zu einer Person, eine seltsame Beziehung, anders als alle Beziehungen, die ich bisher zu Frauen gehabt habe. Es handelt sich nämlich um eine Frau. Um Anne Marie, die Witwe meines Bruders. Sie war meinem Bruder teuer, und deshalb ist sie mir teuer. Doch wir sprechen nicht miteinander, sie und ich, oder sprechen kaum. Es ist eine Beziehung, die aus Lächeln und Flüstern besteht. Dem Anschein nach ist es eine ruhige Beziehung, doch im Innern wird sie von ständigen Erschütterungen gebeutelt.

Es grüßt Dich und erinnert sich ebenfalls stets an Dich

Giuseppe

Egisto an Albina

Rom, 27. August

Liebe Albina,

ich bin eine Woche in Follonica gewesen. Stell Dir vor, ich war kaum zwei Tage da, als ich meine Nachbarn vom Stockwerk unter mir daherkommen sah. Ich saß im Gärtchen vor meiner Pension und las Zeitungen, als ich sie aus ihrem weinroten Panda aussteigen sah. Ich hatte ihnen beiläufig erzählt, wo ich hinführe, und sie sind gekommen. Es ist seltsam, ich gehe manchmal nicht hinunter, weil ich Angst habe, sie zu belästigen, sie dagegen sind mir bis nach Follonica hinterhergereist. Seltsam. Du nennst ihnen einen Ort, und gleich kommen sie hinter dir her. Sie hatten Rucksäcke und Decken, und die Kleine steckten sie, um sie herumzutragen, in einen Stoffsack, den sie sich abwechselnd auf den Rücken schnallten. Sie hatten ein Zelt mitgebracht, um am Strand zu schlafen, und das haben sie auch getan, außer Nadia, die mit der Kleinen in meiner Pension übernachtet hat. Allerdings waren keine Zimmer mehr frei, und so habe ich ihr meines überlassen müssen. Ich habe in einem Badezimmer geschlafen. Es gefällt mir überhaupt nicht, in einem Bad zu schlafen, ich mag Schlafzimmer, aber ich konnte nicht anders, ich verstand, daß das Kind zu klein war, um draußen im Zelt zu schlafen. Eines Nachts gab es einen Wolkenbruch, und Salvatore ist in die Pension gekommen, um mich zu rufen. Ich war noch nicht zu Bett gegangen. Das Zelt war unter dem Wind zusammengebrochen, und sie wollten, daß ich ihnen half, es wieder aufzuschlagen. Im strömenden Regen haben wir das Zelt wieder aufgestellt. Ich war durchnäßt bis auf die

Knochen. Ihnen waren auch noch die Luftmatratzen patschnaß geworden, und sie haben sich zum Schlafen in den Panda gequetscht.

Ich weiß nicht, ob sie mich mögen. Vielleicht schon, denn immerhin sind sie ja nach Follonica gekommen, wo ich war. Aber vielleicht war es auch nur Mangel an Phantasie. Ich weiß nicht, ob ich sie mag. Sie machen mich neugierig, und außerdem bin ich ja, wie Du weißt, sehr allein. Wir haben keinen Gesprächsstoff, über den wir reden können. Wenn wir über große Themen sprächen, Politik oder etwas anderes, würden wir über nichts einer Meinung sein. In Follonica bemühte ich mich, ein paar ruhige, unverfängliche Themen zu finden. Das Zelt. Das Kind. Der Film. Der Film, den sie angeblich gerade machen. Aber sie lassen jedes Thema gleich wieder fallen. Manchmal brachen wilde Streitereien zwischen ihnen aus. Dumme Streitereien, über einen Zeltpflock oder über einen Kocher, aber sie brüllten wie wilde Tiere und schienen drauf und dran, einander bei lebendigem Leib zu zerfleischen. Ich weiß nicht, ob sie Drogen nehmen. Ich vermute es, aber ich bin mir nicht sicher. Sie rauchen Joints. Manchmal habe ich mit ihnen mitgeraucht, aus Gefälligkeit und um nicht zu altmodisch zu erscheinen, aber ich rauche sehr viel lieber Marlboro. Sie hatten im Dorf eine kleine Plastikwanne gekauft, füllten sie mit Meerwasser, das sie in der Sonne warm werden ließen, und setzten das Kind hinein. Aber das Kind ist noch sehr klein, es ist erst drei Monate alt, und ich fürchtete immer, es könnte doch krank werden von der Hitze, dem Meerwasser und den Nuckelflaschen mit Limonade, die sie ihm, sandverschmiert, wie sie waren, in den Mund stopften, nachdem sie sie zuvor lange in der Sonne hatten liegenlassen. Nadia ist eine, die, wenn es um sie selber geht, vor allem Angst hat. Eine Wespe hatte sie gestochen, und Alberico hat laufen müssen, um ihr Ammoniak zu besorgen. Alberico fluchte, aber er ist sofort wiedergekommen mit Ammoniak, Watte und abgepacktem sterilen Verbandsmull. Wenn es dagegen um das Kind geht, hat Nadia nie vor etwas Angst. Nie kommt sie auf den Gedanken, daß ihm etwas nicht bekommen könnte. Sie hat keine Milch mehr und gibt ihm diese gekauften Breichen, Mischungen aus Mehl, und ich weiß nicht, was sonst noch – sie geht einfach ins Café und bittet um etwas heißes Wasser, schüttet alles in die Flasche, und fertig. Alberico wäscht dann die Flasche am Brunnen aus. Sie selber denkt nie daran und würde sie in aller Ruhe schmutzig wegstecken.

Mehr als alle anderen weckt Anaïs meine Neugier. Sie ist nicht schön, aber ich finde sie recht anmutig. Ich habe dreimal mit ihr geschlafen. Einmal in dem Badezimmer der Pension, wo ich mein Bett hatte. Einmal hinter Büschen. Einmal hier in Rom bei mir zu Hause, vor etwa einer Stunde. Sie fährt in vierzehn Tagen nach Amerika zurück. Das macht mir nicht viel aus. Es macht mir sogar fast gar nichts aus. Es ist mir nicht gelungen, viel über sie zu erfahren. Sie spricht nicht gut italienisch, und ich spreche nicht gut englisch. In Amerika hat sie einen achtjährigen Sohn. Den zieht ihre Mutter für sie auf. Er ist von einem Pakistani. Sie ist Milliardärin. Das hat nicht sie mir gesagt, das haben mir die anderen erzählt.

Vor zwei Tagen sind wir nach Rom zurückgekehrt. Anaïs ist nebenan in meinem Zimmer und schläft. Hier bei mir, sagt sie, stört sie keiner, aber unten ist ein heilloses Durcheinander, das Kind weint, und dauernd schreit irgendwer herum. Gestern hat Salvatore Nadia eine Ohrfeige gegeben, daß ihr das Blut aus der Nase lief. Ich glaube, sie hat »Arschficker« zu ihm gesagt oder etwas Ähnliches. Ich bin dazugekommen, als es schon passiert war. Nadia lag auf dem Bett mit dem blutstillenden Tampon, Salvatore kochte ein Huhn mit Soße, Alberico schrieb mit der Schreibmaschine. Alberico schien erfreut, als er mich kommen sah. Er hat mir einen Kaffee gemacht und mir von seinem Film erzählt. Schon auf der Reise von Follonica nach Rom hatte er mir ein bißchen davon erzählt. Er und Anaïs sind bei mir im

Auto mitgefahren. Um es bequemer zu haben, sagten sie, und auch, um mir Gesellschaft zu leisten. Ich fand es sehr freundlich von ihnen. Der Film ist äußerst kompliziert, und es gibt darin eine Unmenge von Toten.

Fahr bald aus Luco weg, komm nach Rom zurück. Ich werde Dich zum Essen ausführen. Du wirst Anaïs kennenlernen.

Egisto

Roberta an Giuseppe

Rom, 22. September

Lieber Giuseppe,

seit einer Weile schreiben wir uns nicht mehr. In diesen Monaten haben wir am Telefon miteinander gesprochen, und Schluß. Aber bei den internationalen Telefongesprächen denkt man an das Geld, das dabei draufgeht. Und so sagt man schließlich gar nichts. In einem Brief sagt man sehr viel mehr.

Wie ich Dir am Telefon gesagt habe, hat Alberico nach lebhaftem Drängen meinerseits eingewilligt, eine Analyse zu machen. Viermal in der Woche um zwei Uhr nachmittags kommt er zu Dr. Lanzara. Am 10. September hat er angefangen. Bisher war er pünktlich. Ich habe Lanzara gefragt, ob der Umstand, daß seine Praxis sich ausgerechnet in Deiner früheren Wohnung befinde, Alberico stören, ihn zu sehr an Dich erinnern könne. Lanzara hat kurz darüber nachgedacht, doch dann hat er gesagt, daß es keine Bedeutung habe. Außerdem ist die Wohnung jetzt ganz anders, fast nicht wiederzuerkennen, würde ich sagen.

Nach der Analyse kommt Alberico auf einen Kaffee zu mir herunter. So sehe ich ihn oft, und das freut mich. Ich finde, es geht ihm ganz gut. Er ist immer noch sehr mager, sehr blaß, mit seinem schleppenden Gang und den immer sehr schmutzigen Füßen in den Sandalen. Er sieht immer aus wie einer, der kilometerweit zu Fuß gelaufen ist. Dabei hat er an der Piazza Sonnino den Autobus genommen und ist zwei Schritte von hier ausgestiegen.

Er arbeitet, sagt er. An dem Drehbuch für einen Film. Er

hat mir die Geschichte erzählt. Ich habe nichts davon verstanden.

Der Film heißt *Devianz*.

Ich frage ihn immer, was er gegessen hat, denn er sieht auch unterernährt aus. Aber es scheint, als äßen sie dort bei ihm sehr viel. Sie tun nichts als kochen. Fisch, Paprika.

Die Kleine ist abgestillt und wächst und gedeiht. Das hat er mir gesagt. Ich habe sie schon ziemlich lang nicht mehr besucht. Ich möchte sie nicht belästigen. Ich gehöre einer anderen Generation an.

Du wirst erfahren haben, daß Piero und Lucrezia sich trennen. Schade. Es tut mir so leid. In meiner Erinnerung gehören sie zusammen, ich kann sie mir nicht getrennt vorstellen. Sie versucht gerade, mit dem Erbe ihrer Mutter eine Wohnung in Rom zu kaufen. Sie hat viele angeschaut, aber keine gefällt ihr. Sie hat mich gebeten, ihr zu helfen. Du weißt ja, daß ich diese Freundin habe, die ein Immobilienbüro betreibt. Lucrezia will eine Wohnung in der Altstadt von Rom. Geld hat sie allerdings nur sehr wenig. Das ist gar nicht so einfach.

Sie werden *Le Margherite* verkaufen. Ein Jammer. Mit dem Erlös aus diesem Verkauf wird er sich eine Wohnung in Perugia kaufen, und der Rest geht an sie.

Wie schnell alles geht. Es kommt mir vor wie gestern, daß wir nach *Le Margherite* fuhren, Du und ich, und ich sehe es deutlich vor mir, *Le Margherite*, mit dem Bogengang, der Schaukel, all den Kindern und all den Hunden und dem Eingang, wo ein immer überladener Garderobenständer stand.

Piero tut mir leid. Ich höre, er sei am Boden zerstört. Egisto hat es mir gesagt, den ich mit einem rothaarigen Mädchen in einem Café getroffen habe, einer Amerikanerin, die bei Alberico und den anderen zu Gast ist. Lucrezia nimmt alle Kinder zu sich. Sie ist Ignazio Fegiz' Freundin geworden. Sie werden zusammenziehen.

Es ist unglaublich, wie schnell alles geht. Was werden sie mit all den Hunden machen? Ich liebe Hunde und kann deshalb nicht umhin, auch an sie zu denken. Sicher, vor allem fragt man sich, was aus all den Kindern werden wird – so in eine Stadtwohnung verpflanzt und mit einem anderen Vater.

Ich erinnere mich noch an den Tag, als Ignazio Fegiz zu Dir heraufgekommen ist und wir dann zu mir hinuntergegangen sind und Spaghetti gekocht haben. Dann erinnere ich mich noch daran, wie er uns in seinem Auto nach Florenz mitgenommen hat. Er war mir nicht sympathisch. Er gab mir immer unrecht. Er ist einer von denen, die anderen immer unrecht geben.

Das eine Mal, als wir nach Florenz gefahren sind, war kurze Zeit, bevor Du nach Amerika gefahren bist. Ich erinnere mich genau an diese Reise nach Florenz. Ich erinnere mich genau an die letzten Wochen vor Deiner Abreise. Du warst sehr nervös. Du liefst mit verstörter Miene in der Unordnung der Wohnung herum. Zwei- oder dreimal hat Dein Bruder angerufen. Er wollte sich vergewissern, ob Du auch wirklich reisen würdest. Ich habe noch seine Stimme im Ohr, ernst, autoritär, tief. Ich habe ihm zu seiner Hochzeit gratuliert. Gott, wie schnell alles geht.

Diese Anne Marie, ich habe nicht so recht verstanden, was für ein Typ sie ist. Zu mir war sie sehr freundlich während der wenigen Tage, die ich in ihrem Haus zu Gast war.

Von Dir weiß ich überhaupt nichts mehr. Am Telefon sagst Du recht wenig.

Ich umarme Dich,

Roberta

Lucrezia an Giuseppe

Rom, 10. Oktober

Lieber Giuseppe,

seit einer Woche bin ich in Rom. Ich bin hier bei Roberta, die mich freundlicherweise aufgenommen hat. Ich muß eine Wohnung kaufen, aber Wohnungen sind teuer, und ich habe nicht viel Geld. Ich habe das Geld von der Erbschaft meiner Mutter, aber das reicht nicht. Ich habe Wohnungen angeschaut, aber sie sind klein und häßlich. I.F. ist in Paris und kommt gegen Mitte des Monats zurück. Außerdem habe ich begriffen, daß er mir beim Wohnungssuchen nicht hilft und ich allein sehen muß, wie ich zurechtkomme. Die Kinder habe ich hier in der Schule angemeldet. Die beiden Großen gehen ins Tasso, die beiden Kleinen in eine deutsche Schule in der Via Salaria. Für Vito muß ich einen Kindergarten suchen. Ich wirbele nur noch wie ein Kreisel durch Rom und bin sehr müde.

Gerade habe ich von einer Freundin von Serena erfahren, die eine Wohnung hat, die sie mir ein Jahr lang leihen kann. Sie ist Australierin und geht für ein Jahr nach Australien zurück. Diese Wohnung ist an der Piazza del Paradiso. Sie ist etwas dunkel und hat keine Heizung. Aber ein paar elektrische Öfen sind da.

Was Du zu mir sagst, nämlich daß ich meine Kinder behandle, als seien sie Möbel oder Koffer, ist gemein und ungerecht. Sag Du mir doch, wie ich es machen soll. Ich mache es wie andere Frauen auch, wenn sie sich trennen. Die Kinder müssen mit mir zusammenleben, und ich muß mit I.F. leben, in Rom. Wir versuchen gerade, *Le Margherite* zu verkaufen. Piero hat sich schon eine kleine Wohnung in Perugia gesucht, in der Nähe seines Büros, da wird er dann mit seiner Mutter wohnen.

Ich leide an Schlaflosigkeit, und nachts wälze ich mich im Bett hin und her, mache das Licht an und aus, mache Zigaretten an und aus, werfe Kissen und Decken weg. Mir ist, als hätte ich die Augen voller Stecknadeln. Gesundheitlich geht es mir schlecht. Roberta ist sehr lieb zu mir. Sie ist mir eine große Hilfe. Ich rede viel, ich tue nichts als reden.

Über meinem Kopf ist die Wohnung, die früher Deine war. Dort wohnen die Lanzaras. Einmal sind wir zum Tee bei ihnen gewesen. Deine Wohnung ist so verändert, daß man sie nicht wiedererkennt. Wo das Wohnzimmer war, ist jetzt ein Schlafzimmer mit Tagesdecken aus Chenille. Dort hatte ich die Aschenbecher zerbrochen, weißt Du noch?

Mein Leben ist an einem Wendepunkt angekommen. Das ist es, was mich nicht schlafen läßt. Ich bin etwas böse auf I.F., denn das hat er sich fein ausgedacht, nach Paris zu fahren, ausgerechnet in einem für uns so wichtigen Augenblick und ausgerechnet, wenn wir eigentlich eine Wohnung suchen müßten.

Eines hat mich erstaunt an ihm. Er hat mir nicht gesagt, daß er mir das Geld geben würde, um die Wohnung zu kaufen, angesichts der Tatsache, daß mein Geld nicht langt. Hätte er vorgeschlagen, mir das Geld zu geben, ich hätte es abgelehnt. Doch um Dir die Wahrheit zu sagen, habe ich erwartet, daß er es anbieten würde – er hat es aber nicht angeboten. Er ist schließlich reich. Ich glaube, daß er reich ist. Über Geld sprechen wir allerdings nie, er und ich.

Seine Wohnung in der Via della Scrofa will er nicht aufgeben. Er zahlt die gesetzlich festgelegte Miete, und die ist günstig. Dafür, daß wir alle dort wohnen, ist sie zu klein, praktisch ist es nur ein Zimmer. Und im übrigen hat er es mir nicht vorgeschlagen.

Wenn wir *Le Margherite* verkaufen, werde ich Geld haben.

Aber ich muß etwas beiseite legen zum Leben. Piero wird das geben, was die Kinder brauchen.

Ich glaube, ich bin schwanger. Mir ist oft schlecht. Abtreiben will ich nicht. Ich werde ein sechstes Kind bekommen. Es ist von I.F. Aber I.F. ist in Paris und weiß es noch nicht.

Ich wollte dieses sechste Kind. Du weißt, wie sehr es mir gefällt, einen Bauch zu haben. Und ich wollte ein Kind mit I.F. Ich habe es ihm gesagt, daß ich ein Kind mit ihm wollte. Er hat nichts gesagt. Zuweilen verfällt er in ein großes Schweigen, und mir ist, als würde er nie mehr mit mir sprechen.

Serena ist aus Rußland zurückgekommen. Sie ist in Pianura. Samstag kommt sie herauf, und ich fange an, alles zu packen, Zimmer für Zimmer. Serena wird mir helfen. Wenn ich daran denke, wird mir schwindlig. *Le Margherite* ist ein großes Haus voller Gegenstände. Einst liebte ich es so sehr. Jetzt hasse ich es.

Ich halte es nicht mehr aus auf dem Land. Ich will eine Stadt um mich haben: Rom.

Es gibt auch schon einen Käufer für *Le Margherite.* Er hat zweihundert Millionen geboten. Piero sagt, das sei zuwenig. Er will zweihundertfünfzig Millionen. Sie verhandeln noch.

In *Le Margherite* ist meine Schwiegermutter und verbringt die Tage mit Weinen. Wenn ich ankomme, läuft sie mir durch alle Zimmer nach und weint. Sie fragt mich, ob ich es mir nicht doch noch überlegen will, aus Liebe zu den Kindern. Ich versuche, freundlich zu ihr zu sein, aber ich kann sie nicht ausstehen.

Die Kinder sind noch mit meiner Schwägerin in Forte dei Marmi. Sie haben über einen Monat die Schule versäumt. Na ja.

Piero und ich sprechen jetzt nur noch über praktische Dinge. Über Gegenstände und über Geld. Wie wir die Möbel, das Geschirr und das Tafelsilber aufteilen. Manchmal spricht er allerdings auch von mir. Das tut er vor allem am Telefon. Er fängt in einem ruhigen, kalten Ton an und bekommt dann nach und nach eine ganz tiefe rostige Stimme. Ich frage ihn dann, wie er es ausgehalten hat, so lange Zeit mit mir zu leben, wenn er mich so scheinheilig und so perfide sieht.

Du hast keine Ahnung, wie viele Dinge in einem Haus sind. Zu viele. Es erscheint dir unmöglich, daß du so viele Dinge gekauft hast. Es erscheint dir unmöglich, daß du sie einst mit so viel Freude gekauft hast. In dem Augenblick, in dem du wählen mußt, ob du sie daläßt oder mitnimmst, findest du sie alle widerlich.

Vorgestern habe ich im Treppenhaus Deinen Sohn getroffen. Er hat mich wiedererkannt, hat mir zwei kalte Finger hingestreckt. Er ging zu Lanzara. Er macht eine Analyse. Roberta sagt, ich müsse auch eine Analyse machen, weil ich mich in einer schwierigen Phase befände. Mag sein, daß sie recht hat.

Wie klein die Welt ist! Dein Sohn macht eine Analyse, ausgerechnet in Deiner früheren Wohnung.

Ich grüße Dich,

Lucrezia

Roberta an Giuseppe

Rom, 10. Oktober

Lieber Giuseppe,

Lucrezia hat mir ihren Brief an Dich gegeben, damit ich ihn für sie einwerfe. Ich füge auch noch zwei Worte bei.

Arme Lucrezia. Sie sagt, sie sei glücklich, aber mir kommt sie müde und verloren vor. Sie ist sehr blaß. Allerdings ist sie immer blaß. Sie sagt, daß sie vielleicht schwanger ist. Ich wäre verzweifelt darüber und würde sofort abtreiben.

Abends ruft Piero aus Monte Fermo an. Es sind Telefongespräche, die Stunden dauern. Wer weiß, wieviel Geld der Ärmste für Ferngespräche ausgibt. Zum Glück ruft immer er an, nicht Lucrezia, denn wer weiß, wieviel mich das sonst kosten würde.

Auch I.F. ruft an, aber nicht so oft und nicht so lange. Seit Lucrezia hier ist, hat er vielleicht dreimal angerufen.

Ich habe ihr geholfen, eine Wohnung zu suchen, wir haben auch viele angeschaut, aber keine gefiel ihr. Jetzt wird sie in eine Wohnung einziehen, die ihr jemand leiht, nicht schlecht, etwas dunkel.

Die Kinder tun mir so leid.

Ich umarme Dich,

Roberta

Giuseppe an Lucrezia

Princeton, 20. Oktober

Liebe Lucrezia,

ich adressiere diesen Brief nach Monte Fermo. Ich stelle mir vor, daß Du jetzt dort bist, um das Haus aufzulösen.

Du hast mir geschrieben, daß Dein Leben an einem Wendepunkt angekommen ist. Auch mein Leben ist an einem Wendepunkt angekommen. Ich heirate. Ich heirate Anne Marie, die Witwe meines Bruders.

Ich wollte es Dich gleich wissen lassen. Du solltest unter den ersten sein, die es erfahren.

Ich umarme Dich,

Giuseppe

Alberico an Giuseppe

Rom, 10. November

Gütiger Vater,

ich habe von Roberta erfahren, daß Du geheiratet hast. Das freut mich. Ich weiß, daß Du diese Neuigkeit allen per Telefon mitgeteilt hast. Roberta und sogar Egisto. Aber mich hast Du nicht angerufen. Das habe ich seltsam gefunden.

Mir geht es gut. Die Kleine entwickelt sich gut. Ich führe ein ziemlich ruhiges Leben. Das Drehbuch für meinen Film ist angenommen und bezahlt worden. Ich werde Regie führen. Der Film wird, glaube ich, gräßlich. Aber es hat mir ziemlich viel Spaß gemacht, ihn zu erfinden, und es wird mir, glaube ich, ziemlich viel Spaß machen, ihn zu drehen.

Vor ein paar Tagen habe ich im Treppenhaus in der Via Nazario Sauro die Freundin von Dir getroffen, die das Haus auf dem Land und die vielen Kinder hat. Ich fand, sie ist häßlicher geworden, sieht angegriffen aus, mit dunklen Ringen unter den Augen. Sie heißt, glaube ich, Ofelia oder so ähnlich.

Alberico

Giuseppe an Alberico

Princeton, 18. November

Lieber Sohn,

ich habe Dich angerufen, Dich aber nicht zu Hause angetroffen. Eine Frauenstimme hat mir geantwortet. Sie sprach halb italienisch und halb englisch. Offensichtlich hat sie vergessen, es Dir auszurichten.

Ich schicke Dir ein kleines Photo von mir und Anne Marie zusammen, in unserem Garten. Geknipst hat uns Frau Mortimer, unsere Nachbarin.

Anne Marie ist eine Frau von großer Klugheit. Sie arbeitet in einem wissenschaftlichen Forschungsinstitut. Das heißt, sie arbeitet an Dingen, von denen ich nichts verstehe. Ich arbeite auch an Dingen, von denen sie nichts versteht. Ich schreibe einen Roman auf italienisch, in einer Sprache, die sie nicht versteht.

Unsere Tage verlaufen in zwei einander sehr fernen Welten. Abends finden wir uns wieder zusammen, in der Küche, und jeder von uns berichtet etwas davon, was er den Tag über getan hat, aber nur ganz wenig, um den anderen nicht zu langweilen. Die Langeweile ist im Zusammenleben die schlimmste Gefahr.

Langeweile kommt auf, wenn jeder alles vom anderen weiß oder alles vom anderen zu wissen glaubt und darauf pfeift. Aber nein, ich irre mich. Langeweile kommt auf, und man weiß gar nicht, warum.

Die Ehe meines Bruders mit Anne Marie gründete sich auf gemeinsame Interessen. Die unsere gründet sich auf die Entfernung zwischen meiner Welt und der ihren.

Glaub nicht, daß ich mich nicht darüber wundere, sie geheiratet zu haben. Ich wundere mich jeden Tag darüber. Ob sie sich darüber wundert, mich geheiratet zu haben, weiß ich nicht. Noch habe ich es nicht begriffen.

Sie lächelt immer. Sie ist eine, die immer lächelt. Früher lächelte ich immer zurück, als Antwort. Doch ich dachte, daß wir an einem gewissen Punkt beide aufhören würden zu lächeln. Ich habe aufgehört. Sie nicht, sie lächelt von morgens, wenn sie aufsteht, bis abends, wenn wir schlafen gehen.

Was Du über den Film schreibst, freut mich sehr.

Ich umarme Dich,

Dein Vater

Serena an Egisto

Pianura, 28. November

Lieber Egisto,

vielleicht hast Du schon gehört, daß Albinas Mutter gestorben ist. Vielleicht hat sie Dich angerufen oder Dir geschrieben. Sie sitzt jetzt ganz schön in der Tinte. Ihr Vater kann nicht allein bleiben. Er ist alt, er ist krank, er ist taub. Die Schwestern sind noch klein. Der Bruder kümmert sich um seine eigenen Angelegenheiten. Sie hatten noch eine Tante zur Hilfe, aber die ist wieder abgefahren. Albina muß jetzt in Luco dei Marsi bleiben. Sie hat auf die Stelle verzichten müssen, die sie in Rom in der Nonnenschule hatte. Ihre Einzimmerwohnung nehme ich.

Ich gehe weg von Pianura. Es tut mir leid, denn ich hänge an diesen Orten. Ich bin seit mehreren Jahren hier. Aber in Monte Fermo ist niemand mehr, *Le Margherite* steht zum Verkauf, und es hat keinen Sinn mehr, daß ich hier bin. In Pianura leben hieß für mich, Piero und Lucrezia nahe zu sein, sie jeden Tag zu sehen. Aber was mache ich allein hier in Pianura? Ich komme nach Rom, so leiste ich Lucrezia Gesellschaft. Meiner Ansicht nach hat sich Lucrezia in eine arge Klemme gebracht. Sie hat alles zu schnell gemacht. Sie hatte Piero satt, konnte ihn nicht mehr ertragen. Aber sie waren doch ein offenes Paar, sagten sie. Offene Paare trennen sich nicht, jeder geht ein und aus, wie es ihm beliebt.

In bezug auf Ignazio Fegiz hat Lucrezia sich Illusionen gemacht. Sie hat sich vorgestellt, sie würde eine große Liebe leben und er wäre der Mann ihres Lebens. Weit gefehlt. Er ist nicht zu ihr gezogen, und ich glaube nicht, daß es je soweit kommen wird. Er denkt nicht im Traum daran. Daher sitzt sie allein und schwanger, mit fünf Kindern und einem Hund, in einer dunklen und lauten Wohnung in der Altstadt von Rom, hat kein bißchen Grün in der Nähe und nicht einmal einen Balkon. Sie sitzt da mit einer Zugehfrau, wenig Geld und wenig Bewegungsfreiheit. Eine Katastrophe.

Piero ist mit Signora Annina nach Perugia gezogen. Du kannst Dir vorstellen, wie es ihn freut, den ganzen Tag seine Mutter im Weg zu haben. Sie läuft ihm sogar ins Büro nach, weil sie nicht weiß, was sie tun soll.

Dabei war es doch schön mit Piero und Lucrezia. Weißt Du noch? Es war schön mit den beiden zusammen, ob sie nun ein offenes Paar waren oder nicht. Ich darf gar nicht daran denken, sonst fange ich gleich an zu weinen.

Ich werde Dir von meiner Rußlandreise erzählen. Es war toll! Wir haben uns danach nicht mehr gesehen. Wir sehen uns seit ewigen Zeiten nicht.

Ich werde nach Rom kommen und hoffe, daß ich Dich gelegentlich sehen werde.

Das Frauenzentrum habe ich geschlossen, aber ich muß noch ein Jahr lang die Miete bezahlen, bis der Vertrag ausläuft.

Es grüßt Dich

Serena

Lucrezia an Giuseppe

Rom, 12. Dezember

Lieber Giuseppe,

Du hast also geheiratet. Es hat mich nicht erstaunt, weil aus Deinen letzten Briefen bestens herauszulesen war, daß Du Dich innerlich mit diesem Gedanken trugst.

Ich müßte Dir meine Glückwünsche aussprechen. Ich kann es nicht, denn diese Deine Heirat beglückt mich überhaupt nicht. Ich hebe alle Deine Briefe auf. Ich habe sie in meinem Schrank in einer Pappschachtel. Manchmal überkommt es mich, sie herauszuholen und durchzusehen. Wie Du Anne Marie gehaßt hast, als Du in Amerika angekommen bist, und auch danach, solange Dein Bruder lebte. »Wir haben uns in keiner Sprache etwas zu sagen.« »Ich ertrage weder ihren langen Hals noch ihre hellen schielenden Augen, noch ihr Lächeln. Noch den Zopf, noch den Knoten.« Ich zitiere aufs Geratewohl ein paar Sätze aus Deinen Briefen.

Roberta sagt, als ihr Kinder wart, Du und Dein Bruder, wolltest Du immer alles tun, was er tat. Also hast Du jetzt seine Frau geheiratet. Aber ich denke, daß Du in einem Sumpf gelandet bist. Ich habe eine Photographie von Dir mit Anne Marie gesehen. Roberta hat sie mir gezeigt. Häßlich ist sie, diese Anne Marie. Diese Augen, dieser Regenmantel, dieses Lächeln. Die Augen schielen. Das Lächeln ist falsch. Du siehst wie üblich aus, wie ein Vogel, der vom Dach gefallen ist.

Mir geht es gut. Ich bin in Rom, in der Wohnung, die sie mir geliehen haben, an der Piazza del Paradiso. Ich bin viel mit Roberta zusammen. Sie ist mir eine große Hilfe. Ich sehe auch

Serena, die nach Rom gezogen ist, in die Einzimmerwohnung von Albina. Albina ist in Luco dei Marsi. Ihre Mutter ist gestorben.

Meine Wohnung ist etwas dunkel. Ich friere. Ich habe noch ein paar Elektroöfen gekauft. Drei waren schon da. Aber ich friere so leicht.

Die Kinder sind jedoch zufrieden, und Rom gefällt ihnen. Vito geht in einen von Nonnen geleiteten Kindergarten. Cecilia bringt ihn hin und holt ihn wieder ab. Mir ist immer noch oft schlecht. Mein neues Kind wird im April geboren werden.

Ich habe einen der Hunde, Jolí, mitgenommen, weil die Kinder es so gern wollten. Die anderen Hunde habe ich der Bäuerin gegeben.

Piero kommt uns ziemlich oft besuchen. Unsere Beziehungen sind jetzt ganz ruhig. Bevor er kommt, ruft er an, denn er will nicht mit I. zusammentreffen. Ich nenne ihn jetzt I. Auch die Kinder nennen ihn I. Einmal ist es jedoch passiert, daß sie sich begegnet sind, Piero und I. Es war nicht weiter schlimm. Zuerst haben sie über die Preise von Wohnungen gesprochen, dann über die Preise von Bildern.

I. ist noch nicht hierhergezogen. Er wird kommen, aber nicht gleich. Er muß sich gedanklich ein wenig sammeln.

Mittags ißt er gewöhnlich mit uns. Abends muß er zum Essen zu ihr gehen, zu Ippo. Es ist eine Verbindung, die seit zwanzig Jahren anhält, und er kann sie nicht so plötzlich abbrechen. Und sie, Ippo, ist herzleidend. Was für ein Fluch, mein Gott. Sie ist magenkrank und herzleidend. Ich dagegen bin gesund wie ein Pferd. Sie ist schwer magenkrank und kann nichts essen. Sie hat wahnsinnige Angst, zuzunehmen, und deshalb hat sie vor vielen Jahren zu essen aufgehört, und ihr Magen ist geschrumpft. Eine Karotte, eine Tasse heißes Wasser mit einem Scheibchen Zitrone, das sind ihre Mahlzeiten. I. muß jeden Abend zu ihr gehen, um darauf zu achten, daß sie wenigstens diese Karotte ißt. Ippo. Den ganzen Tag hallt mir ihr Name im Kopf wider. Zwischen I.

und Ippo kommt es mir so vor, als sei das *I* der einzige Buchstabe des Alphabets.

Ich habe I. gefragt, ob Ippo weiß, daß ich schwanger bin. Er hat gesagt, ja, sie wisse es. Aber er spricht mit mir sehr wenig über sie. Früher stellte ich ihm viele Fragen nach ihr, und er antwortete mir ein wenig. Jetzt antwortet er nicht mehr, und so habe ich damit aufgehört. Alle diese Fragen behalte ich jetzt für mich. Sie blähen mir den Bauch wie das Kind.

Nachts schlafe ich nicht gut. Ich warte immer darauf, daß I. mich anruft, oder ich warte auf das Geräusch des Lifts und den Schlüssel. Er kommt nicht immer. Manchmal ruft er mich nachts um eins aus der Via della Scrofa an, müde, zu müde. Es ist schwierig, wieder einzuschlafen, Gedanken zu finden, die beruhigen, die den Schlaf beschützen.

Ich grüße Dich,

Lucrezia

Lucrezia an Giuseppe

Rom, 15. Dezember

Ich erzähle Dir von meiner neuen Wohnung.

Sie ist L-förmig. Im Eingang steht ein Kleiderständer, keine Garderobe, die man an der Wand befestigt, sondern so einer den man herumschieben kann, mit vielen Armen. Er war schwarz, aber ich habe ihn rot lackiert. Das Wohnzimmer ist lang und schmal. Ich habe den Perserteppich hineingetan und das Bild mit den beiden Kutschen, und ein Sofa, das ich neu habe machen lassen. Das Bild von König Lear hat Piero behalten. In mein Zimmer habe ich die Kommode mit den Schildkröten und den grünen Schrank gestellt. Daniele, Augusto und Graziano haben ein Zimmer mit Stockbetten. Dann gibt es noch ein Zimmer mit zwei Betten, dort schlafen Cecilia und Vito. Auf diese beiden Betten habe ich die Tagesdecken mit den Drachen gelegt. Schließlich gibt es noch ein kleines Zimmer neben meinem, und das wird das Zimmer für das neue Kind. Cecilia hat es satt, mit Vito zu schlafen, und würde gern allein schlafen. Sie sagt, ich müßte ihr das kleine Zimmer geben und das neue Kind bei mir schlafen lassen. Ich will aber keine Kinder in meinem Zimmer. Darüber streiten Cecilia und ich uns den ganzen Tag. Sie kommt, setzt sich vor mich hin und zählt mir alle Fehler auf, die ich beim Umzug gemacht habe. Ihrer Meinung nach habe ich die Verteilung der Möbel und der Zimmer falsch gemacht. Sie sieht mich ernst und streng an, und ich sehe sie auch an. Ich finde, sie ist häßlicher geworden. Ihre Augenbrauen sind buschiger geworden, und die Nase ist geschwollen. Sie hat immer noch ihre schönen, kastanienfarbenen Locken. Aber sie ist dick geworden und zieht immer dasselbe Schottenkleid an, das ihr zu eng ist. Meine Beziehungen zu Cecilia sind zur Zeit schlecht. Cecilia liebt I. nicht und vermißt ihren Vater. Sie sagt es nicht, aber wenn sie vor mir sitzt und mir Vorwürfe macht wegen der Unordnung und der Möbel, die ich ihrer Ansicht nach planlos über die Wohnung verteilt habe, weiß ich wohl, welches die eigentlichen Vorwürfe sind, die sie verschweigt und verbirgt. Ich sage ihr, daß sie in der richtigen neuen Wohnung, in der, die ich bald kaufen werde, ein eigenes Zimmer bekommt. Sie erwidert, daß ich so bald keine richtige Wohnung kaufen werde. Es stimmt. Manchmal lese ich die Anzeigen im »Messaggero«, aber die darin angebotenen Wohnungen sind, denke ich, überaus häßlich, und wenn ich sie mir nur vorstelle, fühle ich mich so unglücklich, als würde ich schon darin wohnen. Ich bin auch sehr müde. Wenn erst das Kind geboren ist, werde ich auf Wohnungssuche gehen.

Morgens, gleich nach dem Aufstehen, ziehe ich den Pelzmantel über und gehe auf den Markt am Campo dei Fiori zum Einkaufen, mit Jolí. Das ist ein ziemlich lustiger Moment. Den Pelzmantel habe ich in einem Geschäft hier in der Nähe gebraucht gekauft. Es ist ein langer, schwarzgelber deutscher Wolfspelz. Morgens bin ich nicht müde und fühle mich stark. Gewöhnlich treffe ich Serena, weil ihre Einzimmerwohnung oder vielmehr Albinas Einzimmerwohnung hier in der Nähe ist, in der Via dei Sediari. Serena sagt zu mir: »Du bist so groß, daß Du mir wie ein Turm erscheinst, wenn Du so daherkommst.« »Dabei wäre ich doch so gern klein«, antworte ich ihr. »Klein und ganz mager, sechsundvierzig Kilo«, sagt sie zu mir. Ich wende den Kopf ab, denn es gibt Themen, über die ich nicht mit ihr sprechen mag. Über Ippo mag ich nicht sprechen. Sie nimmt meinen Arm, und wir gehen zwischen den Ständen entlang, ich mit meinem deutschen Wolfspelz, sie in ihrem afrikanischen Schaffellmäntelchen. Dann trinken wir einen Cappuccino in einem Café. Mit Serena fühle ich mich wohl, solange sie nicht von den Fehlern anfängt, die ich gemacht habe. Es ist eine Zeit, in der mir alle von den Fehlern sprechen, die ich gemacht habe: Serena, Cecilia, Egisto, der mich eines Abends besucht hat. Nach dem Markt hilft mir Serena, die Taschen hinaufzutragen. Ich fordere sie nicht auf, zum Mittagessen zu bleiben, weil mittags I. da ist, und die Beziehungen zwischen Serena und I. sind ganz schlecht. Ich fordere sie nicht einmal auf, zum Abendessen zu kommen, denn I. ist zwar gewöhnlich nicht zum Abendessen da, aber es könnte ja sein, daß er kommt. Also geht Serena weg, immer leicht beleidigt. Sie ißt allein in einer Pizzeria. Sie sieht kaum Leute. Egisto hat eine Geschichte mit einer Amerikanerin, die bei Deinem Sohn Alberico wohnt. Sie sollte abreisen, aber noch ist sie nicht weg. Sie heißt Anaïs. Ich fange an zu kochen. Ich habe eine ziemlich unsympathische Zugehfrau und hätte gern eine andere. Sie heißt Enzina. Sie kann nicht kochen, sagt sie, aber während ich koche, stellt sie sich neben mich und klärt mich über alle Fehler auf, die ich mache. Dann kommt I. Das ist ein schöner Augenblick, vielleicht der schönste. Er dauert nicht lange, denn fast sofort überfällt mich die Angst, daß irgend etwas in der Wohnung ihn stören könnte, Enzinas Gesicht oder der Blumenkohlgeruch oder der Plattenspieler, der nicht richtig funktioniert. Bei Piero hatte ich nie Angst. Die Angst ist etwas Neues für mich. Gewöhnlich sitzt I. im Wohnzimmer und legt Platten auf, während ich das Essen fertigmache. Ich weiß nicht, es schien, als würde er so gern kochen, als ich ihn kennenlernte, aber die Küche hier betritt er nie. Ich verstehe nicht, warum. Ich setze mich zu ihm ins Wohnzimmer, und wir warten auf die Kinder. Ich sitze wie auf Kohlen, denn er schaut auf die Uhr, und die Kinder verspäten sich immer. Er war so gut Freund mit den Kindern, früher, und jetzt auf einmal wechseln er und die Kinder kaum ein Wort miteinander. Das tut mir so leid. Nachmittags verbringen wir ein paar Stunden zusammen, I. und ich. Manchmal gehen wir in die Via della Scrofa, und dort haben wir Ruhe. Allerdings hängen dort die Bilder von Ippo. Es sind so viele Bilder da, aber ich sehe nur die von Ippo und finde sie scheußlich, karottenrot. Nicht immer kann ich mit ihm in die Via della Scrofa gehen, denn manchmal muß ich Vito vom Kindergarten abholen und mit ihm spazierengehen, wenn Cecilia sagt, daß sie zu viel zu lernen hat und nicht kann. Sie sagt es sehr oft, vielleicht auch, um mich daran zu hindern, in die Via della Scrofa zu gehen.

Ich glaube, ich werde Enzina entlassen und eine Frau aus Capo Verde nehmen. Ich habe sie gesehen und mit ihr gesprochen, aber sie ist noch nicht frei, man muß noch warten. Es gibt immer etwas, worauf man warten muß.

Als ich mir mein Leben in Rom vorstellte, stellte ich es mir ganz anders vor. Ich glaubte, daß I. mit mir leben würde. Jetzt sofort kann er nicht. Ich frage ihn immer wieder, und er wird böse, sagt, daß ich nicht verstehe, weil ich nicht verstehen will, sofort sei es ganz unmöglich. Später. Später, aber wann? Er weiß es nicht.

Ich wünschte, Ippo würde sterben. Mir würde genügen, wenn er sie verließe, aber er sagt, das kann er nicht, und deshalb wünsche ich mir, sie würde sterben. Er sagt mir, ich dürfe nicht so entsetzliche Sachen sagen, nicht einmal denken dürfte ich so etwas. Es nicht zu sagen gelingt mir ja vielleicht gerade noch, aber wie soll ich es machen, daß ich es nicht mehr denke? Was kann man gegen Gedanken tun? Wer hat sie unter Kontrolle? Sie kriechen einem über den Körper, hin und her, wie Würmer oder Krankheiten.

Lucrezia

Giuseppe an Lucrezia

Princeton, 28. Dezember

Liebe Lucrezia,

ich wünsche Dir frohe Weihnachten, auch wenn Weihnachten vorbei ist.

Ich habe Deinen Brief erhalten. Er hat mich traurig gemacht. Um Dir die Wahrheit zu sagen, ich glaube, daß I. nie zu Dir ziehen und mit Dir leben wird. Es ist nicht so einfach, mit fünf und nun bald sechs Kindern zu wohnen, wenn man es nicht gewohnt ist. I. hat schlecht daran getan, daß er Dir nicht gleich gesagt hat, daß es ihm schwierig und vielleicht unmöglich sein würde. Ich bin aufrichtiger mit Dir gewesen.

Das wirkliche Übel ist, daß er diese Frau, mit der er zusammen ist, nicht verlassen hat. Ich habe diese Frau nie gesehen. Ich habe ihre Bilder gesehen, in I.s Wohnung in der Via della Scrofa. Auch mir erschienen ihre Bilder ziemlich häßlich, falls Dich das freut.

Anne Marie und ich haben Weihnachten allein verbracht, aber gestern ist Anne Maries Tochter Chantal mit ihrem Kind im Arm angekommen. Sie hat ihren Mann verlassen. Wir wußten, daß sie Schwierigkeiten hatten. Sie ist abends um neun aus Philadelphia angekommen, ohne uns vorher zu benachrichtigen. Es hatte einen heftigen Streit gegeben. Chantal sagt, daß er sie geschlagen habe. Sie hat den Ärmel ihres Kleides hochgezogen und hat uns einen blauen Fleck gezeigt, den sie am Arm hat. Sie wird die Scheidung einreichen. Es ist ihr ähnlich gegangen wie ihrer Mutter. Auch

Anne Marie hatte eine erste Ehe, die gleich in die Brüche ging. Auch Anne Marie hat ihren Mann verlassen und ihr Kind mitgenommen.

Anne Marie will, daß ich nach Philadelphia fahre, um mit Danny zu reden. Ich habe überhaupt keine Lust, weil ich dann meinen Roman unterbrechen muß und weil ich mich nicht von zu Hause entfernen mag. Aber ich werde es tun müssen.

Anne Marie lächelt immer. Chantal lächelt fast nie. Mutter und Tochter haben Schwierigkeiten in ihren Beziehungen, wie Du mit Cecilia Schwierigkeiten hast. Sie streiten auch den ganzen Tag. Sie streiten heftig, aber leise. Sie werden nie laut, weder die eine noch die andere.

Die Kleine ist ganz reizend. Ihr Name ist Margaret, doch sie wird Maggie genannt. Sie schlafen, die Kleine und Chantal, in dem Zimmer mit den Bären.

Schreib mir bald. Sag mir, wie die Dinge sich bei Dir entwikkeln.

Giuseppe

Lucrezia an Giuseppe

Rom, 6. Januar

Lieber Giuseppe,

die Weihnachtsfeiertage und Silvester habe ich mit Serena und den Kindern auf dem Terminillo in einem Hotel verbracht. Piero sollte auch kommen, aber er hat Grippe bekommen und ist in Perugia geblieben.

I. ist vor den Feiertagen nach Paris gefahren und ist noch nicht zurück.

Auf dem Terminillo fuhr Serena mit den Kindern Ski. Ich machte kleine Spaziergänge zu Fuß, mit Jolí. Wir hatten Jolí mitgenommen. Schlechte Idee, weil sie in dem Hotel keine Hunde leiden konnten.

Ich machte Spaziergänge zu Fuß, ganz kurze, nie ging ich weit vom Hotel weg. Ich hatte Angst, I. könnte anrufen und mich nicht antreffen. Und außerdem habe ich einen Riesenbauch und fürchtete, ich könnte im Schnee ausrutschen.

Viele Stunden verbrachte ich im Liegestuhl auf der Terrasse vor dem Hotel. Ich strickte. Stricken beruhigt die Nerven, Deine Frau Mortimer sagt das, glaube ich.

Seit einiger Zeit tue ich nichts als warten. Ich warte, daß I. mich anruft. Ich erwarte ein Kind. Ich warte darauf, daß mein Leben weniger wirr wird. Warten kostet Nerven. Wenn du ein Kind erwartest, solltest du auf nichts anderes warten.

Was für ein häßlicher Ort, der Terminillo. Windig und voller blöder Leute. Serena hatte ihn ausgewählt. Ihr gefällt er. Sie war lustig, und auch die Kinder waren lustig. Sie aßen wie die Wölfe, und ich auch. Abends spielten wir *Mogeln*. Das ist ein Kartenspiel, das den Kindern gefällt. Aber später im Zimmer, wenn wir allein waren, fing Serena an, mir häßliche Dinge zu sagen. Sie sagte, ich hätte alles falsch gemacht. Die Trennung, die Wohnung in Rom, alles. Serenas Meinung nach bin ich I. nicht besonders wichtig. Das Kind, das ich bekomme, wird ohne Vater sein. Es wird Pieros Nachnamen tragen, denn bestimmt wird Piero offiziell nicht die Vaterschaft aberkennen. Aber sonst wird es ein Kind ohne Vater sein. I. wird es nicht einmal anschauen. Er wird sagen, es sei nicht von ihm. Laut Serena wird er es genauso machen, wie Du es mit Graziano gemacht hast, genauso. Nur daß Piero Graziano als sein Kind angenommen hat, aber damals hatte ich meine Ehe nicht abgebrochen. Jetzt dagegen habe ich sie abgebrochen und habe das Nachsehen. Laut Serena sind alle Männer Schufte, bis auf Piero, der ein Engel ist, und ich habe die Dummheit begangen, ihn zu verlassen. Ich habe ihn verlassen, um mich mit I. zusammenzutun, dem größten Schuft von allen. Ich zog mich aus, kroch unter die Decke und drehte mich zur Wand, und sie ging im Zimmer hin und her, und dann sah ich über mir ihr eingecremtes fettglänzendes Gesicht, und wir fingen beide an zu weinen.

Jetzt sind wir wieder in Rom. Piero ist für einen Tag zu Besuch gekommen, mit vielen Geschenken für die Kinder, einer Stola für mich.

Ich grüße Dich,

Lucrezia

Roberta an Giuseppe

Rom, 9. Januar

Lieber Giuseppe,

ich habe mit Ignazio Fegiz gesprochen, wollte sagen mit I., wie Lucrezia ihn nennt. Ich habe Lucrezia nichts gesagt und bin einfach hingegangen. Da er mir unsympathisch ist und ich vermutlich ihm unsympathisch bin, habe ich gedacht, daß wir kein Risiko eingingen, unsere Beziehungen zu ruinieren, die ja schon schlecht angefangen hatten. Ich habe ihn angerufen, habe mir den Pelzmantel übergezogen und bin in meinen Fiat 500 gestiegen. Es schneite. Dummerweise ist der Fiat 500 am Largo Argentina stehengeblieben. Ich habe noch ein gutes Stück zu Fuß gehen müssen, durch Matsch und Schnee.

Unsere Unterredung war kalt, ruhig und, insgesamt gesehen, nutzlos. Ich verstehe diesen Mann nicht. Er wirkt offen und ist in Wirklichkeit verschlossen wie eine Auster. Lucrezia hat er meiner Ansicht nach schon satt. Jetzt weiß er nicht, wie er sie loswerden soll. Ich habe ihm gesagt, daß er Lucrezia gegenüber klarer hätte sein müssen. Wenn eine Frau aus Liebe ihr Leben völlig umkrempelt, hat sie zumindest ein wenig Aufrichtigkeit verdient. Er antwortete mit großen zustimmenden Gesten. Ich habe ihn gefragt, ob er vorhabe, dem Kind, das bald geboren wird, seinen Namen zu geben. Er hat gesagt, daran gebe es keinen Zweifel. Dann hat er angefangen, mir zu erklären, daß er sich jedoch in einer delikaten Lage befinde. Er habe eine alte Bindung. Eine kranke, sehr kranke Frau. Es sei eine tiefe und sehr enge Bindung. In gewissem Sinne unterscheide sie sich nicht von einer ehelichen Bindung. Er müsse also sehr, sehr vorsichtig zu Werke gehen. Ich habe ihm gesagt, mir scheine, daß er diese Person benutze, um sich vor schwerer wiegenden Verantwortungen zu schützen. Er ist rot geworden, über und über rot. Er hat gesagt, daß ich in gewissem Sinne vielleicht sogar recht hätte. Aber Lucrezia, hat er gesagt, wie unvorsichtig sie ist, wie impulsiv sie ist. Ein wildes Pferd. Sie denkt nie an die anderen, sie denkt nur an sich. Die Kinder schleppt sie mit sich herum, als ob sie Koffer wären. Ihm tun sie leid, die Kinder. Auch Piero tut ihm leid. Alle tun ihm leid, habe ich gesagt, bis auf Lucrezia. Nein, hat er gesagt, auch Lucrezia tut ihm leid. Er wünschte, sie wäre glücklich. Wie denn, habe ich gesagt, wenn sie nur mit ihm glücklich ist und er mal da ist und mal nicht. Schließlich habe ich ihn gefragt, ob er sie liebt. Das war das Wesentliche, was ich ihn fragen wollte, aber erst zum Schluß bin ich damit herausgerückt. Er hat gesagt, daß er sie sehr gern habe. Dann hat er auf die Uhr geschaut, und ich habe verstanden, daß ich gehen mußte. Er hat einen Regenmantel angezogen, seine Schirmmütze aufgesetzt und ist mit mir hinausgegangen. Ich muß Dir sagen, daß er mir nicht ganz unsympathisch ist, wenn er so auf der Straße geht. Er hat einen langen, schnellen Schritt und eine fröhliche Miene. Er hat mich bis zum Largo Argentina begleitet, hat mir geholfen, das Auto anzuschieben, bis der Motor angesprungen ist. Dann habe ich gesehen, wie er auf sein Auto, den olivgrünen Renault, zuging, der im Corso Vittorio geparkt war.

Deinem Sohn geht es gut. Er kommt immer noch ins obere Stockwerk zur Analyse. Er kommt, sagt jedoch neuerdings, daß dieser Lanzara etwas dumm sei. Sympathisch, ein guter Mensch, aber etwas dumm. Ich habe ihn gefragt, ob er es ihm sagt, daß er ihn dumm findet. Ich weiß, daß man den Analytikern alles sagen muß. Er hat mir geantwortet, daß er es ihm ständig sagt. Lanzara ist nicht beleidigt. Die Analytiker sind nie beleidigt.

Alberico hat mir gesagt, daß demnächst, vielleicht im nächsten Frühjahr, hier in Rom der Film *Devianz* gegeben wird. Warum machst Du nicht im nächsten Frühjahr eine Reise nach Italien, mit Anne Marie, um Alberico, alle Freunde, unsere liebe Lucrezia, die so schlecht dran ist, zu besuchen und um Dir den Film anzusehen?

Ich umarme Dich,

Roberta

Egisto an Albina

Rom, 15. Januar

Liebe Albina,

gestern ist Anaïs abgereist. Ich muß Dir sagen, daß es mir leid tut. Ich werde sie vermissen. Ich hatte sie liebgewonnen. Zum Schluß lebte sie bei mir. Sie sagte, daß unten zu viel Durcheinander herrsche. Gestern haben wir sie zum Flughafen gebracht, Alberico und ich. Schon lange sagte sie, daß sie fahren müsse, aber sie schob es immer wieder hinaus.

Unsere Beziehung hat genau fünf Monate gedauert. Sie hat sich nichts weiter aus mir gemacht, und nicht meinetwegen blieb sie in Rom. Sie hatte auch noch andere und erzählte es mir unbekümmert. Sie hatte einen Häuserspekulanten in Parioli, dann einen chilenischen Maler. Nachts kam sie manchmal nicht nach Hause. Ich schlafe leicht ein, aber wenn ich merkte, daß sie nicht heimkam, machte ich mir Sorgen und konnte nicht schlafen. Sie kam am Morgen, wenn ich mich anzog, um zur Redaktion zu gehen. Einmal hat sie mit dem Häuserspekulanten gestritten und ist weinend zurückgekommen. Sie hatte ihm Geld gestohlen, und er hatte sie geschlagen. Sie stahl. Sie war Milliardärin, aber sie stahl. Sie stahl um des Stehlens willen. Ich konnte keinen Supermarkt mit ihr betreten, weil sie immer irgend etwas in der Tasche verschwinden ließ, ein Parfüm, eine Schachtel Kekse. Sie war schnell wie ein Affe. Aber mir hat sie nie etwas gestohlen. Sie nahm Drogen. Ihrer Meinung nach nahmen in der Wohnung unten alle Drogen. Ich weiß es nicht. Sie erzählte auch viel Mist. Ich habe nie versucht, ihr Moral zu predigen, weder über Männer noch über

Diebstähle, noch über Drogen. Es schien mir sinnlos. Sehr schön war sie nicht, Du hast sie ja an dem Tag im Restaurant gesehen. Aber ich hatte mich an sie gewöhnt. Sie liebgewonnen. Nun bin ich wieder allein.

Gestern auf der Rückfahrt vom Flughafen hat Alberico bemerkt, daß ich ein bißchen traurig war, und hat zu mir gesagt, ich sollte bei ihnen zu Abend essen. Ich fühle mich ganz wohl in diesem Durcheinander. Ich setze mich, und alle tun so, als ob ich nicht da wäre. Ich lege eine Platte auf, spiele ein bißchen mit der Kleinen. Die Kleine ist in ihrem Ställchen und fängt, ans Gitter gelehnt, schon an zu laufen, fällt dann hin und weint. Nadia schläft entweder, oder sie ißt oder weint oder liest Zeitschriften. Sie weint viel, die Nadia, entweder weil ihr etwas weh tut oder weil sie vor etwas Angst hat, oder wegen eines traurigen Gedankens, der ihr gekommen ist, wegen eines Traums, den sie gehabt hat. Salvatore schläft entweder, oder er fuhrwerkt in der Küche herum. Allerdings hat er es inzwischen satt, dauernd zu kochen, und oft lassen sie das Essen aus dem Restaurant von unten, *Il fagiolaro*, heraufbringen. Es gehen immerzu Leute ein und aus, Freunde von Alberico, die zu ihm gekommen sind wegen irgendwelcher Dinge, die mit dem Film zusammenhängen. Sie machen Besorgungen für ihn, suchen ihm die Gegenstände, die er braucht. Antike Suppenschüsseln, Stoffstücke. Er sitzt da an seiner Schreibmaschine und teilt Befehle aus. Er ist wie ein General. Auch beim Essen sind immer zwei oder drei von denen da. Man bleibt nach dem Essen lange am Küchentisch sitzen. Keiner redet besonders viel. Sie rauchen Joints. Ich rauche auch mit, um nicht altmodisch zu erscheinen.

Ich vermisse Dich sehr, jetzt. Solange Anaïs da war, habe ich Dich nicht so vermißt, aber jetzt, wo Anaïs weg ist, hätte ich Lust, ab und zu mit Dir zu reden und zu essen. Zu Lucrezia gehe ich manchmal, aber ich weiß nie, ob es sie freut, mich zu sehen, oder ob dieser I. von ihr da ist oder nicht. Ich rufe sie an, bevor ich hingehe. Einmal habe ich Anaïs mitgenommen. Sie haben sich ganz gut gefallen. Lucrezia hat mir nachher gesagt, daß Anaïs einen gewissen Stil habe, aber kalt und nüchtern sei. Anaïs hat zu mir gesagt, Lucrezia habe auf sie gewirkt wie eine schwangere Elefantenkuh.

Gelegentlich sehe ich Serena. Deine Einzimmerwohnung hat sie erbärmlich zugerichtet. Man tritt überall auf Teller, Zeitungen und Pullover. Serena ist sehr froh, denn sie hat einen Regisseur, der Umberto heißt, kennengelernt. Sie haben sich angefreundet, der Regisseur und Serena, und haben beschlossen, die *Mirra* von Alfieri aufzuführen.

Sieh zu, daß Du mich besuchst, wenn es Dir möglich ist. Oder ich komme nach Luco. Es macht nichts, wenn Du kein Bett für mich hast. Ich kann im Hotel schlafen.

Egisto

Albina an Egisto

Luco dei Marsi, 22. Januar

Ich heirate, Egisto.

Ich heirate Nino Mazzetta. Er stellt antike Möbel her. Die Fabrik, das Geschäft und auch das Haus, wo er wohnt, sind in einem Hof hinter unserem Haus. Die Möbel sind gut gemacht, wirken aber nicht antik, sie glänzen und sehen ganz neu aus.

Nino Mazzetta ist Witwer, hat einen neunjährigen Sohn. Der Sohn ist schlecht in der Schule und kommt zu mir zum Hausaufgabenmachen. Nino Mazzetta arbeitet viel, aber reich ist er nicht, und er ist gerade dabei, das Geschäft mit Wechseln abzubezahlen.

Ich heirate ihn aus den folgenden Gründen, die ich nacheinander sorgfältig geprüft habe. Weil ich gern Kinder haben möchte. Weil ich schon dreiunddreißig Jahre alt bin. Weil mein Vater dann zufrieden ist. Weil ich so auch weiterhin unser Haus in Ordnung halten kann, bis meine Schwestern groß geworden sind, da ja zwischen unserem Haus und dem der Mazzettas nur der Hof liegt. Weil es nie jemandem in den Sinn gekommen ist, mich zu heiraten, Nino Mazzetta aber ja. Weil er ein guter Mensch ist. Als mein Vater ihn gebeten hat, ihm Geld zu leihen, hat er es ihm immer gegeben. Als mein Bruder ihn gebeten hat, ihm Geld zu leihen, hat er es ihm gegeben und nie wiedergesehen, aber er hat sich nicht darüber aufgeregt und ist weiterhin ab und zu abends nach dem Essen herübergekommen, um mit meinem Vater Karten zu spielen und zu plaudern, obwohl es nicht einfach ist, mit meinem Vater zu plaudern, denn man muß ihm alles zehnmal wiederholen. Weil ich arm bin. Wenn ich heirate, werde ich zwar nicht reich sein, aber doch weniger arm. Weil ich hier in Luco ein schweres Leben habe und denke, doch vielleicht irre ich mich auch, daß ich es als verheiratete Frau leichter haben werde.

Nino Mazzetta heiratet mich aus den folgenden Gründen, die er mir nacheinander aufgezählt hat. Weil er mich nicht häßlich findet. Weil ich einfache Gewohnheiten habe. Weil ich ihn nicht einschüchtere, obwohl ich in Sprachwissenschaften promoviert habe und er es nur bis zur fünften Volksschulklasse gebracht hat. Seine verstorbene Frau schüchterte ihn ein, obwohl sie es nur bis zur dritten Volksschulklasse gebracht hatte. Sie hatte einen streitsüchtigen Charakter, und sie sind gar nicht glücklich miteinander gewesen. Weil ich Flöte spiele. Weil ich schlecht koche und er gern gut ißt, aber meint, daß ich mit einem Kochbuch rasch dazulernen werde. Weil er mich von klein auf immer gesehen hat. Weil er meine Familie gut kennt.

Auch ich habe ihn von klein auf immer gesehen, aber das freut mich nicht besonders. Es kommt mir vor, als sei mir meine Zukunft an den Schuhsohlen klebengeblieben.

Im letzten September, da war das Pressefest der *Unità*, und ich bin hingegangen. Er war auch dort und hat mich zum Abendessen eingeladen. Wir haben gegrillte Würstchen gegessen, an einem Tisch dort unter den Bäumen. Danach sind wir wieder nach Hause gegangen. Ich glaube, der Gedanke, mich zu heiraten, ist ihm an dem Abend damals gekommen.

Er redet gern und viel. Er schildert mir sein Leben und seine Ideen. Ich schweige. Fragen stellt er mir nie. So weiß er von mir fast nichts. Er weiß nicht, daß ich in Rom, als ich meine Einzimmerwohnung hatte, mit Männern zusammen war. Er weiß nicht, daß das Bett ein schwieriges Kapitel für mich ist. Insgesamt waren es drei Männer, mit denen ich zusammengewesen bin: ein mit Serena befreundeter englischer Student, einer, den ich immer im Autobus traf, und einer, der Enzyklopädien verkaufte. Es sind keine glücklichen Erinnerungen. Diese Männer waren nicht so besonders. Der beste war vielleicht der aus dem Autobus, aber er war aus Palermo, und nach einer Woche ist er zurückgefahren nach Palermo. Manchmal schreibt er mir eine Postkarte. In meiner Einzimmerwohnung war ich glücklich, das schon. Wie schade, daß ich sie aufgeben mußte. Aber wie hätte ich sie halten sollen? Ich konnte doch meinen Vater nicht sitzenlassen. Es gefiel mir, das Leben in Rom, und samstags nach *Le Margherite* zu fahren und mit Serena über das Frauenzentrum zu sprechen. Nun gibt es *Le Margherite* nicht mehr. Ich habe sagen hören, daß irgendwelche Priester es gekauft hätten und es ein Kloster werden soll. Das Frauenzentrum gibt es auch nicht mehr. Manchmal rufe ich Lucrezia an, aber sie ist immer kurz angebunden. Serena hat mich ein paarmal hier besucht. Sie hat Nino Mazzetta vom Fenster aus gesehen. Er erschien ihr klein und vierschrötig. Du hast mich nie besucht, sonst hätte ich ihn Dir vorgestellt, und Du hättest mich beraten. Allerdings hätte ich sowieso nicht auf Dich gehört.

Wir heiraten in einem Monat. Wir heiraten in der Kirche, obwohl wir nicht gläubig sind, weder er noch ich. Mein Vater ist auch nicht gläubig, aber er will es so.

Ich werde ein recht schönes Kleid tragen, aus hellblauem Gabardine, Rock und Jacke, die mir die Schneiderin genäht hat, die hier im Hof ist.

Wir haben noch keine sexuellen Beziehungen gehabt. Wir sind nie allein, weil mein Vater meint, es sei besser, alles nach altem Brauch zu machen, und wenn wir abends ausgehen, sind immer auch mein Bruder, Maura und Gina dabei. So ist es mir nicht gelungen, ihm irgend etwas von mir mitzuteilen, dem Nino Mazzetta, und außerdem redet er unausgesetzt selber, mit meinem Bruder und mit mir.

Mein Bruder sagt, ich wäre schlau und berechnend, und das hätte er nie von mir gedacht. Er meint, daß Nino Mazzetta mit diesen scheußlichen Möbeln einen Haufen Geld machen wird, auch wenn er jetzt noch tief in Wechselschulden sitzt.

Nino Mazzetta hat sehr weiße Haare und einen sehr schwarzen Bart. Er ist klein von Statur und raucht immerzu Zigarre. Manchmal kann er nachts nicht schlafen bei dem Gedanken an die Wechsel, und dann steht er auf und macht sich eine Tasse heißen Milchkaffee. Das hat er uns erzählt, meinem Bruder und mir.

Alles wäre leicht, wenn nicht das Bett ein schwieriges Kapitel für mich wäre.

Albina

Egisto an Albina

Rom, 28. Januar

Du bist dabei, eine Riesendummheit zu machen, Albina.

Laß es sein. Laß alles sein, das hellblaue Gabardinekleid, das Geschäft, den Milchkaffee, den Hof. Oder warte wenigstens. Laß ein Jahr vorbeigehen. Etwas wird sich in einem Jahr ergeben. Du kannst eine gute Arbeit in Rom finden, jemanden bezahlen, der Deinen Vater betreut, für immer von diesem traurigen Ort fortgehen. Es gibt so viele Lösungen, und die, die Du gewählt hast, ist die schlechteste.

Ich werde Dich besuchen, sobald ich kann, und Dich von dieser blöden Heirat abbringen, bei der Dir die Zukunft an den Schuhen klebt.

Egisto

Giuseppe an Lucrezia

Princeton, 2. Februar

Liebe Lucrezia,

ich habe meinen Roman beendet. Eine Schülerin aus meinem Kurs hat ihn mir noch mal abgetippt. Ich habe sie gefragt, ob er ihr gefallen habe, und sie hat gesagt, sie habe ihn interessant gefunden. Sie ist die einzige Person, die ihn gelesen hat, und leider ist sie dumm. Anne Marie und Chantal können nicht Italienisch.

Vor ein paar Tagen bin ich nach New York gefahren. Ich bin hingefahren, um Danny zu treffen, dachte aber, daß ich mich auch nach einem Übersetzer und einem literarischen Agenten umschauen würde. Ich hatte die Adresse eines Cousins von Frau Mortimer, der viele Leute kennt und mir vielleicht ein paar Ratschläge geben konnte. Also habe ich eine Kopie des Romans in meine Aktentasche gepackt. Vor allem aber sollte ich Danny sehen und mit ihm über die Scheidung sprechen. Ich weiß nicht, ob Du Dich noch erinnerst, daß Danny der Mann von Chantal ist. Ich hatte Dir davon erzählt. Anne Marie wollte, daß ich ihn in Philadelphia aufsuche, aber als ich ihn anrief, hat er mir gesagt, er würde nach New York fahren wegen eigener Angelegenheiten und wir könnten uns in New York treffen.

Ich habe mich mit ihm in dem Hotel verabredet, in dem ich bei meiner Ankunft in Amerika mit meinem Bruder und Anne Marie gewesen war. Es heißt Hotel Continental und ist in der Fünften Straße. Ich habe ein Zimmer genommen. Es war fast genauso wie das Zimmer, das ich damals hatte, als ich krank im Bett lag und mein Bruder vor mir saß. So überkam mich, während ich auf Danny wartete, eine große Traurigkeit. Danny verspätete sich. Ich habe versucht, den Cousin von Frau Mortimer anzurufen, aber es meldete sich nur ein Anrufbeantworter. So habe ich angefangen, meinen Roman wieder zu lesen. Er ist mir nicht schlecht vorgekommen. Der Titel ist *Der Knoten*. Ich sage Dir nichts darüber. Ich habe Dir ein Exemplar geschickt.

Schließlich ist Danny gekommen. Sofort habe ich den Kühlschrank aufgemacht und ihm ein großes Glas Whisky eingeschenkt. Danny trinkt viel. Ich dachte, ich müßte ihn überzeugen, daß Scheidung die einzig mögliche Lösung sei. Aber er war schon davon überzeugt. Als Chantal die Wohnung verlassen hat mit der Kleinen, hat er gedacht, daß sie nie zurückkommen würde. Er hat es mit einem Gefühl der Erleichterung gedacht, denn die letzten Zeiten ihres Zusammenlebens waren schrecklich gewesen. Danny ist klein, hat rote Haare und abstehende Ohren und kleine, spitze Mäusezähne. Wir haben lange in dem Zimmer gesessen. Er hat viele Gläser Whisky getrunken. Er hat mir seine Kindheit erzählt. Er hatte sie mir schon in Princeton erzählt, und in New York hat er sie mir noch einmal erzählt. Er hat keine Eltern. Er ist im Findelhaus geboren. Fünfmal hat er die Familie gewechselt. An eine dieser Familien, die vorletzte, ist er noch stark gebunden. Sie heißen Pippolo und sind italienischer Abstammung. Sie leben in Baltimore. Sie sind arm und haben viele Kinder. Er hilft ihnen. Auch darüber haben er und Chantal gestritten. Laut Chantal sind die Pippolos Vampire. Wenn es um die Pippolos ging, sei sie immer zur Furie geworden. Hartherzig sei Chantal. Ich habe ihm gesagt, auf mich mache sie vielmehr den Eindruck eines sanften Mädchens. Er hat mir gesagt, das sähe ich aber ganz falsch. In ihrer Wohnung in Philadelphia seien noch alle Kleider von Chantal und der Kleinen. Er werde sie so bald wie möglich nach Princeton schicken. Hin und wieder werde er die Kleine besuchen, und in den Ferien werde er sie nach Baltimore mitnehmen, zu den Pippolos, seiner einzigen und wahren Familie. Er habe Chantal niemals geschlagen. An dem Abend habe er sie einfach etwas zu heftig am Arm gepackt. Sie habe sofort eine Nachbarin gerufen und gebeten, sie solle sie in die Nothilfe begleiten, wo sie dann eine kleine Verstauchung festgestellt hätten. Dann sei sie wieder heimgekommen und habe ihre Nachtcremes und einen Schlafanzug der Kleinen in eine Tasche gestopft. An ihre Nachtcremes habe sie gedacht, aber an die Vitamine für die Kleine habe sie nicht gedacht, die habe sie dagelassen. Sie habe ihn aus Princeton angerufen, am nächsten Morgen, und ihm gesagt, er solle ihr sofort alle ihre Sachen schicken. Er habe es noch nicht getan, weil es ihm Mühe und Schmerzen bereitete, all diese Kleider anzufassen, zusammenzupacken und abzuschicken.

Ich habe vorgeschlagen, abendessen zu gehen. Ich erinnerte mich an ein chinesisches Restaurant, wo ich mit meinem Bruder gewesen war, und dorthin sind wir gegangen. Beim Abendessen hat er sich nach und nach beruhigt. Er hat mich gefragt, wie es mir gehe. Ich habe ihm gesagt, daß ich einen Roman fertiggeschrieben hätte und mir einen Übersetzer und eine Agentur suchen müsse. Später würde ich mich auch bemühen, ihn in Italien zu veröffentlichen, doch da ich nun einmal in Amerika sei, würde ich sehr glücklich sein, wenn er in Amerika herauskäme. Er hat mir gesagt, daß er in Philadelphia einen Freund habe, der sehr gut Italienisch könne und Bücher übersetzt habe und der den Roman übersetzen und auch bei einer Agentur unterbringen könne. Er hat bedauert, ihn nicht selbst lesen zu können, weil er nicht Italienisch kann. Die alte Signora Pippolo habe versucht, es ihm beizubringen, doch er habe nur ein paar Worte im Gedächtnis behalten. Aber der Titel gehe seines Erachtens nicht. Es gebe schon zehn Romane, die *Der Knoten* heißen. Dann hat er wieder angefangen, von Chantal und ihrer Beziehung zu reden. Kalt sei Chantal. Anne Marie habe er nie verstanden, doch sie sei ihm nie sympathisch gewesen, und sie müsse kalt und vertrocknet sein wie Chantal. Darauf habe ich ihm gesagt, ich sei müde und es sei schon sehr spät, und außerdem sei es völlig zwecklos, sich in Aversionen, Ressentiments und Niedergeschlagenheit hin und her zu wälzen, wie er es tue. Er hat gemeint, ich hätte recht und er spüre eine tiefe Sympathie für mich. In gewisser Weise sei ich dem ältesten der Pippolo-Söhne ähnlich, der sein besonderer Freund sei. Er gedenke, bald nach Princeton zu kommen, um die Kleine zu sehen, und da hätten wir sicher von neuem Gelegenheit, ein paar Stunden miteinander zu verbringen. Wenn ich ihm inzwischen meinen Roman gäbe, würde er ihn nach Philadelphia zu diesem möglichen Übersetzer mitnehmen. Wir sind zu meinem Hotel zurückgegangen, ich habe ihm den Roman gegeben, und er hat ihn in die Innentasche seiner Jacke gestopft. Wir haben uns verabschiedet. Er schlief bei einem Bekannten der Pippolos.

Am nächsten Tag war ich wieder in Princeton. Ich habe von meinem Gespräch mit Danny erzählt, und Anne Marie ist wütend geworden. Sie hat gesagt, ich hätte mich dumm verhalten. Ich hätte von der Scheidung sprechen sollen und nicht von anderen Dingen. Trocken, knapp und distanziert hätte ich sein müssen. Es sei dumm von mir gewesen, ihm meinen Roman zu geben, zu akzeptieren, daß er mir einen Gefallen tue. Wenn Anne Marie wütend wird, hört sie nicht auf zu lächeln, aber ihr Mund zittert, und sie bekommt rote Flecken im Gesicht und am Hals. Chantal dagegen ist nicht wütend geworden. Sie hat gesagt, ihr sei es vor allem wichtig, daß die Kleider bald kämen, da sie nichts zum Anziehen hätten, sie und die Kleine. Dann ist sie plötzlich in Gelächter ausgebrochen. Sie hat gesagt, die Vorstellung, wie ich und Danny zusammensäßen und uns wie Komplizen unterhielten, fände sie komisch. Chantal lächelt fast nie, doch ab und zu lacht sie, bricht in ein hohes, spitzes Lachen aus, das mit einem kleinen Schluchzer endet. Aber als ich gesagt habe, daß Danny die Absicht hat, die Kleine in den Ferien zu den Pippolos zu bringen, hat sie aufgehört zu lachen und gesagt, das werde sie niemals zulassen, denn die Pippolos seien ungeschliffen und schmutzig. Darauf hat ihr ihre Mutter gesagt, daß es da wenig zuzulassen oder nicht zuzulassen gebe, Danny werde in den Ferien mit der Kleinen machen, was ihm beliebt.

Sowie Du das Päckchen mit meinem Roman erhältst, laß es mich wissen. Ich möchte gern, daß Du ihn bald liest, und erwarte Dein Urteil mit Ungeduld.

Giuseppe

Roberta an Giuseppe

Rom, 5. April

Lieber Giuseppe,

letzten Freitag ist Lucrezias Kind geboren worden, aber es hat nur zwei Tage gelebt. Es war ein schöner Junge. Es ist eine sehr traurige Angelegenheit gewesen.

Ich war die ganze Zeit bei ihr. Sie hatte die ersten Wehen, ist in die Klinik gefahren und hat mich von dort aus angerufen. Sie war allein, die Arme. I. hatte sich das fein ausgedacht, ausgerechnet in diesen Tagen nach Paris zu reisen, und er war unauffindbar.

Lucrezia litt sehr, es war eine schwierige Geburt. Ich habe Piero in Perugia angerufen, ich machte mir Sorgen und wollte, daß noch jemand da ist. Piero ist sofort gekommen.

Dann ist das Kind geboren worden, und alles schien gelöst. I. ist gekommen. Ich hatte ihn für ein Scheusal gehalten, weil er weggefahren war, aber ehrlich gesagt habe ich aufgehört, so zu denken, als ich ihn gesehen habe. Er ist einer, den Du, wenn Du ihn siehst, nicht gräßlich finden kannst. Er hat diese Bürstenhaare, diese energische, resolute und zugleich verstörte Miene. Das Kind hat ihm sehr gefallen, und er wirkte glücklich.

Dann haben wir erfahren, daß irgend etwas nicht stimmte mit dem Kind. Es war ein sehr trauriger Nachmittag, dieser Sonntagnachmittag, ich werde ihn nie vergessen. Wir waren alle da, ich, Piero, I., Serena. Auch Cecilia war da. Serena war auf die schlechte Idee gekommen, Cecilia mitzuschleppen. Ich fand es nicht richtig, daß ein kleines Mädchen dabei war in diesen traurigen Augenblicken. Wir hatten die Hoffnungen aufgegeben, aber Lucrezia versteifte sich darauf, nichts von dem, was sie ihr sagten, zu glauben. Das Kind ist um zehn Uhr abends gestorben. Ich bin bei Lucrezia geblieben, die Nacht über. Ein Arzt der Abteilung hat mir gesagt, ich könne bleiben.

Lucrezia ist noch im Krankenhaus, und es wird noch ein paar Tage dauern, bis sie wieder nach Hause kann.

Wenn Du sie anrufen willst, kannst Du sie Montag oder Dienstag zu Hause erreichen.

Ich umarme Dich,

Roberta

Lucrezia an Giuseppe

Rom, 10. April

Lieber Giuseppe,

Roberta hat mir gesagt, daß sie Dir geschrieben hat und daß Du sie angerufen hast, und so weißt Du schon, was mir zugestoßen ist.

Deinen Roman habe ich vor einer Weile erhalten, aber jetzt mag ich ihn nicht lesen. Ich mag ihn nicht einmal anfassen. Er liegt auf meinem Tisch, in seiner blauen Mappe.

Wenn Du mir schreibst, schreib mir keine mitleidigen Worte. Ich mag nicht bemitleidet werden. Vielleicht ziehe ich es sogar vor, daß Du mir eine Zeitlang überhaupt nicht schreibst. Roberta sagt, Du habest ihr gesagt, daß Du mich anrufen wirst. Tu es nicht. Ich will Deine Stimme nicht. Ich will keine Stimmen.

Ich grüße Dich,

Lucrezia

Lucrezia an Giuseppe

Rom, 25. April

Lieber Giuseppe,

als Du mich vorgestern angerufen hast, habe ich mich gefreut. Ich weiß nicht mehr, was Du zu mir gesagt hast und was ich Dir geantwortet habe. Nichts oder fast nichts. Ich hätte den Stecker herausziehen und mit dem Telefon in mein Zimmer gehen können, doch statt dessen bin ich im Wohnzimmer geblieben, wo Daniele und Cecilia saßen. Wie auch immer, daß Du mich angerufen hast, hat mich gefreut. Du hast mir keine mitleidigen Worte gesagt, und dafür danke ich Dir.

Du hast gesagt, daß Du daran gedacht hättest, nach Italien zu kommen, um mich zu sehen, und daß Du vielleicht kommen wirst, aber nicht gleich. Wer weiß, warum nicht gleich. In Wahrheit glaube ich nicht, daß Du so bald kommen wirst. Dort, in Princeton, haben Deine langen und mageren Füße Wurzeln geschlagen.

Deinen Roman habe ich noch nicht gelesen. Ich lese nichts, nicht einmal Zeitungen. Ich stehe spät auf und laufe den ganzen Tag im Morgenrock herum. Nicht einmal zum Einkaufen gehe ich aus. Ich habe jetzt diese Zugehfrau aus Capo Verde, von der ich Dir vielleicht erzählt hatte. Egisto hat sie mir besorgt. Morgens geht sie zu Deinem Sohn, um auf das Kind von diesem Mädchen aufzupassen. Mittags kommt sie zu mir. Sie kauft ein und kocht das Mittagessen. Sie ist eine mächtige, dunkle Frau mit einem Tuch um den Kopf. Sie heißt Zezé.

Ich grüße Dich,

Lucrezia

Lucrezia an Giuseppe

Rom, 5. Mai

Mein Kind ist am 25. März geboren worden, einem Freitag, um sechs Uhr nachmittags. Es ist nach zwei Tagen gestorben. Am Sonntagabend ist es gestorben.

In die Klinik bin ich allein gefahren, am Freitagmorgen, mit dem Volkswagen und dem Koffer, den ich schon seit mehreren Tagen bereitgestellt hatte. Serena ist in der Wohnung geblieben, um auf die Kinder zu warten und ihnen das Mittagessen zu machen. I. war in Paris. Er hatte mir gesagt, er müsse in Paris einige Leute treffen, wegen irgendwelcher Bilder, würde aber sofort zurückkommen. Am Freitagmorgen habe ich ihn in Paris angerufen, aber er war nicht im Hotel. Während ich im Volkswagen saß, verfluchte ich ihn. Ich war wütend auf ihn, aber was mich betraf, ganz ruhig. Ich dachte, daß ich schon so oft geboren hatte und es immer schnell und einfach gegangen war. Von der Klinik aus habe ich Roberta angerufen, nur so, um jemanden bei mir zu haben. Sie ist sofort gekommen.

Mittags ging es mir sehr schlecht. Ich habe begriffen, daß es eine schwierige Geburt war. Roberta schien mir besorgt zu sein, aber sie versuchte, es nicht zu zeigen. Ich fluchte. Dann habe ich aufgehört zu fluchen und habe nach meiner Mutter gerufen. Ich wußte nicht mehr, daß sie seit vielen Jahren tot war. Piero hätte ich gern dagehabt. Er war immer dagewesen, wenn ich gebar, und ich hätte ihn auch diesmal gern dagehabt. Ich weiß nicht, ob ich ihn erwähnt habe. Ich weiß nicht mehr, was ich gesagt habe und was nicht. Mir war, als würde ich sterben.

Um mich herum war ein großes Durcheinander. Ich sah Roberta nicht mehr und war nicht mehr im gleichen Zimmer wie vorher. Dann haben sie mir Spritzen gegeben, und ich habe nichts mehr gespürt.

Das erste Gesicht, das ich gesehen habe, als ich aufgewacht bin, war Pieros Gesicht. Jemand hatte ihn angerufen, entweder Roberta oder Serena, und er war sofort gekommen. Sie haben mir das Kind gezeigt. Es hatte lange schwarze Haare. Piero hat gesagt, daß es Cecilia ähnlich sehe.

Dann ist Piero weggegangen, und kurz darauf ist I. gekommen. Roberta hatte ihn angerufen, und er hatte ein Flugzeug genommen. Er war blaß. Sie haben ihn zu dem Kind geführt. Es hat ihm sehr gefallen. Das Kind war mit neun anderen in einem Zimmer am Ende des Ganges. I. hat gesagt, es sei das beste von den neunen, bei weitem das schönste. Es sehe aus, hat er gesagt, wie ein chinesischer Mandarin. Es ähnele seinem Vater. Er wollte, daß es Giovanni genannt würde, wie sein Vater hieß. Auf einmal hat er angefangen, von seinen Eltern zu sprechen, von denen er sonst nie spricht. Sie sind seit vielen Jahren tot. Sie hatten eine Apotheke in Ancona. Die berühmte Apotheke Fegiz. Im Zimmer waren Roberta und Serena. Als er einen Augenblick aus dem Zimmer gegangen ist, hat Serena halblaut zu Roberta gesagt, daß sie ihn nicht ertragen könne. Ich habe es gehört und zu ihr gesagt, sie solle doch weggehen, wenn sie ihn nicht ertragen könne. Sie solle doch zu mir nach Hause gehen und nachschauen, was Zezé mache. Es war Zezés erster Tag bei mir, und man mußte ihr alles erklären.

Dann ist Piero wiedergekommen und hat mir Rosen gebracht. Er und I. haben sich mit großer Herzlichkeit die Hand gedrückt. Roberta hat gesagt, daß man zum Einwohnermeldeamt gehen müsse, um das Kind anzumelden, und daß Piero die Vaterschaft aberkennen müsse, sonst werde das Kind nicht Giovanni Fegiz, sondern Giovanni Mantelli heißen. I. hat wieder angefangen, von Giovanni Fegiz, seinem Vater, zu sprechen. Das mit dem Einwohnermeldeamt, hat er gesagt, habe noch Zeit.

Von einer Krankenschwester haben wir erfahren, daß sie das Kind aus dem Zimmer, wo sie zu neunt waren, herausgenommen und allein in ein Zimmer gelegt hatten, weil es nicht besonders gut atmete. Man konnte es trotzdem sehen, auch hier hinter der Scheibe, und I. ist es anschauen gegangen und hat gesagt, es atme bestens. Die Krankenschwester hat mir die Milch abgepumpt, um sie dem Kind mit einer Pipette zu geben. Es sollte sich nicht anstrengen. Es war gesund, bloß etwas schwach.

Am nächsten Morgen ist Serena gekommen und hat mir gesagt, daß mit dem Kind irgend etwas nicht in Ordnung sei. Die Ärzte hätten es ihr gesagt. Es atme nicht gut, es habe einen Herzfehler. Ich weiß nicht, warum, aber Serena bereitet es immer ein gewisses Vergnügen, mir schlechte Nachrichten zu überbringen. Sie mag mich sehr, ich weiß es, und dennoch macht es ihr Vergnügen, wenn sie mir schlechte Nachrichten überbringen kann. Ihre Augen leuchten dabei in einem seltsamen Licht. Ich habe große Angst bekommen. Ich habe zu Serena gesagt, sie solle gehen und Roberta holen, aber Roberta war nach Hause gegangen, um zu schlafen, Piero war mit den Kindern zur Villa Borghese gegangen, und auch I. war verschwunden. Eine Krankenschwester hat mit Serena geschimpft, weil sie mir Dinge hinterbracht hatte, die sie nicht hätte weitersagen sollen.

Dann sind Roberta und Piero gekommen. Roberta hat mir gesagt, daß I. im Warteraum sitze, und kaum sähe er einen Arzt vorbeikommen, falle er mit tausend Fragen über ihn her. Ja, irgend etwas sei nicht in Ordnung. Das Kind habe einen kleinen Herzfehler. Roberta kannte jedoch jemanden, den Sohn einer Freundin von ihr, der das gleiche hatte und ausgezeichnet lebte. Er war stark und kräftig. Die Stunden vergingen, und ich wartete darauf, daß man mir sagte, alles ginge besser. Statt dessen ist ein Arzt gekommen und hat mir gesagt, daß wenig Hoffnung bestehe. I. war immer noch in dem Warteraum. Ab und zu erschien er in meinem Zimmer, setzte sich und stand gleich wieder auf. Plötzlich hat er angefangen zu schreien, dies sei ein Scheißkrankenhaus, wo keiner einem etwas klar erkläre. Piero hat ihn mit ins Café hinuntergenommen, um einen Kaffee zu trinken. Um zehn Uhr abends haben sie uns gesagt, daß das Kind gestorben war.

Ich bin noch viele Tage in dem Krankenhaus gewesen. I. leistete mir Gesellschaft. Er schwieg fast immer. Von dem Kind hat er nur noch einmal gesprochen. Er hat mir gesagt, daß er nie zuvor bemerkt habe, daß er sich ein Kind wünschte, aber als er das Kind sah, habe er begriffen, daß dies das einzige auf der Welt sei, was er wirklich wollte. Er hat mir erzählt, daß sie an dem Abend, als er mit Piero zum Kaffeetrinken gegangen war, lange miteinander gesprochen hätten und daß er sich ihm sehr nahe gefühlt habe. Er hat mir gesagt, daß Piero ein außergewöhnlicher Mensch sei und warum ich ihn bloß verlassen hätte. Die Frauen, hat er gesagt, sind wirklich blöde. Diese Reden von ihm habe ich entsetzlich gefunden, so entsetzlich, daß ich ihm gesagt habe, er solle abhauen, ich wolle ihn nie wiedersehen. Statt dessen ist er sitzen geblieben und strich sich mit der Hand durchs Haar, bis die Schwester kam, wie jeden Abend, um mir die Tablette zu bringen und ihm zu sagen, daß er gehen müsse, es sei schon nach neun.

Am nächsten Tag habe ich ihm etwas gesagt, was mir in all diesen Tagen ständig im Kopf herumgegangen war. Ich habe ihm gesagt, ich hätte seine Art, mich immer allein zu lassen, so gehaßt und ich hätte Ippo so gehaßt, daß all dieser Haß ins Blut des Kindes gedrungen sei und es vergiftet habe. Oder vielleicht hätte ich so viel an Ippo gedacht, daß sie in mich hineingeschlüpft sei und das Kind mit ihrer Herzkrankheit angesteckt habe. Da ist er aufgestanden und mit zusammengebissenen Zähnen vor mein Bett getreten. Er hat gesagt, das seien Worte, die er mir nicht verzeihen könne. Als er mich kennengelernt hätte, habe er geglaubt, ich sei stark und großherzig. Ich sei es nicht. Meine Seele sei voller Gift und Elend. Er hat es mit leiser, rauher Stimme gesagt, dann hat er sich den Regenmantel übergezogen und ist gegangen. Ich habe die ganze Nacht wach gelegen und geweint, am nächsten Morgen hat er mich dann angerufen und ist wiedergekommen.

Das Kind ist mit dem Namen Giovanni Mantelli angemeldet und begraben worden. Piero hat die Vaterschaft nicht aberkannt. Allen schien es nunmehr unwichtig, ob es den einen Nachnamen trage oder einen anderen.

Ich bin nach Hause zurückgekehrt. Das Zimmer, das als Kinderzimmer vorgesehen war, ist ein Gästezimmer geworden. Cecilia hat nicht mehr darin schlafen wollen. Sie sagt, daß Vito nachts manchmal Angst habe und sie ihn zu sich ins Bett nehmen müsse. Und außerdem hatte sie das Kind gesehen, sowohl hinter der Scheibe, als es mit den anderen neun zusammen lag, als auch am Sonntagabend, als es gestorben ist. Sie sagt, daß sie es nicht vergessen könne. Wenn sie in dem Zimmer schliefe, würde sie nur von toten Kindern träumen. In dem Zimmer schläft Piero, wenn er nach Rom kommt. Früher ging er ins Hotel, aber ich finde es dumm, daß er ins Hotel geht, wenn hier Platz ist. Er ist ziemlich oft in Rom, weil er zur Zeit geschäftlich in Rom zu tun hat. In das Zimmer habe ich ein Bett, den grauen Teppich und die Kommode mit den Schildkröten gestellt.

Ich verbringe die Tage mit Nichtstun. Ich liege auf dem Sofa, sehe zum Fenster hinaus. Ich habe zu nichts Lust, und manchmal habe ich Angst, daß es mir so geht wie meiner Mutter.

Alle sagen zu mir: Reiß dich zusammen. Du hast schon so viele Kinder. Ich weiß, aber dieses wollte ich auch.

Roberta besucht mich jeden Tag. Sie kümmert sich ein bißchen um den Haushalt, hat ein Auge auf Zezé. Oft kommt Egisto. Serena dagegen kommt selten, weil sie im Theater proben muß. Sie wird die *Mirra* von Alfieri spielen, in einem kleinen Theater, das sie vor kurzem aufgemacht haben. Die *Mirra* zu spielen war der Traum ihres Lebens. Sie geht mit dem Regisseur ins Bett, der Umberto heißt. Sie ist sehr froh über alles.

Ich grüße Dich,

Lucrezia

Giuseppe an Lucrezia

Princeton, 27. April

Liebe Lucrezia,

Du hast mehrmals betont, daß Du kein Mitleid willst. Also sage ich Dir nur, daß ich sehr liebevoll an Dich denke. Ich werde bald nach Italien kommen. Nicht sofort, nein. Ich habe meinen Unterricht zu halten, habe verschiedene Dinge zu erledigen, muß auch meinen Übersetzer treffen und mich mit ihm über eine Agentur beraten. Aber früher oder später komme ich, Du wirst sehen.

Ich denke viel an Dich. Oft spreche ich mit Chantal über Dich. Auch mit Danny, der einige Male nach Princeton gekommen ist, um seine Tochter zu sehen, habe ich viel gesprochen. Mit Anne Marie spreche ich nie über Dich, denn als ich einmal angefangen habe, über Dich zu sprechen, hat sie gesagt, daß sie Leute, die sie nicht kennt, recht wenig interessieren.

Chantal hat jetzt eine Stelle in einem Reisebüro gefunden. Die Kleine hat sie in einer Kinderkrippe untergebracht, und um vier Uhr holt sie sie wieder ab. Manchmal, wenn ich keinen Unterricht habe, gehe ich sie abholen. Ich gehe mit ihr ins Grüne, und Chantal kommt nach. Wir verbringen sehr ruhige Stunden auf den Wiesen, wo es große Bäume, Eichhörnchen und Vögel gibt. Dann gehen wir nach Hause und machen gemeinsam das Abendessen, ich und Chantal. Wenn Anne Marie kommt, ist schon alles fertig. Aber sie findet immer etwas auszusetzen. Fast immer fangen sie gleich an zu streiten, Anne Marie und Chantal. Die Gründe sind unbedeutend, eine schmutzige Tasse auf dem Tisch im Eingang, ein angebissener Apfel auf einem Sessel, eine

Bluse, die zum Aufwischen des Fußbodens mißbraucht wurde. Chantal ist ziemlich unordentlich und sehr zerstreut. Anne Marie wird wütend, und mit leiser Stimme wechseln Mutter und Tochter zornige Worte. Ich versuche, Frieden zu stiften, aber dann läßt Anne Marie ihren Ärger an mir aus, und oft verlaufen unsere Abendessen schweigsam. Die Kleine wird schlafen gelegt, springt aber ständig aus dem Bett und kommt in die Küche, und Anne Marie sagt nichts, sondern rückt nur ihre Gabel, ihr Glas zurecht, und ihr Hals bedeckt sich mit roten Flecken. Nach dem Abendessen kommen gewöhnlich Schultz und Kramer. Dann hellt sich Anne Maries Gesicht auf, und sie setzt sich mit ihnen ins Wohnzimmer, um sich zu unterhalten. Inzwischen räumen Chantal und ich die Küche auf und bringen die Kleine ins Bett zurück, die unweigerlich wieder aufsteht. Wenn sie schließlich eingeschlafen ist, setzen auch wir uns mit einem Glas Whisky ins Wohnzimmer, doch Chantal langweilt sich und gähnt, und ich langweile mich auch und schlucke mein Gähnen herunter, bis Schultz und Kramer gehen und Anne Marie uns Vorwürfe macht, weil wir sie so wenig herzlich empfangen hätten und es deshalb noch so weit kommen werde, daß sie abends nicht mehr kämen.

Falls Du eines Tages doch meinen Roman lesen möchtest, werde ich mich freuen, aber Du brauchst Dich nicht zu beeilen, es hat Zeit. Als Danny das letzte Mal hier war, vor ein paar Tagen, hat er mir gesagt, daß sein Freund schon ungefähr sechzig Seiten übersetzt und ihm zu lesen gegeben hat und daß er nun sehr neugierig ist und darauf brennt, zu erfahren, wie es weitergeht. Wenn er das nächste Mal kommt, bringt er den Freund vielleicht mit, der sehr begierig ist, mich kennenzulernen und mich nach einigen Dingen zu fragen, die er nicht verstanden hat. Danny möchte Chantal nicht sehen, wenn er herkommt, und so bringe ich die Kleine zu ihm ins Hotel, eine kleine, ziemlich miese Pension, denn Danny hat nicht viel Geld, und kürzlich hat er auch noch seinen Arbeitsplatz verloren. Ich lasse die Kleine bei ihm und hole sie wieder ab, dann verabreden wir uns für den Abend, er und ich, und verbringen lange Stunden zusammen im Gespräch. Anne Marie gefällt das nicht, sie sagt nichts, aber sie zieht die Mundwinkel herunter und stößt einen kleinen ärgerlichen Schnaufer aus. Chantal ist vielleicht auch nicht besonders glücklich darüber, aber sie zuckt die Achseln und bricht in ihr spitzes Gelächter aus und sagt, daß es jedem freistehe, seine Zeit zu verbringen, mit wem er wolle. Letztes Mal hat Danny mich angepumpt, und ich habe ihm das Geld gegeben, aber ich habe weder Anne Marie noch Chantal etwas davon gesagt.

Dannys und Chantals Scheidungsverfahren läuft. Danny sagt, daß Chantal das Zusammenleben mit ihrer Mutter nicht lange aushalten wird, und seiner Meinung nach trägt sie sich schon jetzt mit dem Gedanken, wegzugehen und allein zu wohnen, vielleicht in New York. Ich habe Chantal gefragt, ob das wahr sei, und sie hat verneint und hat mir gesagt, daß sie vorerst bei uns bleibt. Wenn Chantal wegginge, würde ich sie sehr vermissen. Mit der Kleinen und Chantal ist es sehr viel lustiger hier im Haus, und ich spreche viel und sehr gern mit Chantal, und wenn sie bei ihrer Arbeit ist und ich in der Schule bin, sammle ich im Geist schon einen Haufen Dinge an, die ich ihr sagen will und auch sage, sobald wir wieder zusammen sind. Chantal ist ein sanftes Mädchen. Manchmal hat sie eine gewisse Härte, weil ihre Mutter immer zu streng mit ihr gewesen ist. Anne Marie hat kein mütterliches Temperament. Das habe ich Anne Marie auch gesagt, und sie hat mir recht gegeben. Mutter und Tochter können sich nicht ausstehen. In Wirklichkeit kann Anne Marie auch die Kleine nicht ausstehen. Sie sagt, sie fühle sich zu alt, ein Kind im Haus zu haben.

Laß von Dir hören.

Giuseppe

Lucrezia an Giuseppe

Rom, 20. Mai

Ich bin zehn Tage in Vallombrosa gewesen, mit I. Wir sind vor vier Tagen zurückgekommen. Roberta und Piero meinten, ich brauchte eine Luftveränderung. I. ist mit mir gekommen. Zuerst wollte er nicht, weil er, wie er sagte, so viele Verpflichtungen in Rom habe. Dann hat er plötzlich beschlossen, doch mitzukommen, und hat selber ein Hotelzimmer bestellt. In einem guten Hotel. Er hat gesagt, daß er zur Zeit viel Geld habe und daß ich allen Komfort brauchte, und er auch.

Wir sind mit dem olivgrünen Renault losgefahren, in dem ich schon so lange nicht mehr gesessen hatte. Roberta hatte sich bei mir installiert, um den Haushalt zu versorgen.

Ich hatte Deinen Roman in den Koffer gepackt. So habe ich ihn endlich gelesen. Er hat mir gefallen.

In Vallombrosa ist mit I. das gleiche passiert wie mit Dir in Viterbo. Wir haben uns für immer adieu gesagt und uns getrennt. Mit dem Unterschied, daß in Viterbo ich gesagt habe, daß wir uns trennen müßten, und in Vallombrosa hat er es gesagt. Und dann mit dem weiteren Unterschied, daß Du und ich in Viterbo alle beide sehr traurig, aber eigentlich ganz ruhig waren und keiner von uns gedacht hat, daß wir uns nicht wiedersehen würden. In Vallombrosa dagegen haben wir alle beide gedacht, daß wir uns zu sehr weh tun, ich ihm und er mir, und daß wir uns nie wiedersehen dürfen, aus gar keinem Grund. Ihm schien das vielleicht nicht so schrecklich, aber mir schien es schrecklich, denn ich glaube, ich liebe ihn immer noch.

Egisto sagt, wenn er mit Ippo zusammen ist, redet immer sie, und er schweigt. Aber ich glaube, daß sein Schweigen bei Ippo ein schönes Schweigen ist. In der letzten Zeit schwieg er auch bei mir, und es war ein häßliches Schweigen. Auch ich sagte nichts. Wir fühlten uns beide zerschlagen und müde und plötzlich alt. Er starrte ins Leere und strich sich über die Haare, über seine graue Bürste. Ich faßte mir in die Haare und zog sie alle oben auf dem Kopf zusammen.

In Vallombrosa regnete es ständig. Ich las Deinen Roman, während I. irgendwelche Bücher las, die er sich mitgebracht hatte. Als ich Deinen Roman zu Ende gelesen hatte, wollte ich ihn ihm geben, aber er hat gesagt, er könne keine zeitgenössischen Romane lesen. Er las die Tragödien von Aischylos. Wenn es zu regnen aufhörte, gingen wir im Wald spazieren. Ich erinnerte mich an die Spaziergänge, die wir, er und ich, in Monte Fermo machten, in der ersten Zeit. Die langen Schritte. Die langen, wunderbaren Augenblicke des Schweigens, voller heimlicher Worte. Das plötzliche, alberne Gelächter. Die kurzen, unzusammenhängenden Sätze. Die Gedanken, die aufeinanderprallten und sich verwoben. Die Haare über den Augen. Dieses ständige Gefühl siegreicher Komplizenschaft. Jetzt gingen wir entfernt voneinander, er voraus, und ich hinterher. Ab und zu blieb er stehen, um auf mich zu warten. Stieß einen Seufzer aus. Ging wieder weiter, ohne sich umzudrehen, eine Hand in der Tasche, die andere auf dem Rücken. Du erinnerst Dich, daß er immer eine Hand auf dem Rücken hält. Ich ging hinterher und fragte mich dann und wann, was wohl bei mir zu Hause los sei, ob sie daran dächten, Jolí auszuführen, ob Cecilia schlechter Laune sei und Vito unartig. Ich hatte wahnsinnige Lust, nach Hause zu fahren, und gleichzeitig überhaupt keine Lust zurückzufahren. Wir kehrten wieder ins Hotel zurück, und ich wechselte die Schuhe. Im Zimmer hingen dunkle Bilder mit Obst und toten Fasanen. Zum Abendessen gingen wir in den Speisesaal hinunter, der sich im Souterrain befand. Ich betrachtete die Leute an den anderen Tischen, er die Wand. Irgendwann während des Essens verschwand er, und ich wußte, daß er zur Telefonzelle ging. Er kam zurück und lächelte mir schief zu, nur mit einem Mundwinkel.

Er hat mir gesagt, daß wir uns trennen müßten. Daraufhin haben wir plötzlich wieder zu einer Intimität und einem stillschweigenden Einverständnis zurückgefunden. Aber dieses Einverständnis war schwer wie ein Stein und diente nur dazu, uns die Ausweglosigkeit aufzuzeigen. So haben wir die letzten Tage verbracht.

Im Hotel ist ein französisches Paar angekommen, das er kannte, und er hat sich gefreut, als er die beiden sah. Sie kannten Ippo, haben von Ippo gesprochen. Er hat einmal einen Spaziergang mit ihnen gemacht, ist gestolpert und hat sich den Knöchel verstaucht. Ich war im Hotel geblieben. Die beiden Franzosen haben ihm den Knöchel verbunden. Er konnte nicht Auto fahren, und so habe auf dem Rückweg ich den Renault gefahren.

Jetzt bin ich zu Hause. Ich habe die Kinder mit Masern vorgefunden. Ich habe Roberta gebeten, noch ein paar Tage zu bleiben. Sie schläft in dem kleinen Zimmer. Samstag geht sie wieder, weil Piero kommt. Mit Leuten zusammensein ermüdet mich, aber noch mehr ermüdet es mich, allein zu sein. Die Kinder finde ich schwer zu ertragen. Sie haben gefragt, wieso I. nicht mehr zum Mittagessen kommt. Ich habe geantwortet, daß er nicht kommt, weil er einen kranken Fuß hat.

Egisto und Serena besuchen mich manchmal. Sie kommen aus Mitleid, denn ich bin nicht amüsant für sie, ich spreche nicht, und manchmal behandle ich sie schlecht. Daß I. mich verlassen hat, habe ich niemandem gesagt, aber ich glaube, sie haben es alle begriffen.

Ich hatte einen Geliebten, und er hat mich verlassen. Ich fühle mich alt und häßlich. Die Haare gehen mir aus, ich habe Falten. Mein Gesicht ist nicht mehr blaß, sondern gelb. »Meine strahlende Blässe« gibt es nicht mehr.

Manchmal denke ich, daß ich Dich nie wiedersehen werde, und ich bin froh darüber, denn ich will nicht, daß Du mich so siehst, wie ich jetzt bin. Doch zugleich scheint es mir, als seist Du der einzige Mensch auf der Welt, mit dem ich vielleicht ohne große Mühe zusammensein könnte.

Dein Roman hat mir gefallen, wie ich Dir schon gesagt habe. Er scheint mir gut geschrieben zu sein. Allerdings habe ich ihn nicht ordentlich gelesen, denn während ich las, dachte ich an mich selbst. Ich habe nie etwas übersprungen, nicht einmal die Beschreibungen, aber wenn ich ehrlich sein soll, las ich mit den Augen und war mit den Gedanken ganz woanders. Beschreibungen gibt es reichlich viele, und ich kann Beschreibungen in Romanen nicht leiden. Mir scheint, daß Du manchmal zu langatmig bist, ohne ernstlich etwas zu sagen. Da schmeckt einer etwas, riecht etwas anderes, geht hierhin und dorthin, trifft aber nicht einmal einen Hund, und nichts passiert mit ihm, bis zuletzt, wo dieses ganze Durcheinander losgeht, und dann ist es aus, und man bleibt ganz wirr im Kopf zurück. Es kommt ein bißchen zu spät, dieses ganze Durcheinander. Aber ich kann in diesem Augenblick nicht urteilen, und selbst wenn Du Thomas Mann wärst, ich würde es, glaube ich, nicht merken.

Ich grüße Dich,

Lucrezia

Giuseppe an Albina

Princeton, 30. Mai

Liebe Albina,

ich habe von Roberta erfahren, daß Du geheiratet hast, und wünsche Dir alles Gute. Es hat mich sehr gefreut. Roberta ruft mich oft an und hält mich über alle auf dem laufenden, über Lucrezia, Egisto, Serena und Dich, und so verfolge ich aus der Ferne, was ihr alle tut. Ich hoffe, daß Du glücklich bist. Ich denke, daß Du dafür geschaffen bist, ein Haus und Kinder zu haben, obwohl Du diese jungenhafte Miene hast und obwohl das Bett, wie Du immer wieder sagtest, für Dich ein schwieriges Kapitel ist.

Ich habe Dir nie geschrieben, seit ich Italien verlassen habe, und auch Du hast mir nie geschrieben, dabei hattest Du versprochen, daß Du mir schreiben würdest, und auch ich hatte versprochen, Dir zu schreiben. Trotzdem bist Du mir stets in Erinnerung, ich sehe Dich wieder vor mir sitzen am Tisch bei Mariuccia, wenn wir zusammen zu Abend aßen, und dann in Monte Fermo, wenn Du Flöte spieltest, ich sehe Deine langen mageren Hände vor mir, Eidechsenhände nannte sie Lucrezia, Deine braunen Augen und Deine in die Stirn fallenden Haarsträhnen. Ich weiß nicht, wie Dein Mann ist, ob alt oder jung, Roberta wußte es nicht, und am Telefon, bei internationalen Gesprächen, geht das Geld nur so dahin, und viele Dinge bleiben ungesagt. Ich habe auch vor eineinhalb Jahren geheiratet, wie Du ja sicher weißt, ich habe die Witwe meines Bruders geheiratet und unterrichte italienische Literatur in einer Schule. Ich habe einen Roman geschrieben, den ich Lucrezia geschickt habe, aber

Lucrezia macht gerade eine schwere Zeit durch, und so hat sie ihn zwar gelesen, aber etwas zerstreut, und sagt, daß sie sich nicht in der Lage fühlt, ein Urteil darüber abzugeben. Ich verstehe sie und bin nicht beleidigt. Besuche sie, wenn Du einmal nach Rom kommst, ich glaube, sie braucht Freunde, und vor allem alte und treue Freunde, die ihr helfen, wieder so zu werden wie früher. Sie hat ihre Ehe zerstört, hat ein Kind bekommen, das gleich gestorben ist, ist allein, und ich lese ihre Briefe und wäre gern dort bei ihr, aber aus verschiedenen Gründen kann ich nicht sofort kommen. Seit ein paar Monaten hat sich die Tochter meiner Frau von ihrem Mann getrennt und lebt mit ihrer kleinen Tochter hier bei uns, und wir haben etwas Aufruhr im Haus: Meine Frau hat eine recht schwierige Beziehung zu ihrer Tochter, meine Anwesenheit ist nützlich, denn sonst würden zwischen den beiden Frauen offene Konflikte ausbrechen, und außerdem kümmere ich mich auch viel um die Kleine und gehe mit ihr spazieren, und weder meine Frau noch meine Stieftochter würden die Geduld aufbringen, sich mit ihr zu beschäftigen. Die Kleine ist jetzt zwei Jahre alt, heißt Maggie und ist ein reizendes Geschöpf.

Ich umarme Dich,

Giuseppe

Lucrezia an Giuseppe

Rom, 5. Juni

Die Zezé ist schwarz, hat einen dicken Bauch, breite Hüften und schmale Schultern und dünne Beine mit knochigen breiten Plattfüßen. Sie ist fast so groß wie ich und sagt, ich sei die größte Signora, für die sie je gearbeitet hat. Sie kommt mittags mit den Einkaufstüten. Wenn es regnet, trägt sie einen Regenmantel mit Tigermuster. Zur Hausarbeit setzt sie sich ein turbanartiges Kopftuch auf. Sie ist in Capo Verde geboren, aber im Haus einer Tante in Torpignattara aufgewachsen.

Sie mag keine großen Frauen. Sie selbst ist groß, aber wohlproportioniert, zu ihrem Glück hat sie schlanke Beine, ich habe, zu meinem Unglück, nicht so schlanke Beine. Meine Brüste sind klein, und ihre sind groß, und wenn eine Frau groß ist, muß sie große Brüste haben, sonst wirkt sie wie ein Baumstamm mit zwei Knoten. Sie findet, daß ich mich schlecht frisiere. So, wie ich mich frisiere, mit hochgesteckten Haaren, sieht man zu sehr mein mageres Gesicht mit den Ringen um die Augen und den Falten. Sie hat ein volles Gesicht und braucht es nicht mit Haaren zu verstecken. Ihre Haare sind lockig, kraus und voll, sie schneidet sie ganz kurz und braucht sie bloß ein bißchen in die Stirn zu zupfen, damit sie gut aussehen. Zu ihrem Glück sind ihre Haare noch ganz schwarz. Ich dagegen habe schon sehr viele weiße Haare, und wer weiß, worauf ich warte, um sie zu färben, man weiß es wirklich nicht.

Ich bin im Augenblick ihre einzige Signora. Bevor sie zu mir kommt, geht sie zur Piazza San Cosimato – eine Stunde zu

Egisto, wo es nichts zu tun gibt, weil Egisto sauber und ordentlich ist, und dann ein Stockwerk tiefer zu Alberico, und dort herrscht ein Chaos. Weder bei Egisto noch bei Alberico gibt es eine Signora. Bei Alberico ist Nadia, aber die kann man nicht als Signora bezeichnen. Sie kommt aus einer reichen Familie, aber sie ist eine Hure. Und außerdem trifft nicht sie die Anordnungen und schert sich einen Dreck um alles. Die Anordnungen trifft Alberico. Nachdem sie bei mir war, geht sie noch zu einem Architekten zum Bügeln, und dort gibt es auch keine Signora. Ihr gefällt die Arbeit, wenn wenigstens eine Signora da ist.

Sie kommt mittags zu mir und geht um halb fünf. Um vier Uhr müßte sie Vito vom Kindergarten abholen, aber das paßt ihr nicht. Vito ist zu lebhaft, und sie hat keine Lust, ihm auf der Straße hinterherzurennen. Mit Kindern spazierenzugehen gefällt ihr nicht. Nur die Kleine von Alberico, Giorgina, die nimmt sie schon manchmal zum Einkaufen mit, um sie einen Augenblick aus dem Durcheinander dort herauszuholen. Sie ist ein intelligentes Kind, viel intelligenter als Vito, der drei Jahre älter ist. Ein Schatz ist sie, die Kleine, eines Tages wird sie sie mal mitbringen. Alberico liebt diese Kleine so sehr. Aber Alberico ist nicht der Vater, der Vater ist einer, der sich noch nie hat blicken lassen. Aus Mitleid hat Alberico ihr seinen Namen gegeben. Die Kleine liebt Alberico auch sehr, sie nennt ihn Tico. Wenn Tico weggeht, weint sie. Nur bei ihm ißt sie. Aber sie hat nie Lust zu essen, diese Kleine, und außerdem geben sie ihr ungeeignetes Zeug, Tagliatelle mit Fleischsoße morgens in der Frühe, marinierte Muscheln, nie eine Tasse Milch. Einmal hat Zezé probiert, ihr eine Tasse in Milch gebrocktes Brot zu geben, aber das ist sie nicht gewöhnt, sie wollte wieder die Tagliatelle. In Wirklichkeit schmeckten sie ihr aber gar nicht: Sie nahm sie und pappte sie eine nach der anderen an die Wand. Bei der Mutter will sie überhaupt nicht essen. Außerdem schert sich die Mutter einen Dreck um das Kind und alles andere. Sie ist eine kleine Hure. Oft verbringt sie die Nächte außer Haus und kommt morgens, todmüde, wirft sich hin und schläft, daß sie so schnell keiner mehr wach kriegt. Wenn Zezé dann am Gehen ist, kommt es vor, daß diese kleine Hure aufwacht und nach Kaffee verlangt. Salvatore schreit sie an, sie solle aufstehen und ihn sich selber machen. Arschficker! schreit sie zurück, und er geht hin, zerrt sie aus dem Bett, und sie prügeln sich. Salvatore ist entsetzlich, wenn er wütend wird, und einmal hat er sie beinahe erwürgt. Alberico hat sie ihm gerade noch rechtzeitig aus den Händen gerissen. Sie sind dort alle schwul, und da ist es begreiflich, daß die die Nächte außer Haus verbringt, mit Männern, die nicht schwul sind, aber Zezé meint, daß sie sich einen Haufen Geld geben läßt und es dann irgendwo versteckt, und wenn sie und Salvatore streiten, ist der wahre Grund das Geld, das sie nicht herausrücken will, oder Drogen, die sie nicht herausrükken will, denn Drogen nehmen sie da alle, da ist Zezé sich ganz sicher, sie hat Spritzen herumliegen sehen. Salvatore bleibt nachts auch manchmal weg, und zu Hause bei der Kleinen bleibt Alberico, ganz allein. Was für ein Chaos! Junge Männer, die kommen und gehen, lauter Schwule, Adelmo, Luciano, Gianni – Zezé kennt sie alle. Sie sind freundlich zu ihr und nett mit dem Kind, böse sind sie nicht. Nicht einmal Salvatore ist böse, er hat bloß einen schlimmen Charakter, streitet sich mit allen, und wenn er streitet, wird er wie ein wildes Tier. Er streitet auch mit Alberico, aber nie sehr heftig, Zezé hat ihn sich nie mit Alberico prügeln sehen. Wenn Zezé kommt, muß sie erst einmal Geschirr spülen, immer steht ein Haufen Geschirr herum, außer sie haben sich das Essen vom Restaurant heraufbringen lassen, dann braucht sie die schmutzigen Teller nur in einen Korb zu stellen und zurückzubringen. Zezé hat ihnen vorgeschlagen, Pappteller zu benutzen, wenn sie selbst kochen, aber Alberico will nichts davon wissen, Pappteller machen ihn melancholisch. Früher hat immer Salvatore gespült, aber jetzt hat er es satt, denn beim Essen sind sie immer so viele, Adelmo, Luca, Gianni, Giuliano bleiben sehr oft zum Essen da. Alberico entscheidet, ob sie das Essen aus dem Restaurant kommen lassen oder ob sie selber kochen müssen. Er gibt im Haus den Ton an, schließlich hat er ja auch das Geld. Er will auch, daß Zezé jeden Tag kommt, und er bezahlt sie am Ende der Woche. Er ist sehr reich und wird noch reicher, denn in ein paar Tagen wird sein Film aufgeführt. Immer sitzt er in der Küche an der Schreibmaschine, nackt, nur in einer roten Unterhose, mit Ohropax in den Ohren, manchmal mit dem Kind auf dem Schoß. Hin und wieder geben sie ein Essen für fünfzehn Leute, und dann holen sie sich die Zezé zum Kochen. Zezé macht ihnen Wannen voll Nudeln und Wannen voll gemischtem Salat, Kopfsalat, Gurken und Paprika, nie Fleisch, denn Fleisch kaufen sie keines – das ist totes Tier, sagt Alberico. Zezé hat ihn darauf aufmerksam gemacht, daß Fisch auch totes Tier ist, die Sardinen, die Muscheln und die Tintenfische, die sie ziemlich oft kaufen. Aber Alberico findet, daß vor allem Fleisch den Eindruck von totem Tier vermittelt, denn wenn man es kauft, und auch beim Essen, denkt man an das Fell und an das Blut, beim Fischessen dagegen denkt man nicht daran, die Fische haben kein Fell, und ihr Blut ist anders, kälter und heller. Bei diesen Essen ist gewöhnlich Egisto unter den Gästen, und auch I. – »der Doktor« nannte ihn Zezé, als sie ihn hier sah, jetzt nennt sie ihn Fegisse, Doktor Fegisse, und er, der Doktor Fegisse, bringt gewöhnlich diese kleine Magere mit der großen Nase mit. Das ist eine, die überhaupt nichts ißt. Die will nur einen Stengel Sellerie und eine Tasse heißes Wasser. Einmal wollte sie eine Karotte, aber es waren keine Karotten im Haus. Ippo heißt sie. Sie ist häßlich, diese Ippo, aber Fegisse zieht sie mir vor, weil sie sich gut anzieht und wunderbares Haar hat, dicht, kraus, lockig, à la Angela Davis, und außerdem ist sie ziemlich klein, und kleine Frauen haben immer großes Glück. Wenn es halb fünf ist, nimmt Zezé das Kopftuch ab, und ihre schwarzen Haare kommen zum Vorschein, kraus und dicht, à la Angela Davis, noch schöner als die von Ippo, weil sie schwarz sind. Sie geht zu dem Architekten. Sie hat viel Geld auf die hohe Kante gelegt, und bald wird sie sich eine Wohnung kaufen. Eine in der römischen Altstadt. Da, wo ich wohne, ist auch Altstadt, aber sie zieht die Gegend um das Pantheon vor.

Ich grüße Dich,

Lucrezia

Giuseppe an Alberico

Princeton, 25. Juni

Lieber Alberico,

Roberta hat mich angerufen und mir gesagt, daß in ein paar Tagen die Uraufführung Deines Films ist. Ich wünsche Dir viel Glück und hoffe, daß es ein Erfolg wird.

Auch durch andere höre ich von Dir. Ich weiß, daß Du sehr beschäftigt bist und das Haus immer voller Leute hast. Ich weiß, daß Ihr oft Tintenfisch und marinierte Muscheln eßt. Ich weiß, daß Du nackt bis auf die rote Unterhose, mit Ohropax in den Ohren und der Kleinen auf den Knien, Schreibmaschine schreibst. So sehe ich Dich, und es ist ein beruhigendes Bild. Es freut mich wirklich sehr, daß Du arbeitest. Du benutzt die Schreibmaschine, ich dagegen schreibe mit der Hand, wie Du ja weißt. Ich habe einen Roman geschrieben. Der Titel ist *Der Knoten*. Natürlich würde ich mich freuen, wenn Du ihn lesen würdest. Ich habe ihn Lucrezia geschickt, und vielleicht könnte ich ihr sagen, sie soll ihn Dir geben, damit Du mal hineinschauen kannst. Ich weiß nicht, ob Du Lust dazu hast. Zwei Agenturen haben ihn schon abgelehnt. Aber ich habe die Idee, ihn zu veröffentlichen, noch nicht aufgegeben. Ein Freund von mir, ein gewisser Danny, hat vor, ihn an eine dritte Agentur zu schicken.

Dieser Danny ist der Exmann von Chantal. Chantal ist die Tochter meiner Frau, meine Stieftochter. Was für ein seltsames Wort, Stieftochter – in Wirklichkeit gelingt es mir nicht, es mit der Gestalt von Chantal und mit meiner Beziehung zu ihr in Verbindung zu bringen.

Da wir uns so selten schreiben und so selten miteinander telefonieren, scheint es mir, als müßte ich Dir jedesmal wieder erklären, wer die Personen sind, von denen ich Dir erzähle. Außerdem hast Du ein schlechtes Gedächtnis, oder zumindest hast Du ein schlechtes Gedächtnis in bezug auf das, was ich Dir von mir mitteile.

Wir leben sehr verschieden, Du und ich. Du hast so viele Leute um Dich, daß Du Dir zu Hause Ohropax in die Ohren stecken mußt. Du ißt immer mit vielen Leuten und gibst Einladungen. Ich sehe nie jemanden, außer den Schülern meines Kurses und Danny, wenn er nach Princeton kommt, um seine Tochter zu besuchen, und unserer Nachbarin, Frau Mortimer, und abends Schultz und Kramer, die Freunde meines Bruders waren. Sonst niemanden. Wir sind viel allein, Anne Marie, Chantal und ich. Manchmal habe ich Angst, daß Chantal sich langweilt, und dränge sie auszugehen. Gerade in den letzten Wochen hat sie eine Gruppe Studenten kennengelernt, mit denen geht sie jetzt abends aus. Mich freut es. Ich bade die Kleine, gebe ihr zu essen und lege sie schlafen. Anne Marie hat keine Geduld mit Kindern. Ich hatte als junger Mann auch keine Geduld mit Kindern, aber mit den Jahren habe ich mich verändert.

Ich weiß von Roberta, daß Du immer noch zu Doktor Lanzara zur Analyse gehst, und das freut mich. Ich will Dir sagen, daß es mich vor allem deshalb freut, weil Lanzara in meiner Wohnung wohnt. Es ist und bleibt meine Wohnung. Man kann Wohnungen verkaufen oder anderen überlassen, soviel man will, innerlich behält man sie trotzdem für sich. Ich finde es beruhigend, daß Du ein paar Stunden des Tages in diesen Mauern verbringst. Ich glaube nicht so recht an Analyse, um Dir die Wahrheit zu sagen. Wenn ich schwierige Momente durchmachte, spürte ich die Versuchung, zu einem Analytiker zu gehen, aber dann gab ich den Gedanken gleich wieder auf. Doch Dir kann es ja tatsächlich von größtem Nutzen sein, Dich mit Lanzara zu unterhalten. Grüß mir die beiden Lanzaras, sie und ihn, und grüß mir auch die Wände meiner Wohnung.

Andere Dinge, die ich über Dich erfahren habe, sind weniger beruhigend. Ich habe sie nicht von Roberta, sondern auf anderen Wegen erfahren, und ich hoffe sehr, daß sie nicht wahr sind. Roberta sagt, sie seien nicht wahr. Sie sagt, daß Du, im Grunde genommen, eine gesunde Natur und ein tiefes inneres Gleichgewicht hast. Ich will glauben, daß es so ist.

Ich denke, daß ich vielleicht im nächsten Herbst eine Reise nach Italien machen werde. Ich werde mit Anne Marie und Chantal kommen. Dann lernst Du diese Personen kennen, die ich liebe und mit denen ich mein Leben verbringe. Ich hatte gedacht, Du würdest mich in Amerika besuchen, aber ich sehe, daß Du zu viel in Italien zu tun hast.

Ich umarme Dich,

Dein Vater

Alberico an Giuseppe

Rom, 4. Juli

Gütiger Vater,

die Uraufführung meines Films war gestern abend. Ich bin nicht hingegangen. Man hat mir erzählt, daß er gefallen hat. Mir gefällt er überhaupt nicht. Es hat mir Spaß gemacht, ihn zu machen, aber er gefällt mir nicht. Aber wenn er den anderen gefällt, um so besser.

Eine Frau, die zum Saubermachen zu mir kommt, hat mir Deinen Roman gebracht. Ich hatte diese Freundin von Dir angerufen, Lucrezia, weil ich ihr sagen wollte, daß sie ihn mir herüberschicken soll. Die Frau, die zu mir kommt, geht auch zu ihr. So hat sie ihn mir heute früh auf den Tisch gelegt, und ich werde ihn lesen.

Die Dinge, die sie Dir über mich berichten, sind oft falsch. Gewöhnlich stecke ich mir kein Ohropax in die Ohren. Meine Unterhosen sind nicht rot, sondern schwarz.

Ich umarme Dich,

Alberico

Ich bemerke, daß der letzte Satz dieses Briefes leicht falsch ausgelegt werden könnte. In Wirklichkeit hat die Farbe meiner Unterhosen keinerlei besondere Bedeutung. Ich liebe Schwarz nicht. Ich kaufe schwarze Unterhosen, damit ich sie nicht so oft waschen muß.

Roberta an Giuseppe

Rom, 4. Juli

Lieber Giuseppe,

gestern ist Albericos Film *Devianz* vorgeführt worden. Er wurde in einem privaten Vorführraum am Lungotevere flaminio gezeigt. Es war ein großer Erfolg. Viele Leute waren da. Alberico war nicht da. Ich hatte ihn angerufen, und er hatte mir gesagt, daß er nicht komme, weil er Kopfschmerzen habe. Nadia, Salvatore, Adelmo, alle seine Freunde, denen ich begegne, wenn ich ihn besuche, waren da. Nadia hatte ein schwarzes rundes Strohhütchen auf dem Kopf.

Der Film ist schön. Er ist gut gemacht. Er spielt ganz in einem restaurierten Landhaus. Die Zimmer sind groß und halb leer, mit wehenden weißen Vorhängen und roten Steinfußböden. Alles ist immer in weißes Licht getaucht. Ich will Dir jetzt nicht die ganze Handlung erzählen, auch weil ich nicht alles verstanden habe, der Ton war schlecht, und ich saß ganz hinten in den letzten Reihen. Da ist ein Junge, ein Mädchen und ein alter Mann. Dann kommen Gäste. In dem Landhaus sind Drogen versteckt, aber keiner weiß, wo. Es ist ein Film, der angst macht, weil immer dieses weiße Licht da ist, und auch weil nach und nach alle sterben. Aber vor allem macht das Licht angst, die weißen Wände, die roten Steinfußböden und die wehenden Vorhänge. Alberico hat mir erzählt, daß der Film ganz wenig gekostet hat, denn das Landhaus, wo sie gedreht haben, gehört Adelmos Vater, der es ihnen für wenig Geld vermietet hat. Die Schauspieler haben sie von der Straße geholt.

Ich war mit Lucrezia und den Lanzaras dort. Lucrezia ist aber mitten in der zweiten Hälfte gegangen. Sie hat gesagt, daß sie diese Art von Film nicht ausstehen könne. Sie langweile sich tödlich und sei müde. Aber in Wirklichkeit hatten wir beim Hereinkommen Ignazio Fegiz mit seiner Freundin Ippo gesehen. Sie saßen in der ersten Reihe, neben Salvatore. Wie ich Dir schon sagte, haben Lucrezia und Ignazio Fegiz sich getrennt.

Lucrezia geht es nicht gut. Sie ist angegriffen und immer sehr blaß. Sie hat sich nie so recht erholt nach der Geburt und dem Verlust des Kindes. Und dazu hat ihr I. sie auch noch verlassen. Bestimmt denkt sie, daß sie ihre Ehe für nichts und wieder nichts ruiniert hat, um sich an einen Menschen zu binden, der schon andere, offenkundig stärkere Bindungen hatte. Ich gehe oft zu ihr, aber ich weiß nicht, wieweit es sie freut, mich zu sehen. Sie sagt immer, daß sie am liebsten allein ist. Wenn Du quer durch die ganze Stadt gefahren bist, um sie zu sehen und ihr ein wenig Gesellschaft zu leisten, verletzt Dich das. Sie sagt, daß Rom ihr verhaßt und von verhaßten Leuten bewohnt sei. Sie möchte in einer anderen Stadt wohnen – sie weiß nicht, in welcher. Aber im gleichen Augenblick sagt sie, daß sie eine Wohnung in Rom brauche. Die, in der sie jetzt wohnt, muß sie in ein paar Monaten räumen. Ich sage ihr, daß ihr vielleicht eine Analyse guttäte. Sie wird wütend. Sie glaubt nicht an Analyse. Sie mag keine Analytiker. Sie mag Lanzara nicht. Den Gedanken, diesen Glatzkopf vor sich zu haben und ihm von sich erzählen zu sollen, diesen Gedanken findet sie wahnsinnig. Ich sage ihr, daß sie zu einem anderen gehen könnte. Aber ein anderer hätte andere unerträgliche Eigenheiten. Und außerdem sind Analytiker teuer, und sie hat nicht viel Geld. Ich versuche ihr zu erklären, daß sie gar nicht so wenig hat. Sie steht auf sehr vertrautem Fuß mit mir, und ich weiß, wieviel sie hat. Gar nicht so wenig. Aber wenn einer sich in den Kopf setzt, wenig Geld zu haben, ist es schwierig, ihn vom Gegenteil zu überzeugen. Du hattest Dir, als Du nach Amerika gegangen bist, auch in den Kopf gesetzt, Du wüßtest nicht, wie Du hier zurechtkommen solltest. Weißt Du noch, wie ich Dir zu erklären versucht habe, daß Du Geld genug hättest und ausgezeichnet auskommen könntest? Du bist gefahren, und ob Du gut oder schlecht daran getan hast, nach Amerika zu gehen, weiß ich nicht. Vielleicht war es richtig so, angesichts dessen, daß Du Dich verheiratet hast und ruhiger geworden bist.

Vor ein paar Tagen war die Premiere von *Mirra*, in einem sehr kleinen und unbequemen, entlegenen Theater, draußen in der Via Olimpica. Serena spielte. Du weißt, daß es immer der Traum ihres Lebens war, die *Mirra* zu spielen. Wir sind hingegangen, Lucrezia und ich. Serenas Vater war da, aus Genua gekommen. Er saß in der ersten Reihe, mit seinem großen weißen Schnauzbart. Albina war da, extra aus Luco dei Marsi gekommen. Egisto war da. Es war eine *Mirra* in modernen Kostümen. Serena trug schwarze Hosen und einen Pullover. Die Bühne war leer bis auf eine kleine eiserne Leiter. Ein Erfolg ist es nicht gewesen. Der Beifall war schwach, und die Zeitungen haben die Aufführung am nächsten Tag verrissen. Serena ist aber trotzdem sehr glücklich, hat Lucrezia mir gesagt. Auch an dem Abend der Premiere wirkte sie glücklich, als wir in die Garderobe gingen, um sie zu begrüßen, und sie hatte überhaupt nicht wahrgenommen, daß der Beifall so schwach gewesen war. Sie ging mit dem Regisseur und den anderen Schauspielern in eine Pizzeria in der Nähe des Theaters zum Essen und hat uns gefragt, ob wir mitkommen wollten, aber es war deutlich zu spüren, daß es ihr lieber war, wenn wir die Kurve kratzten. Ihr Vater war müde, er hat sich ein Taxi genommen und ist zum Hotel gefahren. Wir, Lucrezia, Albina, Egisto und ich, sind in eine Pizzeria gegangen, die etwas weiter weg war, aber nach einer Weile haben wir Serena mit ihrer Gruppe kommen sehen, vielleicht war die andere Pizzeria geschlossen. Serena hat uns überschwenglich zugewinkt, ist aber nicht näher gekommen, sondern hat sich mit ihrer Gruppe ganz hinten an einen Tisch gesetzt. Egisto hat bemerkt, das sei sehr ungezogen von ihr, sie hätte uns an ihren Tisch rufen müssen, aber Albina hat gesagt, sie könne sie gut verstehen, sie sei in ihrem neuen Kreis und habe keine Lust auf unsere alten Gesichter. Also haben wir versucht, uns unter uns zu unterhalten und nicht zu dem anderen Tisch hinüberzublicken. Egisto und Albina haben angefangen, über das Frauenzentrum in Pianura zu reden, als Serena die Gemma Donati spielte, aber Lucrezia hat plötzlich gesagt, sie sei müde, und ist aufgestanden und weggegangen und hat sich hoch aufgerichtet ihren Weg zwischen den Tischen gebahnt, ohne sich noch einmal umzusehen. Wir haben gedacht, sie sei auf Serena böse, und auch Serena muß das gedacht haben, denn ich habe gesehen, wie sie die Augen zur Tür wandte. Lucrezia hat hinterher zu mir gesagt, Serenas stoffeliges Benehmen kümmere sie nicht, aber es sei eine große Traurigkeit über sie gekommen bei der Erinnerung an Pianura, das Frauenzentrum, Monte Fermo, die Orte, die Menschen, die Jahre von damals. Albina hat bei Egisto übernachtet, denn in ihrer Einzimmerwohnung wohnt jetzt Serena, vielleicht mit ihrem Regisseur, der Umberto heißt und mit dem sie sehr glücklich ist.

Albina hat, wie Du weißt, geheiratet, aber das Leben, das sie führt, ist genau wie vorher, nur muß sie jetzt auch noch für ihren Mann kochen und außer den Hemden ihres Bruders und ihres Vaters auch noch die ihres Mannes bügeln.

Albericos Film hat sehr lobende Kritiken bekommen. Ich werde Dir die Zeitungsausschnitte schicken. Ich habe ihn angerufen, um ihm zu gratulieren, aber er hat gesagt, das sei lauter blödes Geschwätz. Er arbeitet schon an einem anderen Film.

Ich umarme Dich,

Roberta

Lucrezia an Giuseppe

Rom, 10. Juli

Ich bin in den Film Deines Sohnes gegangen. Ich habe ihn scheußlich gefunden. Aber ich war die einzige, die ihn scheußlich fand. Alle haben große Lobgesänge angestimmt.

I. war auch da, mit Ippo. So habe ich sie endlich gesehen. Ich habe die berühmten Haare gesehen.

Ich habe mir auch *Mirra* angeschaut. Ich weiß nicht mehr, ob ich Dir erzählt habe, daß Serena endlich »Jetzt sterbe ich frevelhaft« in einem Theater hat sagen dürfen. Jetzt sagt sie es jeden Abend. Sie hat einen Freund und ist sehr glücklich. Sie ruft mich selten an.

Ich habe Albina getroffen. Sie war nach Rom gekommen, um sich *Mirra* anzuschauen. Sie war allein da, mit ihrem Kombi. Sie hat den Führerschein gemacht und sich einen gebrauchten Kombi gekauft. Sie braucht ihn, um auf der Suche nach Hölzern durch die Dörfer zu fahren. Ihr Mann hat eine Möbelfabrik. Wenn man sie sieht, ist sie immer noch die gleiche, mit diesen dürren Eidechsenpfötchen und der ewig offenen Handtasche, aus der Kleenextücher und Kekse hervorschauen. Aber innerlich hat sie sich verändert. Es ist, als sei sie auch innerlich dürr geworden, ernst, schwielig. Sie und ich haben uns nichts mehr zu sagen. Ich habe sie gefragt, ob das Bett immer noch ein schwieriges Kapitel für sie sei. Sie hat nicht gelacht, sie ist ernst geblieben. Sie hat meine Frage verneint und sofort das Thema gewechselt. Ich glaube, daß es schwieriger ist denn je.

Ich grüße Dich, Lucrezia

Egisto an Giuseppe

Rom, 20. Juli

Lieber Giuseppe,

Roberta hat mir gesagt, sie würde Dich anrufen, aber ich weiß nicht, ob sie es getan hat. Es ist ein Unglück geschehen, Nadia ist gestorben.

Es ist vor fünf Tagen gewesen. Sie sind ins Kino gegangen, Nadia, Salvatore und Adelmo. Alberico ist zu Hause geblieben, und bei ihm waren zwei von diesen Freunden, die ständig zu ihm kommen, Giuliano und Gianni. Es war gegen Mitternacht, als Adelmo angerufen hat. Er rief aus der Poliklinik an. Nadia war in der Notaufnahme und lag im Sterben.

Was wir wissen, wissen wir von Adelmo. Aber Adelmo ist sehr konfus in seiner Erinnerung an alles. Sie kamen aus dem Kino. Am Kiosk hatten sie sich ein Eis gekauft. Sie gingen zum Auto, das an der Piazza Tuscolo geparkt war. Dort sind zwei auf einer großen Vespa gekommen. Zwei Jungen, sagt Adelmo, vielleicht siebzehn, achtzehn Jahre alt. Sie haben sich Salvatore genähert und gesagt, daß sie ein Wörtchen mit ihm reden wollten. Dann sind aus einem Fiat 500, der an der Ecke stand, noch vier andere ausgestiegen. Einer hatte einen langen blonden Pferdeschwanz. Alle zusammen sind sie über Salvatore hergefallen und haben ihn verprügelt. Nadia hat sich zwischen sie geworfen und geschrien, sie sollten ihn in Ruhe lassen. Salvatores Hemd war zerrissen, und seine eine Hand blutete. Nadia hatte sich vor ihn gestellt. Jemand hat geschossen. Adelmo meint, es sei der Pferdeschwanz gewesen, aber er ist sich nicht sicher. Sie wollten auf Salvatore schießen, haben aber Nadia getroffen. Dann sind Leute gekommen. Jemand hat die Polizei angerufen. Auf einmal hat Adelmo Salvatore nicht mehr gesehen, und die zwei mit der Vespa und die anderen auch nicht. Er meint, er habe den Pferdeschwanz noch einmal gesehen, ganz kurz. Nadia lag auf dem Boden. Ein Krankenwagen ist gekommen, und gleich darauf kamen zwei Einsatzwagen der Polizei.

Alberico hat mich angerufen. Wir haben mein Auto genommen und sind zur Poliklinik gefahren, zur Notaufnahme. Gianni ist zu Hause bei der Kleinen geblieben.

Nadia war schon tot. In einer Ecke auf dem Boden lagen ihre Kleider, die Jeans, das Unterhemd, das blutbefleckte T-Shirt. Auf dem T-Shirt stand Pepsi-Cola, genau da, wo der Schuß ein Loch gerissen hatte. Auf ihren T-Shirts stand immer irgend etwas.

Alberico wollte die Kleider aufheben. Aber eine Schwester hat ihm gesagt, er dürfe sie nicht anrühren, weil die Polizei sie brauche. Sie hat ihm gesagt, er solle nach Hause gehen und andere Kleider holen. Sie hat ihn gefragt, ob er der Bruder sei, oder der Ehemann, oder der Lebensgefährte, oder was. Der Lebensgefährte, hat er geantwortet.

Schließlich bin ich nach Hause gefahren, um andere Kleider zu holen. Zusammen mit Gianni habe ich versucht, etwas Passendes zu finden. Aber wir hatten keine große Wahl. Lauter Fetzen. Zuletzt habe ich eine Bluse und einen langen Rock gefunden.

Alberico ist von der Polizei verhört worden. Auch Adelmo ist lange verhört worden, und sie haben ihn festgenommen. Aber der Parkwächter hat ausgesagt, daß er nicht unter denen war, die sich geprügelt haben. Gestern ist Adelmo wieder herausgekommen.

Heute morgen ist die Polizei gekommen und hat die Wohnung durchsucht. Sie haben das Unterste zuoberst gekehrt, aber nichts gefunden. Danach haben wir alles wieder in Ordnung bringen müssen, ich, Alberico und die Frau, die zum Saubermachen kommt, diese Zezé.

Ich bin in diesen Tagen viel mit Alberico zusammengewesen. Ich habe ihn gefragt, ob er wüßte, wer die mit der Vespa und die aus dem Fiat 500 gewesen seien. Er hat gesagt, er habe keine Ahnung, und ich glaube ihm. Salvatore war sehr verschlossen und erzählte nie jemandem irgend etwas von sich. Manchmal verbrachte er die Nacht außer Haus. Manchmal verschwand er wochenlang und ließ nichts von sich hören. Wenn er zurückkam, sagte er nicht, wo er gewesen war, brachte aber einen Sack voll Eier und Würste mit und war vielleicht in Frosinone, bei seiner Mutter, gewesen. Wir haben gemerkt, daß wir von Salvatore in der Vergangenheitsform sprachen, als sei er auch tot oder für immer verschwunden.

Die Eltern von Nadia hat Roberta angerufen. Der Vater ist mit einem Cousin angereist gekommen. Die Mutter ist nicht mitgekommen, weil sie herzkrank ist.

Nadia hieß Nadia Alba Desiderata Astarita. Der Vater heißt Altiero Astarita. Es ist ein kleiner alter Herr mit einem kratzigen grauen Bärtchen. In der Kapelle der Poliklinik ist eine Messe gelesen worden. Alle Freunde von Alberico waren da, Zezé war da, und Ignazio Fegiz war auch da, zusammen mit Ippo. Nadia ist nach Catania überführt worden, wo das Familiengrab ist.

Altiero Astarita hat zu Roberta gesagt, daß er als Nebenkläger auftreten werde, gegen Unbekannt.

Ebenfalls zu Roberta hat er gesagt, daß er kommen werde, um das Kind zu holen. Alberico hat zu Roberta gesagt, daß er es ihm nicht geben will. Laut Gesetz ist die Kleine sein Kind, und er kann darüber entscheiden, was mit ihr geschehen soll.

Alberico kann nachts nicht schlafen, und ich leiste ihm bis spät Gesellschaft. Er denkt immer dasselbe, nämlich daß Nadia nicht gestorben wäre, wenn er an dem Abend auch mit ins Kino gegangen wäre, wenn er auf der Piazza Tuscolo dabeigewesen wäre. Er hätte sie zurückgehalten, fern von denen, die sich prügelten. Die Kleine hätten sie zu Hause bei Gianni lassen oder mitnehmen können, wie sie es so oft gemacht hatten, wenn sie auf die Idee kamen, alle zusammen ins Kino zu gehen.

Alberico sagt, daß ihm die Wohnung jetzt, ohne Nadia und ohne Salvatore, leer vorkommt. Obwohl sie nicht leer ist, es herrscht das übliche Kommen und Gehen. Nadias Kleider hat Alberico in zwei Taschen gepackt, er will sie nach Sizilien schicken. Es waren allerdings lauter Fetzen. Einen harten runden Hut von ihr, aus schwarzem Stroh, hat die Kleine auf dem Fußboden gefunden und sich aufgesetzt, und jetzt läuft sie durch die Zimmer mit diesem Hut, der ihr bis zum Mund reicht. Um ihre Zeitschriften und ihre Comics, die sie zentnerweise besaß, streiten sich Zezé und Gianni.

Giuseppe, ich hatte gehört, daß Du die vage Absicht hattest, herzukommen, und jetzt ist der richtige Augenblick, also komm. Es sind schwere Tage für Alberico, es besteht die Gefahr, daß sie versuchen, ihm die Kleine wegzunehmen, vielleicht könntest Du ihm irgendwie helfen, ich weiß es nicht.

Egisto

Egisto an Giuseppe

Rom, 2. August

Lieber Giuseppe,

ich nehme Bezug auf den Brief, den ich Dir vor zehn Tagen geschrieben habe. Ich habe keine Antwort erhalten. Ich weiß, daß Du Roberta angerufen hast, um Näheres zu erfahren.

Der Vater von Nadia, Altiero Astarita, ist noch einmal hergekommen, hat einen ganzen Nachmittag mit Alberico gesprochen, hat die Kleine genommen und sie nach Sizilien gebracht. Als er mit Alberico gesprochen hat, war ich auch dabei, denn Alberico hatte mich um meine Anwesenheit gebeten.

Altiero Astarita hat gesagt, daß er mit dem Kind nach Sizilien zurückfahren werde, sofort, und daß er Alberico bitte, sich nicht zu widersetzen, sonst werde er sich ans Vormundschaftsgericht wenden. Dann werde ein langer Prozeß beginnen, traurig für alle, und für alle demütigend. Die Kleine, hat er gesagt, werde es in Sizilien gut haben. Er und seine Frau leben auf dem Land, in einem Dorf, das Acquedolci heißt, in der Nähe von Catania. Sie haben dort ein großes Haus und viele Hektar Land, auf denen Obst angebaut wird. Die Kleine werde dort gute Luft haben, frisches Obst, frische Eier, und werde gesund heranwachsen. Wenn Alberico sie sehen wolle, könne er eine Zeitlang zu ihnen kommen, nach Acquedolci, und werde auf das herzlichste empfangen werden. Er und seine Frau wüßten, daß er nicht der wirkliche Vater der Kleinen sei und aus einem großmütigen und edlen Antrieb heraus seinen Namen gegeben habe, was sie sehr zu schätzen gewußt hätten. Sie seien auch bereit, ihm Geld zu geben, um ihn für alle seine Ausgaben zu entschädigen. Alberico blieb stumm. Er saß am Tisch und kritzelte auf einem Blatt Papier herum.

Altiero Astarita hat immer weiter geredet und sich dabei an mich gewandt. Hier in Rom, hat er gesagt, sei die Kleine nicht gut aufgehoben. Das sei nicht der richtige Ort für ein Kind, diese Wohnung. Es sei ein Riesendurcheinander. Nein, es sei, um es klipp und klar zu sagen, ein wahres Babylon. Der Vormundschaftsrichter würde niemals einwilligen, daß die Kleine hier bliebe, in diesem Babylon. Darauf hat Alberico das Blatt mit seinen Kritzeleien zu einem Kügelchen zusammengeknüllt, ist aufgestanden und hat gesagt, jetzt reiche es ihm. Er sei es leid. Geld wolle er keines, er brauche es nicht, und wenn Astarita noch einmal von Geld anfange, würde er ihn am Kragen packen und die Treppe hinunterwerfen. Altiero Astarita hat gesagt, daß er diese Sprache nicht ertrage. Alberico hat ihm geantwortet, daß er sein Gesicht nicht ertragen könne. Er solle sofort gehen, bitte. Bitte. Altiero Astarita ist gegangen.

Am nächsten Morgen ist er wiedergekommen und hat zwei Koffer und seinen Cousin mitgebracht. Er hatte auch ein etwa vierzehnjähriges Mädchen mitgebracht, stumpfsinnig und finster, die Tochter eines Landarbeiters von Acquedolci, die sich auf der Reise um die Kleine kümmern sollte. Ich war unten, weil Zezé mich gerufen hatte, als sie sie kommen sah. Altiero Astarita hat zu mir gesagt, ihr Zug gehe mittags. Er ziehe den Flugzeugen die Eisenbahn vor. Er hat mir gesagt, es sei ihm eine Freude, sich von mir verabschieden zu können, denn ich schiene ihm in diesem Babylon der einzige Mensch mit Sinn und Verstand zu sein.

Alberico war in seinem Zimmer und schrieb auf der Schreibmaschine. Renato und Gianni waren bei ihm. Er hat zu mir gesagt, wenn dieser Scheißkerl mit dem Bärtchen sich die Kleine nehmen wolle, solle er sie nehmen. Er habe keine Lust zu kämpfen. Und im übrigen stimme es ja vielleicht, daß die Kleine es in Sizilien besser haben werde als bei ihm. Daß sie fröhlicher sein werde, vielleicht. Er jedenfalls wolle die Kleine nicht mehr sehen, und er werde auch nie nach Sizilien fahren, um sie zu besuchen, nie. Er wolle sie nicht sehen, wenn sie abgeholt werde. Er wolle sich nicht von ihr verabschieden. Abschiede habe er immer gehaßt und hasse sie.

Altiero Astarita hat der Landarbeitertochter und dem Cousin befohlen, die Kleider und das Spielzeug der Kleinen in die Koffer zu packen. Kleider besaß die Kleine kaum, und Spielzeug gar keines oder, besser gesagt, nur ein einziges, einen meterhohen Gummipinguin, der ein Wimmern von sich gab, wenn man ihm auf den Bauch drückte – Salvatore hatte ihn an einer Schießbude gewonnen. Die Kleine würdigte ihn normalerweise keines Blickes, aber an diesem Morgen tat sie nichts anderes, als ihm auf den Bauch zu drücken, und dauernd hörte man dieses Wimmern. Die Landarbeitertochter wollte die Luft herauslassen und ihn in den Koffer stopfen, aber die Kleine ließ nicht zu, daß sie ihn anrührte. Altiero Astarita hatte es eilig, aber es kam verschiedenes dazwischen: gewaschene und noch nicht trockene Hemdchen, der Pinguin, die Kleine, die sich nicht waschen lassen wollte, die Landarbeitertochter, die nach einem Pflaster suchte, weil sie eine Blase am Fuß hatte. Zezé schluchzte, und die Kleine brüllte. Alberico ist die ganze Zeit kein einziges Mal aus dem Zimmer gekommen. Schließlich haben sie ein Taxi gerufen und sind gegangen, der Cousin mit dem weinenden Kind auf dem Arm, die Landarbeitertochter mit zwei halbleeren Koffern, Altiero Astarita nervös. Der Pinguin ist im Flur zurückgeblieben, die Luft halb herausgelassen, und später hat ihn Gianni mitgenommen.

Salvatore ist in Frosinone gefunden worden, im Haus seiner Mutter. Sie haben ihn zwei Tage im Gefängnis festgehalten, dann haben sie ihn wieder herausgelassen. Adelmo ist zu ihm hingefahren. Er sagt, Salvatore habe in der Küche am Fenster gesessen, mit verbundener Hand, und habe nichts geredet. Die Hand hatten sie ihm an dem Abend mit einem Taschenmesser verletzt, und sie heilt nicht, weil sie sich entzündet hat. Adelmo ist eine Weile dortgeblieben, aber er konnte keine Silbe aus ihm herausbringen. Seine Mutter hat gesagt, daß er jetzt immer so dasitze, stumm und steif, mit diesen starren Augen. Seine Mutter ist Grundschullehrerin.

Es grüßt Dich

Egisto

Giuseppe an Alberico

Princeton, 15. August

Lieber Alberico,

von Roberta und Egisto habe ich erfahren, was geschehen ist. Egisto vor allem hat mich genauestens unterrichtet. Roberta ruft mich oft an und sagt, daß sie Dich oft zu Hause besucht. Sie hat mir gesagt, daß Du nicht mehr zu Lanzara gehst. Das tut mir leid, denn ich meine, daß Du gerade jetzt, wo Du einen so schwierigen und so traurigen Moment durchmachst, unbedingt hingehen solltest.

Ich hatte Nadia ja nur einmal gesehen, an dem Tag in Florenz. Roberta und Ignazio Fegiz waren dabei, und einer, mit dem Du damals befreundet warst, ein Deutscher, Rainer hieß er, glaube ich. Nadia war klein von Statur, erinnere ich mich, und wirkte wie ein Kind. Ich weiß noch, daß sie eine blaue Latzhose trug, ein kleines Gesicht und kurze, aufgebauschte Haare hatte, à la Angela Davis. Ich glaube, ich habe einen Augenblick lang gedacht, sie könne Deine Freundin sein oder werden. Es war ein dummer Gedanke, und ich habe ihn sofort verworfen und Dich innerlich um Verzeihung gebeten. Ich habe immer Schwierigkeiten gehabt, zu akzeptieren, daß Du keine Frauen liebst, denn man möchte, daß die Söhne genauso sind wie man selbst. Im Grunde genommen habe ich es aber akzeptiert, so wie ich auch andere Dinge an Dir und Deinem Leben akzeptiert habe, die zu begreifen und zu akzeptieren mir nicht leichtfiel.

Du hast immer zu mir gesagt, Nadia sei dumm. Aber Du hast lange Zeit mit ihr zusammengewohnt und Dich ihr bestimmt in mancherlei Hinsicht verbunden gefühlt. Es muß schmerzlich für Dich sein, daß Du sie verloren hast und daß Du sie unter so entsetzlichen Umständen verloren hast. Dennoch war ihr Tod ein schöner Tod, stolz, mutig und edel. Sie ist gestorben, während sie das Leben eines anderen Menschen verteidigt hat.

Es muß äußerst schmerzlich für Dich sein, daß sie Dir jetzt die Kleine weggenommen haben. Ich denke allerdings, daß es nicht leicht für Dich gewesen wäre, ein kleines Kind aufzuziehen, das keine Mutter mehr hat.

Ich werde kommen, ich komme ganz bestimmt, aber nicht gleich. Auch mir ist etwas zugestoßen, vielleicht kein Unglück, aber doch etwas, was mir im Augenblick zu schaffen macht. Meine Stieftochter Chantal ist ausgezogen, ganz plötzlich, und mehrere Tage lang haben wir nichts von ihr gehört, dann hat sie uns aus New York geschrieben. Jetzt lebt sie in New York in einer Wohngemeinschaft. Maggie, ihr Kind, hat sie hiergelassen, und ich kümmere mich darum, denn Anne Marie hat weder die Zeit noch die Geduld dazu. Deshalb kann ich jetzt hier nicht weg. Anne Marie ist verstört und erschüttert. Chantal ist spätabends weggefahren, ohne etwas zu sagen, sie hat nur ein Köfferchen mit ihren Cremes und einem Schlafanzug mitgenommen. Wir glaubten, sie wäre im Kino, dann haben wir in der Küche unter der Waage einen Zettel von ihr gefunden. Darauf stand nur, man hätte ihr von einer Arbeit in New York erzählt und dort führe sie hin. Später würde sie kommen und das Kind abholen.

Nach mehreren Tagen haben wir von einer Freundin von ihr erfahren, daß sie in einer Wohngemeinschaft lebt und als Kellnerin in einem Restaurant arbeitet. Hier arbeitete sie in einem Reisebüro und hatte einen ausgezeichneten Posten. Schließlich hat sie uns angerufen, vorgestern. Ich war am Telefon. Aber sie hat recht wenig gesagt. Sie hat gesagt, daß sie weder mich noch ihre Mutter sehen will. Daß sie in Ruhe gelassen werden will. Dazwischen lachte sie lange und spitz vor Nervosität. Chantal hat ein spitzes, unvermitteltes, überhaupt nicht lustiges Lachen, das einem noch lange im Ohr bleibt.

Nun habe ich am Ende doch von mir gesprochen, oder besser gesagt von Chantal und von Dingen, die hier passiert sind. Dabei wollte ich nur von Dir sprechen. Ich weiß von Roberta, daß Dein Film Anklang findet, daß immer Leute da sind. Ich freue mich, daß Du so viel Erfolg hast.

Ich umarme Dich,

Dein Vater

Alberico an Giuseppe

Rom, 3. September

Lieber Vater,

ich danke Dir für Deinen Brief.

Ja, wie Roberta Dir gesagt hat, habe ich die Analyse abgebrochen. Ich stehe jedoch weiterhin auf freundschaftlichem Fuß mit den Lanzaras, und ab und zu treffe ich sie. Es sind freundliche Menschen. Manchmal gehe ich abends mit ihnen Eis essen ins Café Esperia, das Du ja gut kennst, glaube ich. Es ist das Café an der Ecke, zwischen Via Nazario Sauro und Via Maroncelli. Ich weiß nicht, ob Du Dich daran erinnerst. Ich weiß nicht, woran Du Dich erinnerst und woran nicht, Du bist schon so lange fort.

Lanzara drängt mich, ich solle mit der Analyse weitermachen, aber ich habe im Augenblick keine Lust dazu. Dagegen mißfällt es mir nicht, mit ihm im Café Esperia zu sitzen. Ich habe seinen kahlen Kopf vor mir, trocken, glatt wie ein Ei. Ich esse mein Eis und betrachte die Leute, atme die kühle Abendluft. Es geht mir gut dabei, viel besser als in seiner Praxis. Sein Kopf ist mir vertraut und sympathisch. In seiner Praxis würde ich mich zum Sprechen gezwungen fühlen, so dagegen kann ich auch schweigen.

Die Lanzaras verkaufen ihre Wohnung. Sie haben vor, nach England zurückzukehren, wo sie viele Jahre gelebt haben. Mir ist der Gedanke gekommen, daß ich sie kaufen könnte, und ich habe es ihnen vorgeschlagen, aber anscheinend schickt es sich nicht, daß ein Analytiker eine Wohnung an einen seiner früheren Patienten verkauft. Wieso es unschicklich sein soll, verstehe und weiß ich nicht. Aber es ist ein Hindernis, das sich überwinden läßt. Zum Beispiel könntest Du sie nehmen und mir geben. Das Geld würde ich Dir geben. Zur Zeit habe ich viel Geld, weil ich mit meinem Film gut verdient habe. Roberta sagt, diese Wohnung sei eine ausgezeichnete Investition. Der Ziegelstein, sagt sie, enttäuscht nie. Es ist wahr, daß ich weit mehr als das Doppelte von dem zahlen würde, was Dir dafür bezahlt worden ist. Erstens weil die Wohnungspreise sehr gestiegen sind, zweitens weil die Lanzaras es verstehen, gute Geschäfte zu machen. Und ich und Du gleichen uns in gar nichts, aber wir gleichen uns, sagt Roberta, in der Neigung, uns himmelschreiend hereinlegen zu lassen. Früher sagte sie, ich wäre schlau in Geldsachen, aber jetzt sagt sie das Gegenteil. Sie sagt, sie habe mich inzwischen besser durchschaut und begriffen, daß ich mir in Wirklichkeit überhaupt nichts aus Geld mache. Und so ist es tatsächlich.

Ich glaube, ich würde gerne in dieser Wohnung leben. Ich weiß es nicht. Ich weiß, daß die Wohnung, in der ich lebe, mir jetzt verhaßt ist. Jeder Winkel ist mir verhaßt, jedes Stück Wand. Ich bewohne sie nicht allein, denn es ist immer irgendein Freund da, der hier schläft. Aber ich würde sehr gern die Gegend wechseln. Ich denke ernsthaft daran, Deine alte Wohnung in der Via Nazario Sauro zu kaufen.

Ja, die Kleine haben sie weggebracht. Ich habe sie gelassen, denn ich dachte, es sei besser für sie. Sie wird auf dem Land aufwachsen. Sie wird gute Luft haben, Hühner, frische Eier. Nicht, daß ich glaubte, Land und frische Eier seien alles. Aber es ist schon viel. Und ich war mir nicht sicher, ob ich ihr etwas Wesentlicheres geben könnte.

In Wirklichkeit hat sich für die Kleine durch die Tatsache, daß sie jetzt keine Mutter mehr hat, nicht sehr viel geändert. Als Mutter war Nadia unzulänglich oder sogar fast inexistent. Um die Kleine habe immer ich mich gekümmert. Ich habe allerdings gesagt, *fast* inexistent, und dieses *fast* kann auch von größter Bedeutung gewesen sein. Ich weiß es nicht. Jedenfalls haben diese Leute, die Eltern von Nadia, gemeint, daß die Kleine dort bei ihnen ein besseres Leben haben werde. Kann sein, daß sie richtig gemeint haben. Ich weiß es nicht. Der Alte, der sie abholen kam, war nicht unsympathisch. Ich habe ihn gehaßt und hätte ihn erwürgen können, aber ich muß sagen, daß er mir nicht gänzlich unsympathisch war. Jedenfalls hat er die Kleine mitgenommen, und ich will jetzt aufhören, daran zu denken.

Deinen Roman habe ich noch nicht gelesen. Zu viele Dinge sind mir in letzter Zeit passiert. Er liegt immer noch da, auf dem Tisch, in seiner himmelblauen Mappe. Ich werde ihn lesen, sobald es mir möglich ist. Ich bin kein großer Romanleser, bin es nie gewesen. Zur Zeit lese ich gar nichts. Ich lese nicht einmal die Zeitung.

Du erwähnst Ignazio Fegiz in Deinem Brief. Ich sehe ihn ziemlich häufig. Mit dieser Freundin von ihm, Ippo. Wir treffen uns ab und zu abends in einem Restaurant an der Piazza Navona. Wir sitzen schon dort am Tisch und warten auf sie, ich und Egisto, mein Nachbar. Wir sehen sie langsam herankommen, er groß und aufrecht, mit seinen Bürstenhaaren, sie klein, etwas gebeugt, ganz Nase. Egisto nennt die beiden die Katze und der Fuchs. Er, Ignazio Fegiz, hat ein Verhältnis mit dieser anderen Freundin von Dir, Lucrezia, gehabt, aber die Geschichte war schnell wieder vorbei. Er kann sich nicht lösen von Ippo. Ich kann Ippo nicht ausstehen, um die Wahrheit zu sagen. Sie ist voller Manien. Sie ißt nur Karotten. Mit Ignazio Fegiz und Egisto verstehe ich mich recht gut. Vielleicht weil ich immer mit sehr jungen Leuten zusammen bin und ab und zu Lust habe, ältere zu sehen. Wahrscheinlich werde auch ich langsam alt. Man wird rasch alt in dieser Zeit. Alles geht rasch in dieser Zeit.

Ich weiß, daß Egisto, mein Nachbar, Dir geschrieben hat, Du solltest herkommen. Hör nicht auf ihn, es ist nicht nötig, daß Du kommst. Er denkt auch, ich brauchte Gesellschaft. In Wirklichkeit brauche ich gar nichts. Gesellschaft habe ich nur zu viel. Ich bin nie allein.

Dieser Freund von mir, Salvatore Ostuni, hat versucht, sich aufzuhängen, in Frosinone, im Haus seiner Mutter. Seine Mutter war fort und ist gerade noch rechtzeitig zurückgekommen. Wäre sie eine Minute später gekommen, wäre es ausgewesen. Er ist jetzt in der Neurologischen.

Was an dem Abend auf der Piazza Tuscolo wirklich passiert ist, weiß keiner. Salvatore redet nicht, und wenn er redet, sagt er kein einziges wahres Wort. Er sagt, daß die beiden auf der Vespa eine goldene Uhr von ihm zurückhaben wollten und daß er sie nicht zurückgeben wollte, weil sie ihm eine Geldsumme, drei Millionen, die er ihnen geliehen hatte, nicht zurückgegeben haben. Die aus dem Fiat 500 seien Freunde von denen auf der Vespa gewesen. Wer geschossen habe, hätte er nicht richtig gesehen, er könne sich nicht erinnern, wisse es nicht.

Alberico

Lucrezia an Giuseppe

Rom, 5. Oktober

Lieber Giuseppe,

ich habe Dir seit langem nicht mehr geschrieben, und Du hast mir auch nicht mehr geschrieben.

Ich habe von Nadia erfahren. Ich kann an nichts anderes denken. Ich hatte sie insgesamt zweimal gesehen. Einmal in Monte Fermo. Einmal bei dem Film Deines Sohnes, diesem häßlichen Film. Ich hatte sie immer nur unaufmerksam angesehen und erinnere mich nicht genau an sie. Wer weiß, warum man Menschen so unaufmerksam ansieht. Dann sterben sie, und wir würden uns gern an sie erinnern können.

Im August und September war ich in Sabaudia, mit Daniele und Vito, in einem Haus, das Serena das ganze Jahr über gemietet hat. Die anderen waren zelten, danach sind sie mit Piero nach Holland gefahren. In Sabaudia war ich viel allein, Serena war nie da. Es war ein ruhiger Sommer.

Schreib mir,

Lucrezia

Giuseppe an Lucrezia

Princeton, 15. Oktober

Liebe Lucrezia,

es ist wahr, wir haben uns lange nicht geschrieben.

Ich denke auch immerzu an Nadia. Ich hatte sie nur einmal gesehen. In Florenz. Mir ist, als läge jener Tag hundert Jahre zurück.

Ich mache gerade einen schwierigen Moment durch. Deshalb habe ich Dir nicht mehr geschrieben.

Oft habe ich Dir in meinen Briefen von Chantal erzählt. Ich weiß nicht, ob Du begriffen hast, was mit mir los war. Ich weiß nicht, ob Du begriffen hast, daß ich in Chantal verliebt war.

Ich habe es nicht gleich bemerkt. Vielleicht habe ich auch nur so getan, als würde ich es nicht merken. Ich habe mich vor mir selbst versteckt. Sie dagegen hat es bestimmt sofort gemerkt, und Anne Marie ebenso.

Die Beziehungen zwischen Mutter und Tochter waren schon schlecht, und nach und nach sind sie unmöglich geworden.

Chantal ist jetzt in New York. Sie arbeitet in einem Restaurant. Die Kleine ist bei uns geblieben. Anne Marie kümmert sich nicht um sie, sagt, daß sie keine Zeit dazu habe. Ich bin es, der sich um die Kleine kümmert.

Vor ein paar Tagen bin ich nach New York gefahren. Das Kind hatte ich Frau Mortimer anvertraut.

Ich bin im Hotel Continental abgestiegen, in der Fünften Straße. Die seltenen Male, die ich in New York war, bin ich immer in diesem Hotel abgestiegen.

Ich bin in das Restaurant gegangen, wo Chantal arbeitet. Sie kam mit einem Tablett vorbei. Sie hatte es eilig und hat mir gesagt, sie würde mich abends im Hotel anrufen. Den ganzen Abend habe ich darauf gewartet. Sie hat nicht angerufen. Der Abend war die Hölle. Ich habe, während ich wartete, viel Whisky getrunken. Es passiert mir jetzt manchmal, daß ich viel trinke.

Am nächsten Tag bin ich wieder in das Restaurant gegangen. Ich habe mich an einen Tisch gesetzt und einen Hamburger und ein Bier bestellt. Kurz darauf ist Chantal gekommen und hat sich vor mich hingesetzt. Sie hat gesagt, sie danke mir dafür, daß ich mich um die Kleine kümmere. Sie hat gesagt, daß sie bald nach Princeton kommen werde, um sie abzuholen. Sobald sie ein Zimmer für sich allein habe, denn zur Zeit lebe sie in einer Wohngemeinschaft. Sie lachte ihr langes, spitzes Lachen, das wie ein Vogelschrei klingt. Chantal lacht viel, ohne Grund. Ich lachte mit ihr, freudlos, zerschlagen und verzweifelt. Auf dem Teller hatte ich diesen Hamburger, den ich nicht essen konnte. Dann ist sie plötzlich ernst geworden, hat mir gesagt, daß ich sofort gehen solle. Ich bin gegangen.

Sie und ich haben nur einmal zusammen geschlafen, in dem Zimmer mit den Bären.

Anne Marie war zu einer Party von irgendwelchen Institutskollegen gegangen. Die Kleine war bei Frau Mortimer.

Dann hat das Telefon geläutet. Ich bin drangegangen. Es war Anne Marie, die sagte, sie würde etwas später kommen. Chantal ist duschen gegangen. Ich ging, um die Kleine zu holen. Ich mußte lange bei Frau Mortimer bleiben, weil sie mir irgendwelche Photographien zeigen wollte. Als ich zurückkam, war auch Anne Marie wieder da, sie saß im Wohnzimmer und besah ihre weiße Paillettenstola, die sie immer trägt, wenn sie zu Partys geht, und die einen kleinen Kaffeefleck hatte. Sie sprach mit Chantal darüber, wie man diesen Fleck zum Verschwinden bringen könne.

Ich weiß nicht, ob Anne Marie etwas Seltsames an meiner

Stimme wahrgenommen hat, als ich ihr am Telefon geantwortet habe, oder ob sie etwas Seltsames in meinem Gesicht oder im Gesicht ihrer Tochter bemerkt hat, als sie nach Hause kam. Ich weiß, daß sie an diesem Abend beim Essen lang und breit von der Party erzählt hat, wer da war und wer nicht. Ich schaute Chantal an, sie war ruhig. Wenige Tage später ist Chantal abgereist. Wir hatten kein einziges Wort mehr gewechselt, sie und ich.

Anne Marie war die ersten Tage, als Chantal abgereist ist, in Sorge und saß abends neben dem Telefon und wartete auf ein Lebenszeichen von ihr. Dann, kaum hatte sie erfahren, wo Chantal war, sah sie wieder so ruhig aus wie immer. Nur ab und zu, wenn sie und ich uns über banale alltägliche Dinge unterhalten, erscheinen plötzlich an ihrem Hals rote Flecken, und der Mund fällt herunter und zuckt. Ich versuche dann, ihre Aufmerksamkeit auf das Kind zu lenken. Sie lieben sich überhaupt nicht, Anne Marie und die Kleine, doch sie schämt sich und hat Gewissensbisse, daß sie sie nicht liebt, und fühlt sich einen Augenblick lang verpflichtet, ihr ein Lächeln und einen Blick zu schenken. Die Anwesenheit der Kleinen macht unsere Situation ein wenig erträglicher und leichter.

Anne Marie hat gesagt, daß die Kleine nicht allein im unteren Stockwerk schlafen könne. Einer von uns beiden müsse in ihrer Nähe schlafen. Also bin ich ins untere Stockwerk umgezogen, in ein langes schmales Zimmer, wo wir die Koffer gestapelt haben. Daneben ist das Zimmer mit den Bären, wo die Kleine schläft. So höre ich die Kleine sofort, wenn sie nachts aufwacht.

Gestern ist Danny gekommen. Mich hat es gefreut, ihn zu sehen, denn eigentlich ist er der einzige Freund, den ich hier habe. Es stimmt zwar, daß ich ihm nun nichts mehr von mir sage, aber ich spüre, wenn ich ihn sehe, ein Gefühl von großem Wohlbefinden. Wie immer habe ich ihn mit der Kleinen in seiner schäbigen Pension aufgesucht. Wie immer haben wir uns lange unterhalten. Wir haben Whisky getrunken. Dann sind wir mit der Kleinen auf den Wiesen spazierengegangen. Wir haben von der Kleinen gesprochen, von Anne Marie, von den Pippolos, von Chantals Charakter. Ob er begriffen hat, was passiert war, weiß ich nicht. Er ist ein lieber Junge, der Danny, hat aber wenig Gespür und ist sehr von seinen persönlichen Problemen in Anspruch genommen. Er hat mich noch einmal gebeten, ihm Geld zu leihen, und ich habe es ihm gegeben. Er war gezwungen, den Pippolos Geld zu schicken, die dringend darauf angewiesen waren. Er hat mir dafür gedankt, daß ich mich um die Kleine kümmere. Sie zu sich zu nehmen ist ihm zur Zeit unmöglich. Er hat mir eine Kopie meines Romans in englischer Übersetzung zurückgegeben, die er noch bei sich hatte. Er hat ihn gelesen und fand ihn interessant, wenn auch sehr altmodisch geschrieben. Der Freund von ihm hat gesagt, daß ihn schon drei Agenturen abgelehnt haben. Aber mir liegt jetzt überhaupt nicht mehr an dem Roman. Zu Hause habe ich die Kopie zuunterst in den Schrank geworfen, wo schon alle anderen liegen.

Giuseppe

Egisto an Giuseppe

Rom, 10. November

Lieber Giuseppe,

ich habe angefangen, Deinen Roman zu lesen. Alberico hat ihn mir gegeben. Er hat jetzt keine Zeit, ihn zu lesen. Er hat einen neuen Film im Kopf und liest gar nichts. Nicht einmal die Zeitung.

Ich hoffe, es mißfällt Dir nicht, daß er ihn mir gegeben hat. Ich habe bis jetzt etwa zwanzig Seiten gelesen. Schön. Etwas statisch. Aber trotzdem schön.

Gestern abend war ich mit Alberico zusammen und habe ihm vorgeschlagen, ob wir nicht Lucrezia besuchen wollten. Er hatte keine Lust, doch dann hat er sich überreden lassen. Lucrezia war allein, als wir kamen. Sie ist viel allein. Früher war sie immer von Leuten umgeben, erinnerst Du Dich? *Le Margherite* war wie ein Seehafen. Jetzt, hier in Rom, sieht sie fast nie jemanden. Serena hat das Theater im Kopf, ist nur noch mit Schauspielern zusammen. Sie spielt nicht mehr die *Mirra*, Serena, sie führt jetzt in einem kleinen Theater im Prenestino-Viertel ihren Monolog *Gemma und die Flammen* auf. Die Zeitungen haben ihren Monolog verrissen. Aber es macht ihr nichts aus, sie spielt ihn trotzdem, glücklich und zufrieden, in ihr Leintuch gehüllt. Wie in Pianura lassen sie sie auch hier kein großes Feuer machen, wie sie es gern möchte. Immer noch gibt es nur ein Kohlebecken mit ein wenig Asche. An manchen Abenden sind insgesamt drei Zuschauer da. Ihr macht es nichts aus. Sie sagt, daß keine Leute kommen, weil es in Italien eine Theaterkrise gibt.

Lucrezia haben wir dabei angetroffen, wie sie mit Schallplatten Englisch lernte. Sie hat sich in den Kopf gesetzt, gut Englisch zu lernen und dann Übersetzungen zu suchen. Sie sagt, daß sie Geld brauche. Die Kinder waren schon alle im Bett, außer Cecilia, die einen Augenblick erschien. Aber in Wirklichkeit sind es keine Kinder mehr, außer dem Kleinsten, Vito – erinnerst Du Dich an ihn, der, der nachts noch mit dem Suppenteller im Haus herumlief? Jetzt geht er in die erste Grundschulklasse. Die anderen sind keine Kinder mehr. Cecilia ist sechzehn, malt sich die Augen an, hat einen Freund, mit dem sie Stunden am Telefon verbringt.

Zwischen Alberico und Lucrezia hat sich gestern eine außergewöhnliche Übereinstimmung ergeben. Sie hat ihm sofort gesagt, daß sie seinen Film *Devianz* gesehen und gräßlich gefunden hätte. Ich glaubte, daß ihn das treffen müßte, und statt dessen hat er sich gefreut. Er hat gesagt, auch er fände ihn entsetzlich. Sie haben *Devianz* zerfetzt, sie ein bißchen, er ein bißchen. Darüber sind sie plötzlich Freunde geworden. Sie hatten sich nur einmal gesehen, vor ein paar Jahren, in Monte Fermo. Nadia war dabei, schwanger. Sie waren nach *Le Margherite* gekommen, Alberico, Nadia, Salvatore. Alberico erinnerte sich noch an *Le Margherite*, an den Garten, den Wald, die Kinder. Lucrezia hat gesagt, sie habe Nadia an dem Tag kaum angeschaut und dann an diesen Tag zurückgedacht, als sie erfahren habe, daß sie gestorben war. Alberico hat sofort das Thema gewechselt, er spricht nicht gern laut über Nadia. Sie seien sich noch ein weiteres Mal begegnet, er und Lucrezia, hat er gesagt, und zwar in der Via Nazario Sauro, auf dem Treppenabsatz. Sie sei gerade zu Roberta gegangen und er ein Stockwerk höher. Dann hat er noch einmal bekräftigt, daß *Devianz* ein sehr häßlicher Film sei. Sie haben angefangen, sich lebhaft untereinander über Kino zu unterhalten, und ich langweilte mich und fing an, ein Buch zu lesen. Dann haben sie über Wohnungen geredet. Wie sie vom Kino auf die Wohnungen gekommen sind, weiß ich nicht, aber Lucrezia denkt jetzt viel über Wohnungen nach und spricht viel davon, denn aus der Wohnung, in der sie wohnt, wird sie bald ausziehen müssen. Die Person, die sie ihr geliehen hat, kommt in einigen Monaten nach Rom zurück. Lucrezia möchte eine Wohnung kaufen, hat aber wenig Geld. Sie liest immer die Annoncen im »Messaggero«, ruft an, aber die Preise sind wahnsinnig. Sie wußte von der Wohnung in der Via Nazario Sauro, in der Du früher gewohnt hast. Sie wußte, daß sie zu verkaufen ist, weil Roberta es ihr gesagt hat, sie wußte, daß die Lanzaras aus Rom weggehen. Aber diese Wohnung, hat sie gesagt, möchte sie eigentlich nicht so gern kaufen. Sie kennt sie zu gut. Sie ist so oft dort gewesen. Einmal hat sie dort auch ein paar Aschenbecher zerschmissen. Sie würde lieber eine nicht mit Erinnerungen vorbelastete und ihr ganz unbekannte Wohnung kaufen. Alberico hat gesagt, daß er diese Wohnung natürlich auch gut kenne und öfter mal dort geschlafen habe in der Zeit, als Du dort wohntest, und später sei er hingegangen, um sich analysieren zu lassen, und auch er ziehe eine unbekannte, nicht mit Erinnerungen vorbelastete Wohnung vor, aber zugleich könnten Wohnungen, in denen wir zu anderen Zeiten schon gewesen seien, in gewisser Weise auch beruhigend wirken. Die Wohnung, in der er jetzt wohne, hat er gesagt, sei ihm nunmehr verhaßt. Jeder Winkel sei ihm verhaßt, jedes Stück Wand. Er hat ihr vorgeschlagen, daß sie doch diese Wohnung nehmen solle, wenn er ausziehe. Aber sie hat gesagt, diese Wohnung wolle sie nicht, weil sie zu klein sei, sie habe sie zwar nicht gesehen, aber Zezé habe sie ihr beschrieben. Einig waren sie sich schließlich darin, daß die Wohnung in der Via Nazario Sauro verdammt teuer sei.

Alberico hat noch von einer anderen Wohnung gesprochen, die vielleicht zu verkaufen sei, in Porta Cavalleggeri. Sie sei winzig, habe aber eine schöne Terrasse. Es ist die Wohnung von Ippo. Er hat Lucrezia gefragt, ob sie Ippo kenne. Lucrezia hat es verneint. Doch dann hat sie gesagt, sie hätte sie vielleicht einmal gesehen. Ippo sei unerträglich, hat Alberico gesagt. Aber die

Wohnung sei hübsch. Sie verkaufe sie vielleicht. Sie sagt, sie wolle nach Fregene ziehen. Doch wer weiß, ob es wahr ist. Fregene sei weit weg von der Innenstadt Roms, wo die beiden gewöhnlich abends herumliefen, sie klebten aneinander, Ippo und Ignazio Fegiz, und sähen aus wie die Katze und der Fuchs. Ich sah Lucrezia an, und sie schien mir froh zu sein, erleichtert, und ihre Augen waren klarer geworden. Sie ist es gewöhnt, für sich allein an Ippo und Ignazio Fegiz zu denken. Und laut von ihnen reden zu hören, und noch dazu so unbekümmert, erfrischte sie.

Wir wollten gerade weggehen, als Piero anrief. Er war in Rom und fragte, ob er kommen und dort übernachten könne. Kurz darauf ist er gekommen. Er hat die Schlüssel. Er ist hereingekommen mit seiner dicken Jacke, mit seinem großen roten Wollschal. Er kam aus Perugia und hatte Ärger mit dem Auto gehabt, hatte unterwegs halten müssen, und es hatte ein heftiges Gewitter gegeben. Er war völlig durchgefroren und hat gefragt, ob er sich heiß duschen dürfe. Wenig später ist er wiedergekommen, in einen Bademantel von Daniele gewickelt, der ihm zu kurz und zu eng war. Er hat gesagt, das Wasser sei kaum lauwarm, fast kalt gewesen. Lucrezia sagte, daß sie den Boiler nur ein paar Stunden am Tag anmache, um zu sparen. Er hat ihr gesagt, daß man die Boiler immer anlassen müsse, denn das ständige An-und-aus-Machen koste dreimal soviel. Er hatte noch nicht zu Abend gegessen und fragte, ob noch Reste da seien. Er ist in die Küche gegangen, um nachzusehen, und ist mit einem kalten Kotelett zurückgekommen. Wir haben ihm noch Gesellschaft geleistet, während er aß. Er sah müde aus. Ich hatte ihn eine Weile nicht gesehen und fand, daß er älter geworden ist. Er hat immer noch diese blonden Löckchen wie ein kleiner Junge, dieses breite, volle Gesicht, aber seine Augen sind eingesunken und dunkel umrandet. Das Kotelett, hat er gesagt, sei gut, aber nicht besonders zart. Es sei vermutlich nicht Kalb, sondern Jungrind gewesen. Lucrezia hat gesagt, es sei weder das eine noch das andere, sondern normales Rindfleisch, sie kaufe immer Rindfleisch, denn es sei nahrhafter und billiger. Er hat gesagt, Rindfleisch sei für alles gut, aber nicht für Kotelett. Sie hat gesagt, sie wünsche nicht, daß man ihr Essen kritisiere, das sei etwas, was sie nicht dulde. Wir sind gegangen, und unterwegs habe ich gedacht, daß es doch recht schwierig ist, Ehen zu lösen – es bleiben immer verstreute Stückchen zurück, die ab und zu wieder hochkommen und böses Blut machen.

Heute ist Alberico wieder zu Lucrezia gegangen, um ihr Schallplatten zu bringen. Es freut mich sehr, daß sie Freunde geworden sind. Es freut mich sehr, für ihn und für sie.

Es grüßt Dich

Egisto

Giuseppe an Egisto

Princeton, 22. November

Lieber Egisto,

ich danke Dir sehr, daß Du mir geschrieben hast. Ich danke Dir, daß Du mich ständig über Alberico auf dem laufenden hältst. Roberta berichtet mir auch von ihm, wenn sie mich anruft, aber durch Deine Briefe weiß ich doch viel genauer über ihn Bescheid. Er und ich schreiben uns kaum.

Ich bin froh, daß Du ihn zu Lucrezia mitgenommen hast und daß sie Freunde geworden sind. Mir ist der Gedanke lieb, daß diese beiden von mir geliebten Menschen sich miteinander unterhalten, es ist mir lieb, sie mir zusammen vorzustellen, und ich bin Dir dankbar, daß Du sie zusammengebracht hast.

Nur eines finde ich seltsam. Du schreibst nicht, ob Ihr an dem Abend bei Lucrezia je von mir gesprochen habt. Du berichtest mir von den Gesprächen, und es ist von Filmen und von Wohnungen, von Boilern und von Koteletts die Rede gewesen. Doch mein Name scheint nie gefallen zu sein, als existierte ich nicht, oder als sei ich tot.

Es stimmt allerdings, daß meine Wohnung in der Via Nazario Sauro erwähnt wurde. Ich betrachte sie immer noch als meine Wohnung, auch wenn ich sie verkauft habe. Ich weiß nicht, wieso, aber die Wohnung, in der ich jetzt hier in Princeton lebe, betrachte ich nicht in dem gleichen Maße als meine. Es kommt mir immer so vor, als sei es das Haus meines Bruders und seiner Frau. Mein Bruder ist tot, und seine Frau hat sich wieder verheiratet, mit mir. Doch mein erster Eindruck war der, daß ich ein Fremder in dem Haus bin, und die ersten Eindrücke sind zuweilen unauslöschlich. Deshalb bewege ich mich zwischen diesen Wänden weiterhin wie ein Fremder. Wenn ich aus Versehen eine Tasse zerbreche, fühle ich mich schuldig.

Daß Du meinen Roman liest, freut mich. Allerdings ist mir dieser Roman inzwischen ganz gleichgültig geworden, und wenn einer meiner Gedanken ihn streift, überkommt mich ein Gefühl von Abscheu. Ich hatte gewünscht, daß er veröffentlicht würde, hier und auch in Italien, aber ich glaube, jetzt wünsche ich das nicht mehr. Außerdem ist er schon von drei Agenturen abgelehnt worden.

Ich unterrichte. Ich fahre Fahrrad. Ich sorge für ein Kind, Maggie, die Tochter der Tochter meiner Frau. Ich kümmere mich um das Kind, weil die Mutter weggegangen ist und Anne Marie den ganzen Tag in ihrem Institut verbringt, und außerdem mag sie keine Kinder.

Es grüßt Dich

Giuseppe

Lucrezia an Giuseppe

Rom, 26. November

Ausgemergelt, bebrillt. So hast Du Chantal vor Jahren in einem Brief beschrieben. Du hattest sie zum ersten Mal gesehen. Ausgemergelt, bebrillt. Ein Kleid mit vier Knöpfen auf der einen Seite und vier auf der anderen. Du sprachst beiläufig von ihr, zwischen verschiedenen anderen Dingen, und es schien nicht so, als ob sie Dir großen Eindruck gemacht hätte. Dann hast Du Dich doch in sie verliebt. Das kommt vor. Ich hatte es mir allerdings schon gedacht, als Du mir erzähltest, wie Ihr zusammen spazierengegangen seid, wie Ihr zusammen die Hausarbeit gemacht habt. Das Leben, das Du geschildert hast, schien mir extrem langweilig, Du aber erzähltest davon mit großer Begeisterung und Anteilnahme. Glaub nicht, daß ich Deine Briefe nicht wieder lese. Ich lese sie oft wieder.

In dem Zimmer mit den Bären. Anne Marie mit den roten Flecken auf dem Hals. Der auf dem Teller vergessene Hamburger. Die kleine Maggie. Zum Schlafen haben sie Dich in die Abstellkammer gesteckt. Sie haben das Kind auf Deinen Armen abgelegt. Sie lassen Dich als Babysitter arbeiten. Dies Dein Leben in Amerika. Mein armer Giuseppe. Wie bist Du übel zugerichtet.

Komm wieder her. Nimm Deine Koffer, und komm her. Laß Anne Marie, Maggie, Danny und Frau Mortimer dort sitzen, und komm hierher zurück, wo ich bin, Deine alte und treue Freundin. Ich weiß nicht, was ich sonst noch sagen soll.

Piero hat eine Freundin. Er hat es mir gestern gesagt. Sie heißt

Diana und ist zweiundzwanzig Jahre alt. Sie ist sehr schön, schwarzhaarig, mit großen Augen. Ich habe ein Photo von ihr gesehen. Sie stammt aus Todi. Sie ist Sozialarbeiterin. Sie kommt aus einer bescheidenen Familie, ihr Vater ist Postangestellter. Er hat sie letzten Winter in Todi kennengelernt, bei einem Konzert. Der *Bolero* von Ravel wurde gespielt, als sie zum ersten Mal zwei Worte und ein Lächeln getauscht haben. Sie sagt, daß sie ihn liebe, hat aber ein Verhältnis mit einem Studenten. Piero leidet. Am Samstag sieht sie den Studenten, und deshalb kommt er samstags fast immer nach Rom. Ihm ist nicht danach, allein in Perugia zu bleiben, dort ist seine Mutter, die Signora Annina, und im Augenblick kann er die Gesellschaft seiner Mutter nicht ertragen. Außerdem meint er, er müsse ein wenig mit den Kindern zusammensein. Er geht mit den Kindern und mit Jolí spazieren. In die Villa Borghese. In Wirklichkeit sind die Kinder ja keine Kinder mehr, außer Vito, der noch klein ist, und in der Villa Borghese langweilen sie sich nach einer Weile und gehen, außer Vito, ihre eigenen Wege. Mir sagen sie, daß sie Piero seltsam finden. Sie fragen mich, was mit ihm los ist. Manchmal redet und redet er, und manchmal raucht und raucht er und sagt nicht ein halbes Wort.

Ich argwöhnte nichts. Ich will Dir die Wahrheit sagen, in den letzten Monaten hatte ich gedacht, er wollte mir vorschlagen, wieder mit ihm zu leben. Mir schien es, als verhalte er sich wie einer, der die Absicht hat, eine Ehe, die in die Brüche gegangen ist, wiederaufzubauen. Ich hatte innerlich auch schon die Worte der Ablehnung gesammelt, die ich ihm sagen wollte, liebevolle, gelassene, feste Worte, um ihm ganz fest und resolut zu erklären, daß er sich das um Himmels willen aus dem Kopf schlagen soll. Idiotisch. Idiotisch. Ich hatte nicht begriffen. Gestern hat er mir alles erzählt. Er hat eine Freundin. Es ist eine ernste Sache, ein ernstes Gefühl. Er möchte sie heiraten. Er hat mich gefragt, ob ich einverstanden sei, was die Scheidung angeht, aber wir werden auf jeden Fall noch fünf Jahre warten müssen, und es besteht die Gefahr, daß sie inzwischen mit dem anderen geht. Das Mädchen ist jung, verwirrt, nicht immer aufrichtig. Ich war verblüfft. Ich glaubte, noch immer im Mittelpunkt seines Lebens, seiner Gedanken zu stehen. Als ich erfahren habe, daß es nicht so ist, war mir, als kullerte ich vom Gipfel eines Berges herunter. Ich war verblüfft und auch, wer weiß, warum, plötzlich sehr traurig. Ich erinnerte mich plötzlich an die traurigsten Dinge in meinem Leben, die Krankheit meiner Mutter. An I., der mich verließ, an das tote Kind. Beinahe hätte ich angefangen zu weinen. Piero hat nicht darauf geachtet. Er sieht die anderen nicht mehr, er sieht nur noch dieses Mädchen und sich selbst. Er hat weitergeredet, hat mich bis nachts um zwei auf den Beinen gehalten.

Zezé hat mir heute früh gesagt, ich sähe krank aus. Sie hat mich gefragt, ob ich Geldsorgen hätte. Sie ist zu Piero gegangen, der in der Küche war und sich Kaffee machte. Sie hat ihm gesagt, daß ich krank aussähe und Geldsorgen hätte. Piero ist gekommen und hat mich gefragt, was ich denn für Geldsorgen hätte. Ich habe ihm gesagt, daß ich eine Wohnung kaufen müsse und daß Wohnungen teuer seien. Ich bin weggegangen. Ich verachtete mich, ich haßte mich, während ich durch die Straßen ging. Ich dachte, daß ich kein Recht habe, über Pieros Freundin auch nur eine einzige Träne zu vergießen. Es war mir nichts Besonderes zugestoßen.

Heute ist Piero wieder abgefahren. Alberico hat mich besucht und ist zum Abendessen geblieben. Es wird Dir seltsam vorkommen, aber Alberico kommt jetzt oft zu mir. Er ist der einzige Mensch auf der Welt, mit dem ich gern zusammen bin.

Ich habe ihm von Piero erzählt. Ich habe auch geweint. Er hat mich nicht getröstet, weil es nichts zu trösten gab.

Lucrezia

Albina an Giuseppe

Luco dei Marsi, 3. Dezember

Lieber Giuseppe,

Du hast mir geschrieben, als ich geheiratet habe, und ich habe Dir nie geantwortet. Beziehungsweise ich habe Dir, um die Wahrheit zu sagen, seit Du in Amerika bist, noch kein einziges Mal geschrieben.

Egisto hat mich hier in Luco besucht, und wir haben von Dir gesprochen. Ich denke, Dir müssen die Ohren geklungen haben. Wir haben von den schönen, weit zurückliegenden Zeiten gesprochen, in denen wir alle jünger waren und uns ständig sahen. In Wirklichkeit liegen diese Zeiten gar nicht so lange zurück, aber sie erscheinen so fern, wer weiß, warum. In Wirklichkeit waren wir gar nicht so jung und sind, jetzt, nicht so alt.

Ich möchte Dich um einen Gefallen bitten. Vielleicht weißt Du, daß wir, mein Mann und ich, hier in Luco eine kleine Möbelfabrik haben. Wir stellen nachgemachte antike Möbel her. Jetzt wollen wir versuchen, auch moderne Möbel herzustellen. Ich wäre Dir dankbar, wenn Du mir ein paar amerikanische Einrichtungszeitschriften schicken könntest. Ich würde daraus Ideen schöpfen.

Vor einiger Zeit bin ich in Rom gewesen, um Serena zu hören, die die *Mirra* spielte. Wir waren alle da, ich, Egisto, Lucrezia, Deine Cousine Roberta. Piero war nicht da.

Ich habe mich gut unterhalten. Es war schön.

Ich habe einen Nachmittag mit Lucrezia verbracht. Aber ich weiß nicht recht, es ist nicht gutgegangen, wir fühlten uns beide unwohl. Sie hat später zu Egisto gesagt, ich sei schwielig geworden, innerlich. Egisto hat es mir erzählt. Er hat unrecht getan, denn man soll einem anderen Menschen nie die häßlichen Dinge weitersagen, die hinter seinem Rücken über ihn geredet werden.

Ich bin nicht schwielig geworden. Ich spreche viel über Möbel, über Holzsorten, über Einrichtung. Ich spreche viel über Wechsel. Mein Mann und ich wachen nachts auf, um über Wechsel zu sprechen, über Mehrwertsteuerregister und über all diese entsetzlichen Sachen, die es gibt. Er steht auf und macht sich einen heißen Milchkaffee.

Unsere Geschäfte gehen nicht gut. Wenn es sich nicht bessert, werden wir gezwungen sein zu schließen. Schick mir diese Zeitschriften, ich bitte Dich.

Wie sich Lucrezias Kinder verändert haben! Cecilia trägt spitze Absätze. Vito hat schon Schlüssel und geht die Milch kaufen.

Graziano habe ich dabei überrascht, wie er den *Tod in Venedig* las. Daniele und Augusto haben mich keines Blickes gewürdigt. Und wie oft haben wir früher in *Le Margherite* auf der Wiese zusammen Fußball gespielt. Aber jetzt beachten sie einen nicht, weil sie in einem undankbaren Alter sind.

Ich trauere oft meiner Einzimmerwohnung nach, den Gesprächen mit Egisto und unseren Abendessen im Restaurant Mariuccia, das es nicht mehr gibt.

Albina

Giuseppe an Lucrezia

Princeton, 12. Dezember

Liebe Lucrezia,

vor drei Tagen ist Chantal mit einer Freundin gekommen und hat das Kind geholt. Es war vier Uhr nachmittags. Es schneite. Ich hatte die Kleine nicht zur Kinderkrippe gebracht, weil sie leicht erkältet war. Wir waren im Wohnzimmer, die Kleine und ich. Die Kleine saß auf dem Teppich und spielte mit ihren Puppen. Sie hat unzählige Puppen. Ich las den *Rasenden Roland.* Ich muß ihn meinen Schülern vorlesen und in der Lage sein, Kommentare dazu abzugeben.

Chantal ist mit einem roten Opel angekommen. Ich war einen Augenblick ans Fenster getreten und schaute zu, wie es schneite. Sie sind aus dem Auto gestiegen, sie und ihre Freundin, ein großes dünnes Mädchen mit einem langen Kinn. Ich bin ihnen entgegengegangen. Chantal trug eine rote Windjacke mit Kapuze. Sie hat nicht einmal die Kapuze abgenommen. Sie hat mir gesagt, daß sie gekommen sei, um das Kind abzuholen, und gleich wieder losfahren wolle. Der Opel gehörte ihrer Freundin. Sie hätten das Ganze in aller Eile beschlossen, und sie habe keine Zeit mehr gehabt anzurufen. Im übrigen hätten wir ja gewußt, daß sie früher oder später kommen würde. Sie sei aus der Wohngemeinschaft ausgezogen und wohne zusammen mit ihrer Freundin in einer Zweizimmerwohnung. Sie redete schnell und lachte dabei ihr spitzes, abgehacktes, nervöses Lachen. Die Kleine war hoch erfreut, sie zu sehen, und wollte auf den Arm genommen werden. Ich habe ihr gesagt, daß die Kleine erkältet sei, aber sie hat gesagt, das mache nichts, sie würden sie gut einpacken, in dem Opel hätten sie Decken. Ich habe ihr gesagt, man müsse Anne Marie im Institut anrufen, damit sie sofort herkomme. Sie hat gesagt, dazu sei keine Zeit, und außerdem wolle sie ihre Mutter nicht sehen. Sie hatte einen Koffer mitgebracht. Sie ist in das Zimmer mit den Bären gegangen, hat die Kleider der Kleinen aus den Schubladen genommen und in den Koffer gestopft. Die Spielsachen waren auch noch da, die Kleine hat unzählige. Sie hat zu ihrer Freundin gesagt, sie solle sie einsammeln und in den Kofferraum tun, in eine Decke. Die Freundin hat eine Decke geholt und die Spielsachen in ein Bündel geschnürt. Als sie gerade ins Auto steigen wollten, hat Frau Mortimer bei sich zum Fenster herausgeschaut. Sie ist herausgekommen, aber Chantal war schon mit der Kleinen ins Auto gestiegen und hat ihr bloß mit der Hand zugewinkt. Die Freundin hat sich ans Steuer gesetzt. Der Opel ist abgefahren, und wir, Frau Mortimer und ich, sind im wirbelnden Schnee auf der Straße stehengeblieben.

Frau Mortimer hat mir angeboten, hereinzukommen und eine Tasse Tee bei ihr zu trinken. Ich hatte nicht die geringste Lust dazu, aber abzulehnen schien mir unhöflich. Frau Mortimer hat keine Kommentare über Chantal abgegeben. Sie hat nur gesagt, es sei schade, daß sie sich für die Reise einen so kalten Tag ausgesucht habe. Vielleicht hat sie gefunden, daß ich blaß aussähe, jedenfalls hat sie mir Whisky statt Tee geben wollen. Dann hat sie mir einen Kuchen zeigen wollen, den sie gemacht hatte. Er war im Ofen und noch nicht gar, sonst hätte ich ihn probieren können. Sie hat gesagt, daß ich die Kleine sicher sehr vermissen würde, da sie immer mit mir zusammengewesen sei. Manchmal habe sie gehört, wie ich ihr kleine Geschichten erzählte. Reizende kleine Geschichten, die ich vielleicht aufschreiben und zu einem Buch zusammenstellen könne. Womöglich würde ich damit mehr Glück haben als mit meinem anderen Buch, das, wie Anne Marie ihr erzählt habe, schon von vier Agenturen abgelehnt worden sei. Ich habe ihr gesagt, daß es nicht vier, sondern drei seien. Jedenfalls, hat sie gesagt, hätte ich kein Glück gehabt. Schließlich ist es mir gelungen, wieder nach Hause zu gehen. Im Zimmer mit den Bären standen die Schränke offen – leer. Ich habe jedoch gesehen, daß Chantal die Vitamintabletten der Kleinen mitzunehmen vergessen hatte, sie lagen noch auf der Kommode. Auch als sie aus ihrer Wohnung in Philadelphia weggegangen ist, hat sie sie vergessen.

Anne Marie ist wie immer um sechs Uhr nach Hause gekommen. Ich habe ihr gesagt, daß Chantal dagewesen und, mit Maggie, wieder abgefahren sei. Anne Marie hat sich im Flur hingesetzt, noch im Mantel, hat die Mütze abgenommen und sich den Knoten geglättet. Sie bemühte sich, ihr Lächeln zu bewahren. Sie hat mir gesagt, sie fühle sich nicht wohl, und hat mich gebeten, ihr bestimmte Tabletten zu geben, die sie nimmt, wenn sie Schwindelanfälle hat. Sie hat mir gesagt, daß sie sich hinlegen wolle. Ich habe sie nach oben begleitet und wollte ihr beim Ausziehen helfen, aber sie hat gesagt, sie käme allein zurecht.

Am nächsten Tag hat Chantal aus New York angerufen. Ich habe das Telefon abgenommen. Sie hat gesagt, daß sie gut angekommen seien. Eine ruhige Reise. Ich habe sie gefragt, ob sie wolle, daß ich ihre Mutter riefe, aber sie hat nein gesagt, es sei nicht nötig, sie müsse zur Arbeit. Die Kleine bleibe bei der Freundin, sie würden dann eine Kinderkrippe für sie suchen.

Du siehst, ich habe aufgehört, den Babysitter zu spielen. Chantal hat mich entlassen. Ich schlafe immer noch in dem Raum, den Du als Abstellkammer bezeichnest, aber in Wirklichkeit ist es ein ausgezeichnetes Zimmer, auch wenn ein paar Koffer darin aufgestapelt sind. In dem Zimmer mit den Bären will ich nicht schlafen. Es erinnert mich an beide, an die Kleine und an Chantal.

Jetzt sitzen Anne Marie und ich uns bei den Mahlzeiten allein gegenüber. Schrecklich sind die Mahlzeiten. Den Rest der Zeit verbringt jeder von uns für sich. Gestern nacht hat sie mich allerdings gerufen, ich habe sie von unten gehört und bin hinaufgegangen. Es ging ihr schlecht. Sie wollte ihre Tabletten. Sie hatte nicht die Kraft aufzustehen. Ich bin etwa eine Stunde bei ihr geblieben, bis sie eingeschlafen ist. Ich hielt ihr die Hand, streichelte ihre Finger. Am nächsten Morgen habe ich einen Termin bei einem Arzt für sie vereinbart. Nächste Woche geht sie hin.

Ich habe Dir nichts weiter zu berichten heute. Deinen Brief, in dem Du mir von Piero erzählst, habe ich erhalten. Ich kann Dich nicht trösten, weil es, wie schon gesagt, nichts zu trösten gibt.

Giuseppe

Roberta an Giuseppe

Rom, 20. Dezember

Lieber Giuseppe,

wie ich Dir am Telefon gesagt habe, kauft Alberico von den Lanzaras Deine Wohnung zurück. Mir scheint das eine ausgezeichnete Idee zu sein, nur daß er die Sache überstürzt hat. Wenn er gewartet hätte, wäre es ihm vielleicht gelungen, den Preis zu drücken. Er hat immer wieder gesagt, er fände die Wohnung teuer. Dann hat er eines Morgens beschlossen, sie doch zu kaufen. Geldprobleme hat er keine. Und der Ziegelstein enttäuscht. Es gab ein paar Schwierigkeiten, weil es Lanzara nicht korrekt vorkam, eine Wohnung an einen seiner früheren Patienten zu verkaufen. Aber dann hat er darüber nachgedacht und gesagt, es schiene ihm keine schwerwiegende Unkorrektheit zu sein.

Gestern ist Alberico mit den Lanzaras zum Notar gegangen, um den Vorvertrag abzuschließen. Die Lanzaras gehen nächsten Monat weg. Sie ziehen nach England. Sie haben schon angefangen, die Regale abzubauen.

Der Gedanke, Alberico ein Stockwerk über mir zu haben, macht mich glücklich, wie Du Dir denken kannst. Ich hoffe nur, daß sie nicht allzuviel Lärm machen, wie Du weißt, ist Alberico nie allein. Jetzt wohnt auch dieser Salvatore wieder bei ihm. Alberico wollte es nicht, weil er, wie Egisto mir gesagt hat, denkt, Salvatore mache schlimme Geschäfte. Die Sache mit der Piazza Tuscolo läßt das allerdings vermuten. Alberico sagt, er sei kein schwacher Mensch, er habe einen starken Charakter, aber in manchen Dingen ist er schwach, und Salvatore gegenüber ist er schwach gewesen. Er wollte ihn nicht, und dann hat er ihn doch wieder aufgenommen. Salvatore war eine Zeitlang in der Neurologischen, dann haben sie ihn entlassen, er ist nach Frosinone zu seiner Mutter zurückgekehrt, aber in Frosinone wollte er nicht bleiben und hat sich eine Arbeitsstelle in Rom gesucht, als Fahrer bei einer Firma für pharmazeutische Erzeugnisse. Aber er hatte nichts zum Schlafen. Er hat Alberico um ein Bett gebeten, dort an der Piazza San Cosimato, wenigstens für ein paar Tage, dann habe er vielleicht eine andere Unterkunft in Aussicht. So hat er sich mit seinen Lumpen wieder in seinem alten Zimmer eingenistet.

Es macht nichts. Wenn sie hier Lärm über mir machen, werde ich mir Ohropax in die Ohren stopfen. Ich habe noch nie welches benutzt, aber alle loben es ungemein.

Auch Lucrezia hat endlich eine Wohnung gefunden und ist dabei, sie zu kaufen. Es ist eine ziemlich schöne, große Wohnung, und Lucrezia ist sehr froh. Das Geld, das sie hat, langt nicht, aber Piero hat ihr gesagt, daß sie sich von einer Bank ein Darlehen geben lassen kann. Die Wohnung ist in der Via delle Medaglie d'Oro, nicht weit von hier. Lucrezia hat sie beim Lesen der Anzeigen im »Messaggero« gefunden. Alberico war gerade bei ihr, und sie sind sie sofort anschauen gegangen. Alberico und Lucrezia haben inzwischen eine eiserne Freundschaft geschlossen, sie sind dauernd zusammen. Ich stelle mir vor, daß Dich das freuen wird. Zwei Menschen, die Du gern hast, sind sich begegnet und Freunde geworden. Mich hat Lucrezia nicht geholt, damit ich die Wohnung anschaue, ich habe sie noch nicht gesehen. Früher rief mich Lucrezia immer an, suchte meine Gesellschaft, sagte, ich gäbe ihr Trost. Sie sagte, ich erinnerte sie ein wenig an ihre Mutter. Irgendwann hat sie aufgehört, zu mir zu kommen, ich weiß nicht, warum. Offenbar hat sie gelernt, als Waise zu leben.

Albericos Film *Devianz* hat in Frankreich großen Erfolg. Er hat schon den nächsten fast fertig. Den Titel hat er mir nicht gesagt.

Ignazio Fegiz und Ippo, die Freundin von ihm, hatten sich gestritten und waren fast soweit, sich zu trennen. Eine Zeitlang haben sie sich nicht gesehen, und sie wollte ihre Wohnung verkaufen und nach Fregene ziehen. Ihre Wohnung hat eine schöne Terrasse, und ich hatte schon fast gedacht, ich könnte sie kaufen, als Anlage. Er hatte sich in ein wunderschönes achtzehnjähriges Mädchen verliebt. Wollte sie heiraten. Dann ist er aber doch bei Ippo geblieben. Sie kleben wieder aneinander wie eh und je. Die Katze und der Fuchs. Jetzt sind sie zusammen nach Wien abgereist. Sie werden etwa vierzehn Tage dort bleiben, Galerien und Museen durchstreifen. Das hat mir Egisto erzählt, der immer über aller Angelegenheiten Bescheid weiß. Die Wohnung verkauft sie, scheint es, nicht mehr.

Zu Neujahr fährt Lucrezia mit Serena, Vito und Cecilia nach Paris. Die anderen Kinder fahren nach Perugia. Aber in Wirklichkeit sind es keine Kinder mehr.

Laß mich wissen, wie es mit Anne Maries Gesundheit steht. Am Telefon kamst Du mir ein wenig besorgt um sie vor.

Ich umarme Dich,

Roberta

Lucrezia an Giuseppe

Rom, 22. Dezember

Ich bin mit Alberico, Vito, Cecilia und Jolí nach Monte Fermo gefahren. Ich habe Alberico gebeten, mit uns zu kommen. Allein mit Cecilia und Vito wäre ich nicht hingefahren. Es hätte mich traurig gemacht. Aber auf der Rückfahrt hat mich dann trotzdem eine große Traurigkeit erfaßt.

Wir sind nicht mit meinem Volkswagen gefahren, sondern mit Albericos Auto. Er hat ein neues Auto, einen blauen *Prisma*. Er muß noch eingefahren werden. Und es machte Alberico Spaß, ihn einzufahren.

Es war ein wunderschöner Sonnentag. In Monte Fermo sind wir einen Moment ausgestiegen, um einen Kaffee zu trinken. Sie haben mich wiedererkannt und freudig begrüßt. Der Alte, der Pilze verkauft, war da, die alte Frau mit dem Eierkorb. Monte Fermo ist noch genauso, nichts hat sich verändert.

Dann sind wir nach *Le Margherite* gefahren. Dahin, wo einmal *Le Margherite* stand. Jetzt haben sie ein Hotel daraus gemacht. Es heißt Hotel Panorama.

Unmöglich, im Hotel Panorama unser Haus wiederzuerkennen. Es war gelb und alt, mit steinernen Balkonen. Das Hotel Panorama sieht neu aus. Es ist halb kirschrot, halb himmelblau. Mit Geranien auf den Balkonen. Die Balkone sind lang und schmal und haben Eisengeländer. Die alte Laube gibt es nicht mehr. Auf den Platz vor dem Haus haben sie weiße Eisentische und Hollywoodschaukeln mit Fransen an den Stoffsonnendächern gestellt. Dahinter, wo die Haselnußbäume waren, ist ein

Schwimmbad, mit klarem, sauberem Wasser und Liegestühlen am Rand. Innen sieht man weißbraune Fußböden mit Arabeskenmuster, Korridore und Zimmer. Ein Zimmermädchen mit Eimer und Putzlappen stand herum. Es schien nicht so, als ob auch nur ein einziger Gast dort sei. Wir sind weggefahren.

In Monte Fermo haben wir Brot und Schinken gekauft. Man hat uns gesagt, daß das Hotel Panorama in den roten Zahlen ist und kurz vor der Pleite steht. Es ist das ganze Jahr geöffnet, aber man begreift nicht, für wen. Sie wollen vielleicht eine Schule für Vermessungstechniker daraus machen. Man weiß es noch nicht.

Auch in Pianura haben wir angehalten. Wo das Frauenzentrum war, ist jetzt eine Werkstatt für Auto-Elektrik.

Ich bin dabei, eine Wohnung zu kaufen. Ich wohne nicht gern in Rom, aber ich weiß nicht, wo ich gern wohnen würde. Die Wohnung, die ich vielleicht kaufe, ist in der Viale Medaglie d'Oro. Das Stadtviertel hasse ich, aber die Wohnung ist nicht so schlecht. Sie ist im obersten Stock, mit Terrasse. Ich lasse mir von einer Bank ein Darlehen geben.

Piero ruft mich jetzt jeden Morgen aus Perugia an. Er war gegen Ferngespräche, aber jetzt telefoniert er immer ewig mit mir. Ich würde gern über die Wohnung, das Geld, das Darlehen mit ihm sprechen, aber er redet nur von sich und diesem Mädchen, Diana, was er zu ihr gesagt hat und was nicht. Wenn er nach Rom kommt, macht er es genauso. Er behauptet, er komme wegen der Kinder, aber statt mit den Kindern zusammenzusein, spricht er dann mit mir. Er hat niemanden zum Reden, nur mich. Ich höre ihm zu, was sollte ich anderes tun? Mir kommt es vor, als leide er an Gehirnerweichung.

Alberico ist im Begriff, Deine frühere Wohnung zu kaufen. Von außen gesehen, ist das Haus immer noch dasselbe, auch die Straße ist noch dieselbe. Aber das Restaurant Mariuccia gibt es nicht mehr, und das Café Esperia auch nicht. Anstelle des Cafés Esperia gibt es jetzt ein Geschäft, das »La casa del tortellino« heißt. Anstelle des Restaurants Mariuccia nichts. Ein Eisengitter. Hinter dem Gitter Zementsäcke. Es soll eine Wäscherei werden, sagt man.

Alberico ißt oft bei uns. Vielleicht habe ich deshalb jetzt wieder etwas mehr Freude am Kochen. Weil er so oft hier ißt. Ich denke mir Gerichte aus, unterhalte mich mit Zezé darüber. Ich mache keinen Hackbraten, weil meine Hackbraten immer zerfallen, und ein Hackbraten, der zerfällt, ist, auch wenn er gut schmeckt, immer ein Mißerfolg.

In ein paar Tagen fahre ich für vierzehn Tage nach Paris, mit Serena. Serena hat eine kleine Wohnung geliehen bekommen. Die Kinder lasse ich in Rom in Zezés Obhut, sie hat sich bereit erklärt, über Nacht zu bleiben.

Ich bin noch nie in meinem Leben in Paris gewesen, und Serena sagt, das sei lächerlich. Ich habe nie große Reisen unternommen. Im Grunde habe ich überhaupt nie Ferien gemacht. Fast immer mußte gekocht werden, auch in den Ferien, und waren die Betten zu machen. Aber ich will mich nicht beklagen. Ich weiß, daß ich privilegiert bin.

Roberta hat gesagt, daß es Deiner Frau schlechtgehe. Schreib mir, was sie hat. Laß von Dir hören. Ich hoffe, daß Du aufgehört hast, an Chantal zu denken.

Ich wünsche Dir frohe Weihnachten,

Lucrezia

Alberico an Giuseppe

Rom, 27. Dezember

Gelieber Vater,

es hat mich gefreut, daß Du mich am Weihnachtstag angerufen hast, und ich danke Dir. Du wirst Lärm gehört haben. Wir waren viele. Die Frau, die morgens kommt, hatte einen Truthahn für uns gebraten. Jetzt wird sie eine Zeitlang nicht mehr kommen, weil Lucrezia wegfährt, die Kinder hierläßt und sie den ganzen Tag zu Lucrezia gehen wird. Das Geschirr vom Weihnachtsessen haben Salvatore und ich abgewaschen. Es waren Berge.

Ja, ich bin dabei, Deine berühmte Wohnung in der Via Nazario Sauro zurückzukaufen. Berühmt, weil Du, nachdem Du sie verkauft hattest, mir und anderen gegenüber angefangen hast, immer wieder davon zu reden und ihr nachzutrauern, und gesagt hast, es sei wirklich idiotisch von Dir gewesen, sie zu verkaufen. Nun gut, jetzt ist sie wieder Deine. Oder besser, meine, aber wenn Du nach Italien zurückkommst und dort wohnen willst, kannst Du es tun. Ich werde sie Dir mit Vergnügen überlassen.

Vorerst ziehe ich hin, schon bald, sowie die Lanzaras abreisen. Wenn Du, wie Du sagst, bald nach Rom kommst, wirst Du in der Via Nazario Sauro mein Gast sein können. Eine kurze Zeit werden wir zusammenleben können, nicht zu lange, denn das würde weder Dir noch mir behagen. Ich habe gesagt, daß Du dann mein Gast sein kannst. Aber Du wirst kein Gast sein, da Du ja mein Vater bist. Ich erinnere mich, daß Du immer gesagt hast, es gefalle Dir nicht, Gast zu sein, und Gäste zu haben noch weniger. Ich weiß nicht mehr viel von dem, was Du zu sagen pflegtest, nur einiges. Um Dir ganz ehrlich die Wahrheit zu sagen, ich erinnere mich kaum und nur sehr undeutlich an Dich.

Ich weiß, daß es Deiner Frau nicht gutgeht. Das tut mir leid. Ich weiß, daß das Kind nicht mehr bei Dir ist. Die Mutter hat es wieder zu sich geholt. Lucrezia hat es mir erzählt. Auch das tut mir leid. Es ist aber richtig, daß sie bei ihrer Mutter ist, die Kleine, wenn es nun einmal so ist, daß sie noch eine Mutter hat.

Es grüßt und umarmt Dich

Alberico

Giuseppe an Alberico

Princeton, 7. Januar

Liebster Sohn,

Anne Marie ist sehr krank. Man hat herausgefunden, daß sie eine Krankheit hat, die keine Hoffnung zuläßt, eine sehr schwere Leukämie. Die Ärzte haben mir gesagt, daß sie nicht mehr lange zu leben hat. Ich begleite sie jeden Tag in die Klinik, wo sie Bluttransfusionen bekommt. Wir fahren hin und zurück mit dem Taxi, denn ich kann, wie Du weißt, nicht Auto fahren, und Anne Marie hat nicht mehr die Kraft dazu. Sie hat überhaupt keine Kräfte mehr. Nur unter großer Mühe kann sie aufstehen und sich bewegen. Ihr Zustand hat sich innerhalb weniger Tage verschlechtert, noch vor ein paar Wochen fühlte sie sich zwar nicht wohl, fuhr aber mit dem Auto, ging in ihr Institut. Jetzt kann ich sie nie allein lassen. Wenn ich unterrichten gehe, rufe ich unsere Nachbarin, Frau Mortimer.

Chantal, Anne Maries Tochter, ist in New York und kommt nicht oft. Sie kann nicht, weil sie ihre Arbeit verlieren würde. Sie ist Kellnerin in einem Restaurant. Und außerdem hat sie das Kind. Seit sie erfahren hat, daß ihre Mutter krank ist, ist sie dreimal gekommen. Die Kleine hat sie nicht mitgebracht. Sie sagt, daß es der Kleinen sehr gut gehe, daß sie viel blühender sei als in der Zeit, als sie hier bei uns lebte. Diese Worte haben mich verletzt, aber Chantal ist eine Person, die manchmal grausame Dinge sagen kann, ohne es zu merken. Sie hat mir auch gesagt, daß die Kleine mich nie erwähne. Sie war nur kurz hier, ist gleich wieder weggefahren. Außer mir und Frau Mortimer hat Anne Marie niemanden.

Ich glaube, daß Anne Marie begriffen hat, daß sie stirbt. Ich glaube, daß sie immerzu daran denkt, aber sie spricht ihre Gedanken nie aus. Sie ist eine Frau, die ihre Gedanken nie ausspricht. Ich merke, daß ich in zwei Jahren Ehe nicht ein einziges Mal das Gefühl gehabt habe, sie würde mir wirklich sagen, was sie denkt.

Ich bin Dir dankbar für Deinen Brief, und ich bin Dir dankbar dafür, daß Du meine berühmte Wohnung zurückkaufst. Ich kann nicht umhin zu denken, daß Du sie kaufst, weil es meine war. Im Grunde genommen hat sie nie aufgehört, meine zu sein. Danach habe ich keine Wohnung mehr gehabt. Das Haus, in dem ich jetzt lebe, ist mir immer zutiefst fremd gewesen. Vielleicht, weil ich nie daran gedacht habe, für immer in Amerika zu wohnen.

Daß Du Lucrezia so oft siehst, freut mich riesig. Ich bin Dir auch dafür dankbar, daß Du mit Lucrezia Freundschaft geschlossen hast, so oft mit ihr zusammen bist. Natürlich, ich hätte Euch zusammenbringen können, als ich noch in Italien war. Warum ich es nie getan habe, weiß ich nicht.

Daß Ihr nun Freunde geworden seid, ist ein Geschenk des Zufalls. Ich denke an Euch, sehe Euch zusammen in einem Zimmer, das ich nicht kenne, mir aber vorstellen kann, weil vermutlich die Möbel darin stehen, die ich immer in *Le Margherite* sah und an die ich mich so gut erinnere. Ich weiß, daß Ihr in *Le Margherite* wart, Du und Lucrezia. Sie hat es mir geschrieben. Ich weiß, daß Du einen blauen *Prisma* hast.

Ich umarme Dich,

Dein Vater

Piero an Giuseppe

Perugia, 13. Januar

Mein lieber, lieber Giuseppe,

ich bin Dir nahe mit meiner alten, treuen Zuneigung.

Ich bin an dem Tag neulich nicht nach Rom gekommen, weil ich hier in Perugia eine Verpflichtung hatte, die zu versäumen mir unmöglich war. Auch Lucrezia war nicht in Rom, sie war in Paris, wo sie immer noch ist. Ich habe Serena angerufen, die mit ihr dort ist, und habe sie gebeten, ihr keine italienischen Zeitungen zu zeigen und ihr nichts zu sagen. Du weißt, daß sie in letzter Zeit sehr befreundet waren, Alberico und Lucrezia. Sie waren dauernd zusammen. Deswegen will ich es ihr sagen, morgen, wenn sie zurückkommt. Serena hat ihr gesagt, daß Alberico nicht ans Telefon geht, weil er nach Wien in Ferien gefahren sei, und die Adresse wüßten wir nicht.

Ich weiß, daß Du nur drei Tage in Rom geblieben bist, weil Deine Frau sehr krank ist und Du sofort zu ihr zurückkehren mußtest.

Ich schreibe Dir seit langem nicht, hörte aber immer durch Lucrezia von Dir. Es waren gute Nachrichten, doch nun ist Deine Frau so krank, und plötzlich ist Dir dieses neue, entsetzliche Unglück zugestoßen.

Ich umarme Dich,

Piero

Egisto an Ignazio Fegiz

Rom, 15. Januar

Lieber Ignazio,

von Ippos Hausmeisterin habe ich Eure Adresse in Wien erfahren. Ich weiß nicht, ob Ihr italienische Zeitungen gelesen habt. Vielleicht habt Ihr sie nicht gelesen, denke ich. Alberico ist gestorben. Sie haben ihn umgebracht, in einer Gasse in Trastevere, gleich hinter dem Haus, am 7. Januar.

Er war allein zu Hause und schrieb auf der Schreibmaschine. Es war elf Uhr abends. Salvatore, Adelmo und Gianni waren hinuntergegangen, um einen Cappuccino zu trinken. Gianni ist heraufgekommen und hat ihm gesagt, daß Salvatore in einer Gasse bei der Piazza San Callisto einen Streit vom Zaun gebrochen habe. Sie sind hinuntergegangen, Alberico und Gianni. Unterwegs haben sie Adelmo getroffen, der versucht hat, sie aufzuhalten. Sie haben nicht auf ihn gehört, und Adelmo ist ihnen gefolgt. Was wir wissen, wissen wir von Adelmo und Gianni. In der Gasse war eine Gruppe von Leuten, die sich prügelten. Man sah Salvatores roten Pullover. Alberico ist zu ihm hingerannt und hat versucht, ihn wegzuziehen. Es waren Leute da, die zuschauten, aber keiner hat sich gerührt. Unter denen, die herumstanden, glaubt Adelmo die beiden mit der Vespa wiedererkannt zu haben, die er auf der Piazza Tuscolo gesehen hatte, und noch einen anderen, der auf der Piazza Tuscolo war, einen mit einem blonden Pferdeschwanz. Dann hat Adelmo gesehen, daß Salvatore ein Messer hatte. Jemand hat es ihm entrissen. Alberico ist hingefallen und wieder aufgestanden. Sie haben ihn getroffen, während er aufstand. Salvatore hat einen Schrei ausgestoßen, und sie haben sich auf ihn gestürzt. Salvatore war sofort tot. Alberico ist nach einer halben Stunde gestorben. Irgend jemand hat die Polizei angerufen, dann ist ein Krankenwagen gekommen, und die Einsatzwagen der Polizei.

Ich war eben von der Redaktion nach Hause gekommen, als Gianni mich angerufen hat. Gianni und Adelmo waren im Heiligen-Geist-Krankenhaus. Alberico war gestorben, ohne das Bewußtsein wiederzuerlangen.

Es ist ihm genauso gegangen wie Nadia. Das gleiche Schicksal.

Adelmo und ich sind nach Hause gegangen, um Kleider zu holen. Wir haben Roberta angerufen, wußten aber nicht, wie wir es ihr sagen sollten. Die Ärmste. Sie hing sehr an Alberico, er war ihr Cousin. Adelmo ist zu ihr gegangen, um es ihr zu sagen.

Wir haben Giuseppe in Amerika angerufen. Er ist gekommen. Er war zur Beerdigung hier. Aber er ist gleich wieder zurückgefahren, weil seine Frau schwer krank ist und keiner bei ihr war.

Lucrezia war in Paris. Sie haben ihr nichts gesagt. Sie haben die Zeitungen vor ihr versteckt. Als sie zurückgekommen ist, hat Piero es ihr gesagt. Die Beerdigung war schon gewesen, Giuseppe war schon wieder fort. So haben sie sich nicht wiedergesehen, Giuseppe und Lucrezia.

Ich fand es schlimm, daß sie es Lucrezia nicht gesagt haben. Sie und Alberico waren Freunde, sie waren dauernd zusammen in letzter Zeit. Aber Piero hat es so gewollt.

Im Viertel trauern sie um Alberico. Sie haben ihn freundlich und sanftmütig in Erinnerung, wenn er beim Einkaufen in den Geschäften stehenblieb, um sich mit diesem und jenem zu unterhalten. Er war freigebig, gab Leuten Geld, wenn sie welches brauchten, und in gewisser Weise schenkte er es ihnen, denn er forderte es nie zurück. Sie trauern auch um Salvatore und erinnern sich an ihn. Sanftmütig war er nicht, mit allen im

Viertel hatte er gestritten, und die Faust saß ihm locker. Aber sie kannten ihn schon so lange, und zu denken, daß er jetzt tot ist, beeindruckt sie. Manche sagen, daß Salvatore ein Informant der Polizei gewesen sei. Andere sagen, er habe mit Drogen gehandelt. Andere, er habe Geld gegen Zinsen verliehen. Andere, er habe anonyme Briefe verschickt. Alle denken, daß auf der Piazza Tuscolo und im Vicolo Sant'Apollinare dieselben Personen waren, und Adelmo beharrt darauf, daß immer einer mit einem blonden Pferdeschwanz dabei war, im einen wie im anderen Fall. Aber dann weisen sie ihn darauf hin, daß der sich den Pferdeschwanz, nach der Piazza Tuscolo, doch abgeschnitten hätte, damit man ihn nicht wiedererkennt. Die Polizei denkt, daß Adelmo geträumt hat, er habe diesen blonden Pferdeschwanz gesehen, das eine wie das andere Mal.

Giuseppe und Salvatores Mutter werden als Nebenkläger gegen Unbekannt auftreten müssen.

Grüß Ippo von mir,

Egisto

Egisto an Albina

Rom, 2. Februar

Liebe Albina,

ich habe Dich an dem Tag bei dem Begräbnis gesehen, Dich aber gleich wieder aus den Augen verloren, ich habe nach Dir gesucht, Dich aber nicht mehr gefunden. Adelmo hat mir gesagt, daß Du sofort nach Luco dei Marsi zurückmußtest.

Mit Adelmo und Gianni habe ich Albericos Papiere in Ordnung gebracht, in der Wohnung hier unter mir. Wir haben alle Papiere, die Filmprojekte, die Drehbücher, in einen großen Koffer gepackt und zu Roberta in die Via Nazario Sauro gebracht. Bücher hatte Alberto nicht viele. Zum Anziehen hatte er nur ein paar Fetzen, die hat Zezé, die Putzfrau, mitgenommen. Sie wollte sie irgendwelchen alten Leuten in ihrem Viertel geben. An Möbeln gab es einen Tisch und ein paar klapprige Schränke, die vom Flohmarkt an der Porta Portese stammten. Die hat auch die Zezé mitgenommen.

Wir haben zwei oder drei Nachmittage damit verbracht, die Wohnung leer zu räumen. Dann haben wir der Hauswirtin die Schlüssel zurückgegeben.

Der Gedanke, diese leere Wohnung unter mir zu haben, macht mich sehr traurig. Ich würde am liebsten aus der Wohnung hier weggehen. Hier habe ich zu viele Erinnerungen. Aber wie Du weißt, ist es nicht einfach, hier in Rom eine Wohnung zur Miete zu finden. Zu kaufen findet man welche, aber ich habe nicht genug Geld dazu.

Die Wohnung in der Via Nazario Sauro, die über Roberta, die einmal Giuseppe gehört hat, hatte Alberico noch nicht gekauft, er hatte nur den Vorvertrag unterschrieben. Das Geld für den Vorvertrag haben die Lanzaras Roberta zurückgegeben, die sich um diese praktischen Sachen kümmert. Alles, was Alberico besaß, gehört Giorgina, der Tochter von Nadia, dieser Kleinen, die Alberico als sein Kind ausgegeben hatte. Giorgina lebt in Sizilien bei den Großeltern mütterlicherseits, die Milliardäre sind, und ist selbst Milliardärin. Schade, daß all das Geld, das Alberico hatte, an eine Person geht, die es überhaupt nicht nötig hat, bei so vielen Leuten, die im Elend leben. Das ist gewiß niemandes Schuld, aber es tut einem leid.

Bei dem Begräbnis habe ich Giuseppe gesehen und dann ein paar Stunden mit ihm verbracht. Ich fand ihn sehr gealtert. Adelmo behauptet, er habe Augen wie die Leute, die im Übermaß scharfe Alkoholika trinken. Aber das kann auch eine Phantasie von Adelmo sein. Er war ganz verstört, armer Giuseppe, er hat die Nachricht in Amerika erhalten, während er seine Frau betreute, die im Sterben lag. Ich weiß nicht, ob sie inzwischen tot ist. Er ist gleich wieder abgereist.

Ich war viel mit Alberico zusammen, war ihm eng verbunden. Ich fühle den Verlust. Ich versuche, sowenig wie möglich allein zu sein. Ich gehe zur Redaktion, laufe herum, sehe mir Serena an, wenn sie auftritt. Alles, um bloß nicht allein zu sein. Manchmal gehe ich durch diese verdammte Gasse. Es ist seltsam, wie uns die Orte anziehen, die uns traurig machen. Sie ziehen uns an und stoßen uns ab. Genauso würde ich gern aus der Wohnung hier weggehen, aber gleichzeitig möchte ich überhaupt nie fort.

Ich umarme Dich,

Egisto

Giuseppe an Lucrezia

Princeton, 20. Februar

Meine Lucrezia,

an dem Tag, als Du mich angerufen hast, haben wir uns fast gar nichts gesagt. Ich weinte. Du weintest auch. Es war ein Ferngespräch voller Tränen.

Du hast mich gefragt, ob ich nach Italien zurückkehre. Ich wußte nicht, was ich Dir antworten soll. Ich war nicht in der Lage, Pläne zu machen. Auch jetzt bin ich nicht in der Lage dazu. Mir ist wirr im Kopf.

Anne Marie ist am 16. Februar gestorben, vor vier Tagen. Sie ist in der Klinik gestorben. Ich und Chantal waren dabei.

Ich habe Danny angerufen, um es ihm zu sagen. Er ist gekommen. Er war auch bei der Beerdigung. Sein Verhältnis zu Chantal ist eisig. Er ist meinetwegen gekommen. Chantal ist gleich nach der Beerdigung wieder abgefahren. Danny ist bis gestern bei mir geblieben.

Danny ist der einzige Freund, den ich hier habe. Wir passen gut zusammen, trotz des Altersunterschieds. Er könnte mein Sohn sein. Alberico war ungefähr genauso alt, siebenundzwanzig.

Chantal hat zu mir gesagt, daß Danny so gut zu mir passe, weil er genauso einer ist wie ich, einer, der außerhalb der Realität steht. Ich weiß nicht, ob ich außerhalb der Realität stehe, und ich weiß nicht, ob Danny so ist. Vor allem weiß ich nicht, was für Chantal Realität ist.

Danny ist wieder arbeitslos. Er hatte eine Anstellung bei einer fahrenden Bibliothek gefunden, war ganz froh darüber, und nach einem Monat haben sie ihn entlassen. Er hatte vergessen, bestimmte Bücher zu katalogisieren. Bei der Arbeit ist er, glaube ich, unordentlich und zerstreut.

Auch Chantal ist unordentlich und zerstreut, aber nicht bei der Arbeit. Bei der Arbeit ist sie, glaube ich, vielmehr zäh und genau.

Im allgemeinen bittet mich Danny, wenn wir uns sehen, ihm Geld zu leihen. Unter Umständen gibt er es mir dann zurück, aber beim nächsten Mal leiht er sich wieder etwas. Wenn ein anderer mich darum bäte, würde es mich stören. Ihm Geld zu geben kostet mich nichts und ist mir fast eine Freude.

Wenn Alberico nicht mein Sohn gewesen wäre, wäre ich vielleicht gut mit ihm ausgekommen, so wie ich mit Danny gut auskomme. Die Tatsache, daß wir Vater und Sohn waren, ruinierte alles. Sie machte uns verlegen, dumm, kalt und oft unaufrichtig. Im übrigen habe ich nie versucht, unser Verhältnis zu ändern. Mir schien immer, dazu sei noch Zeit. Das macht mich jetzt sehr unglücklich.

Mit Danny habe ich gestern lange über Alberico gesprochen. Wir sind bis zwei Uhr früh aufgeblieben.

Wir haben auch über Chantal gesprochen, über Anne Marie, über die Kleine. Wir haben von den Toten und von den Lebenden gesprochen. Schließlich habe ich ihm gesagt, daß ich Chantal geliebt hätte. Es schien mir, während ich davon sprach, eine sehr ferne Geschichte zu sein, die viele, viele Jahre zurückliegt.

In den Tagen in Rom habe ich niemanden außer Egisto und Roberta gesehen. Ich wohnte in einem Hotel an der Piazza Minerva. Ich bin nicht in die Via Nazario Sauro gegangen.

Falls ich nach Italien zurückkehre, werde ich mir eine Wohnung suchen müssen. Die Wohnung in der Via Nazario Sauro hatte Alberico, wie Du vielleicht weißt, noch nicht gekauft.

Vielleicht klingen die Worte »Falls ich zurückkomme« seltsam für Dich. Vielleicht klingt die Bedingungsform seltsam für Dich. Doch mir erscheint nun alles unsicher, und ich weiß nicht, wie ich mich im Gewirr meiner Gedanken zurechtfinden soll. Ich wünsche mir, nach Italien zurückzukehren, und zugleich wünsche ich es überhaupt nicht. Ich wünsche mir so unendlich, Dich wiederzusehen, Lucrezia, und zugleich wünsche ich es überhaupt nicht. Ich habe Angst davor, Dich wiederzusehen, Dir von Angesicht zu Angesicht gegenüberzustehen. Wir sind zu lange fern voneinander gewesen, und zu viele Dinge sind geschehen, Dir und mir.

Giuseppe

Lucrezia an Giuseppe

Rom, 5. März

Es tut mir leid, daß Deine Frau gestorben ist.

Es tut mir wahnsinnig leid, daß wir uns nicht gesehen haben, als Du in Rom warst.

Ich kann es Piero nicht verzeihen, daß er Serena gesagt hat, sie solle die Zeitungen vor mir versteckt halten. So habe ich nichts erfahren. Die Tage waren recht heitere Tage für mich. Ich bin mit Serena durch Paris gegangen, wir haben Strümpfe gekauft, in verschiedenen Restaurants gegessen, Bilder angeschaut.

Serena wußte es und hat mir nichts gesagt. Piero hatte sie am Morgen des 8. Januar angerufen. In manchen Momenten kam sie mir etwas seltsam vor, doch sie sagte, sie habe Kopfweh.

Als ich nach Rom zurückgekommen bin, hat Piero es mir gesagt.

Ich bin froh, daß ich damals nach Monte Fermo gefahren bin, mit dem blauen *Prisma*. Ich bin froh, daß wir das Hotel Panorama angeschaut haben.

Er war nicht lustig, Alberico, aber er lachte oft. Ich lachte mit ihm. Es war wunderbar, zusammen zu lachen.

Wenn er lachte, sah man seine kleinen weißen Zähne.

Wenn er nicht homosexuell gewesen wäre, hätte ich mich in ihn verliebt. So nicht, denn ich könnte mich nie in einen Homosexuellen verlieben. Wir waren Freunde, uns verband eine Freundschaft von der Art, die sich nie verändert, die immer gleich und sicher bleibt.

Freunde sind wir auch, Du und ich. Aber wir sind nicht

immer Freunde gewesen. Bevor wir Freunde wurden, waren wir Geliebte. Wir haben auch einen Sohn zusammen gehabt. Graziano. Du hast immer so getan, als sei es nicht wahr.

Und nun bist Du schon zu lange fort, und ich weiß gar nicht mehr recht, wie Du bist, und Du weißt nicht mehr recht, wie ich bin.

Du sagst, daß Du Dir unendlich wünschst, mich wiederzusehen, und es zugleich überhaupt nicht wünschst. Ich verstehe Dich. Es geht mir genauso.

Zuvor habe ich gesagt, daß es mir leid tut, daß Deine Frau gestorben ist. Es ist nicht wahr, es tut mir überhaupt nicht leid. Erstens kannte ich sie nicht, und zweitens weiß ich ganz genau, daß Du nicht glücklich mit ihr warst und daß Du sie aus ganz unerfindlichen Gründen geheiratet hast.

Eines Tages, vor etwa einer Woche, hat mich I. angerufen. Er hat mich gefragt, ob er bei mir vorbeikommen könne, weil er mit mir reden wolle. Er ist mit Ippo gekommen. Es erschien mir so seltsam, sie alle beide vor mir zu sehen. Die Katze und der Fuchs. Ich habe ihnen Tee gemacht.

Ippo ist eine kleine alte Frau. Ich habe sie aus der Nähe gesehen, sie ist eine alte Frau. Ich betrachtete sie mit Neugierde, ohne Haß. Es ist schwierig, alte Frauen zu hassen. Man redet laut mit ihnen, denn sie könnten etwas schwerhörig sein.

I. saß in dem Sessel, in dem er immer saß, als er jeden Tag zu mir kam – als wir Geliebte waren. Ich betrachtete sein breites rosiges Gesicht, seine grauen Bürstenhaare. Ich fragte mich, wie ich dermaßen hatte leiden können wegen dieses Gesichts, wegen dieses Körpers in dem Mantel. Er hatte nicht einmal den Mantel ausgezogen. Es ist wahr, daß er sich immer über die Kälte in meiner Wohnung beklagte, damals, als wir noch Geliebte waren.

Ein Gesicht, ein Körper, ein Mantel, in keiner Weise mysteriös, ohne jedes Geheimnis und unschädlich.

Wir hatten auch ein Kind zusammen. Vor nicht allzu langer Zeit.

Stell Dir vor, was sie wollten. Sie wollten mich fragen, ob ich etwas über die Wohnung in der Via Nazario Sauro wüßte. Ippo möchte sie gern kaufen. Zum einen ist ihre Wohnung winzig, und außerdem hat sie Geld, das angelegt werden muß. Die Lanzaras sind abgereist, und sie weiß nicht, an wen sie sich wenden soll. Sie hat an Roberta gedacht, die dort wohnt, ein Stockwerk tiefer. Sie kennt sie nicht persönlich. I. kennt sie gut, hat sie aber sehr lange nicht mehr gesehen und wagt nicht, sie anzurufen. Sie wollten, daß ich vermittle. Ich habe Roberta sofort angerufen und ihr gesagt, daß I. sie sprechen wollte. Sie war sehr erstaunt. I. hat mit ihr gesprochen, und sie haben einen Termin vereinbart. Roberta hat die Schlüssel. Die Lanzaras haben sie bei ihr gelassen. Ich denke, daß sie die Wohnung kaufen werden, Ippo und I., und daß sie dann darin zusammenleben werden.

Du sagtest einmal von I., er habe immer die eine Hand auf dem Rücken. Das ist wahr. Ich habe diese auf dem Rücken zur Faust geballte Hand bei ihm gesehen, als er zur Tür ging. Du sagtest: »Wer weiß, was in der Hand ist?« Nichts ist in der Hand. Nichts.

Es stimmt, daß Dir und mir in diesen Jahren zu viele Dinge zugestoßen sind. Deshalb würden wir, sollten wir uns wiedersehen, eine Weile nicht sprechen können.

Ich habe ebenfalls die Bedingungsform gewählt, wer weiß, warum. Aus welchem Grund sollten wir uns nicht wiedersehen, in diesem Leben oder im nächsten?

Es ist nicht wahr, daß ich nicht mehr weiß, wie Du bist. Ich weiß sehr wohl, wie Du bist. Ich erinnere mich an Dich, als hätte ich Dich vor mir.

Deine wenigen, langen Haare. Deine Brille. Deine lange Nase. Deine langen, dünnen Beine. Deine großen Hände. Sie waren immer kalt, auch wenn es warm war. So habe ich Dich in Erinnerung.

Lucrezia